Lemmy lebt!

Michael Knox, Jahrgang 74, lebt in Berlin-Friedrichshain und arbeitet als freier Journalist für verschiedene deutsch- und englischsprachige Zeitungen und Magazine.

In *Operation Göring* rast Knox mit einem Höllentempo durch die Berliner Republik. Ein Hochgeschwindigkeits-Thriller ohne Schnörkel. Die Ursachen des heutigen Neonazi-Terrors liegen tief, speisen sich im Osten aber aus dem Antisemitismus der SED-DDR. Knox legt die Verletzlichkeit unseres Staatsystems bloß und warnt vor der Gefahr von Rechtsaußen. *Operation Göring* ist mehr als ein Thriller – es ist beängstigende Zeitgeschichte und ein Horror-Szenario für die Bundesrepublik.

Für seinen Thriller *Berlin–Istanbul* (2015, ISBN 9783739232317) recherchierte er über ein Jahr in der Berliner Islamisten-Szene und zur Organisierten Kriminalität in der Hauptstadt. Das Thema gewann mit den Bürgerkriegen und dem Vorrücken des IS im Nahen Osten bzw. in Nordafrika und dem einhergehenden Exodus zunehmend an politischer Aktualität.

Operation Göring

Ein Thriller von Michael Knox

Bibliografische Information der Deutschen Nationalbibliothek. Die Deutsche Nationalbibliothek verzeichnet diese Publikation in der Deutschen Nationalbibliografie; detaillierte bibliografische Daten sind im Internet auf http://dnb.d-nb.de abrufbar.

Copyright (Text, Cover) by Michael Knox, Berlin 2013.

Herstellung und Verlag: BoD – Books on Demand, Norderstedt 2016.

ISBN: 9783739234854

Michael Knox

Operation Göring

Der Anti-Nazi-Thriller aus Berlin F'hain

Dank an Matthias, Rudi, Steffi und Timur.

Inhalt

DDR, Brandenburg, Schorfheide – November 1989

Berlin – März 2012

1. Halbzeit

2. Halbzeit

Nachspielzeit

Statistik

Abkürzungen

DDR, Brandenburg, Schorfheide – November 1989

Es war kalt. Es war windig. Es regnete. Und es war Nacht. Ein Diesel-Generator röhrte gegen den Wind an. Sie standen inmitten von Sanddünen, Heidekraut und Kiefern. Die vier Palästinenser, die sie ihm zugeteilt hatten, legten ihre Spaten ab. Den Mini-Bagger hatte sie nur zu Beginn des Aushubs nutzen können. Der Wind peitschte das Wasser in ihre erhitzten Gesichter. Unter ihren schwarzen Regen-Capes lief der Schweiß in Strömen. Zigaretten wurden umständlich angezündet. Gemeinsam begutachteten sie die Grube: etwa vier mal vier mal vier Meter – ein Würfelloch. Seit Einbruch der Dunkelheit schaufelten sie sich bereits durch den lehmigen Sandboden des nun ehemaligen Truppenübungsgeländes. Die Sonne war gegen 16 Uhr 45 untergegangen. Nun war es nach Mitternacht. Sie waren gut vorangekommen. Er hatte selbst mit Hand angelegt. Die PLO-Männer waren kräftig und diszipliniert. Keine Arier, aber immerhin Antisemiten. Sie hatten zügig, schweigsam gearbeitet. Die Verständigung lief auf Englisch. Der Großteil der Arbeit war erledigt. Er begann sich zu entspannen. Der Rest war Kür.

Die Führung der NVA hatte ihm den Auftrag gegeben. Mit ziemlicher Wahrscheinlichkeit seinen letzten. Auch diesen führte er gewissenhaft aus. Wie immer. Höchste Sicherheitsstufe. Sondereinsatz. Er war zu allem legitimiert. Innerhalb der Militärischen Aufklärung war er der Mann fürs Grobe. Dann, wenn sich keiner die Finger schmutzig machen wollte oder durfte. Wenn Befehle mündlich, ohne schriftlichen Beleg ausgegeben wurden, war er zur Stelle. Seine Aktionen durften offiziell nicht existieren. Keine Spuren. Kein Schriftverkehr. Chiffrierte Telefonanrufe. Treffen im Park. Spaziergänge, Instruktionen. Vorbereitung und Recherche. Szenarien entwerfen und Eventualitäten ermitteln. Training bis zum Exzess. Auftrag ausführen. Präzise ohne Komplikationen. Erfolgsquote: 100 Prozent. Er war der Beste in diesem beschissenen System. Seinem System. Noch. Er genoss dadurch einige Privilegien. Durfte Wohnungen im Ausland und verschiedene Identitäten nutzen. Bekam ausreichend Devisen und führte alles in allem ein Leben, das der gehobenen Mittelschicht eines West- Europäers entsprach.

Er blickte in das Loch hinab und stieß den Rauch seiner Zigarette in den Wind. Ohne Nikotin hätte er die Wut und Enttäuschung über diese schwache, morsche Volksgemeinschaft nicht ertragen können. Die DDR – der letzte deutsche Nationalstaat. Rein, völkisch erneuert, das legitime Erbe des Dritten Reiches. Und diese Mumien im Zentral-Komitee hatten alles versaut... Diese jahrzehntelange Unterwürfigkeit vor dem jüdisch bolschewistischen Bruderstaat – ekelhaft. Egal – er stand vor diesem Scheiß-Loch und würde auch diesen Auftrag erfüllen. Wie alle zuvor. Gewissenhaft. Korrekt. Diskret. Scheinwerfer strahlten jeden Winkel der Grube aus. Das Brummen des Dieselgenerators wurde durch das Getöse von Wind und Regen beinahe übertönt. Ein verschissenes Loch. Sein letzter Auftrag. Und dann? Gestern war die Mauer gefallen. 9. November. Immer der 9. November. Scheidemann ruft 1918 die Republik aus. Reichskristallnacht 1938. Mauerfall 1989. Der 9.11. hatte es in sich. Ein deutsches Datum. Wie sollte man in Zukunft all diese Gedenktage nur unter einen Hut bringen. Er lächelte. Im Zeitraffer spulte er sein Leben in diesem Deutschland ab. Sein Schädel dröhnte lauter als Wind, Regen und Generator zusammen: 1952 bis 1973 West-Berlin – erst RAF, dann NPD; Übertritt Ost-Berlin – 1975 NVA, 1977 bis 1980 Studium in Moskau – dann Ausbildung NVA Militärischer Nachrichtendienst – seit 1982 Spezialeinheit Bersarin, Aufträge, exotische Auslandseinsätze, Liquidierungen, ein gefälliges, beinahe luxuriöses Leben – und 1990? 1991? Was würde kommen? Er würde ein neues System aufbauen. Sein System. Langsam. Geduldig.

Er hatte genug Geld zur Seite geschafft. Er würde sich die passende Identität zurechtlegen. Er lief die 10.000 Meter immer noch unter 32 Minuten. Er war im Nahkampf und in Guerilla-Taktiken ausgebildet. Er hatte kein Gewissen. Glaubte an Deutschland. Aber er würde auch ohne diesen bieder pseudo-ideologischen Arbeiter- und Bauernstaat zurechtkommen. Er blickte auf die Halbprofile der Palästinenser und schüttelte den Kopf. Den Nasen nach hätten seine Leute auch Juden-Karikaturen aus Streichers Stürmer entspringen können. Der Nahe Osten war ihm ein Widerspruch in sich geblieben.

„OK! Come on!" schrie er die anderen durch den Wind an. Die vier Palästinenser zuckten zusammen, warfen ihre Kippen in die Grube und liefen zu einem der zwei P3, die bei der NVA als Standard-Geländewagen im Einsatz waren. Gemeinsam wuchteten sie die sechs Quadratmeter große Plastik-Plane mit Bleifüllung von der Ladefläche und zerrten die gut vier Zentner zum Rand der Grube. Als ob die Plane tatsächlich Schutz bieten würde – pah! Typisch DDR... Zwei der PLO-Leute kletterten über die an einem der P3 befestigte Strickleiter hinunter und nahmen die Plane in Empfang, die die beiden anderen hinunterwarfen. Zu viert breiteten sie sie am Boden der Grube sorgfältig aus. Das Ergebnis war die zweidimensionale Oberfläche eines Würfels. „Perfect!" schrie er in die Grube hinunter. „Now, last step!" Die vier kamen einer nach dem anderen die Strickleiter hoch und trabten brav zum anderen P3. Vorsichtig manövrierten sie den ein Kubikmeter großen Tresor auf den märkischen Sandboden und schleppten den Stahl-Kubus mit Tragebändern wie Möbelpacker zur Grube. „And now: Kick down this shit!"

Der Tresor landete auf dem Boden der Grube. Der Inhalt schien unempfindlich gegen Erschütterungen zu sein. Die vier wieder hinunter. Tresor in die Mitte auf die Plane. Dann legten sie die Plane um den Tresor und verschnürten alles mehrfach mit Stacheldraht. Kurz nach ein Uhr. Die vier wieder hoch. Einer kippte das Loch mit dem Mini-Bagger wieder zu. Die anderen halfen mangels anderweitiger Beschäftigung mit Schaufeln mit. Er stand da und rauchte Kette. 1990??? Gegen vier war das Loch wieder zu. Die Ketten des kleinen Baggers drückten die Erde schön platt. Bisschen Sand drüber. In ein paar Wochen hätte die Natur alles eingeebnet und weitgehend der Umgebung wieder angepasst. Und wann würde sich dann der neue Gesamtdeutsche auf diesen Flecken Erde vorwagen? Alles wird gut.

Wieder wurden Zigaretten angezündet. Wieder betrachtete man das gemeinsame Werk. Dieser Staat war zum Untergang verurteilt. Auferstanden aus Ruinen, abgelegt als Ruine. Abgewrackt. Der letzte Auftrag. Alle vier PLO-Schergen standen rauchend im Regen und glotzten auf das Areal, das sie eben zugeschüttet und planiert hatten. Perfekt. Adrenalinstoß. So liebte er es. Er zog und entsicherte seine Makarov und trat mit drei kurzen Schritten von hinten an die PLO-Kameraden heran. Genickschuss eins. Genickschuss zwei. Hinrichtung. Die ersten zwei fielen wie nasse Säcke in den Sand. Die beiden anderen drehten sich um. Er sah die Überraschung, die Angst, den Tod in ihren Gesichtern und drückte nochmal ab und nochmal. Weg. Tot. Erledigt. Liquidiert, so wie beauftragt. Zuverlässig. Ohne Komplikationen. Das Adrenalin stieg immer noch an. Das Herz raste und er fühlte sich wie immer gut. Sehr gut. Macht. Totale Macht. Befriedigung. Das letzte Mal? Das letzte Mal. Mal sehen… Er genoss den Augenblick. Zündete sich noch eine Zigarette an, zog tief ein und stand drei Minuten da und betrachtete nun seinerseits stolz sein Werk.

Halb fünf. Er schnippte die Kippe in den Wind. Die vier hatten keine Ausweise, Dokumente oder sonst was bei sich. Profis. Nacheinander hievte er sie in den nächst gelegenen P3. Fuhr fünf Kilometer durch die Heide. Stoppte. Benzin-Kanister. Farewell, my lovely. Durchatmen. Laufen. Kurz nach fünf. Auf den Mini-Bagger. Ein Kilometer nordöstlich. Sand-Düne. Unterstand. Benzinkanister. Weg mit dem Scheiß. Durchatmen. Laufen. Sechs Uhr 35. Es dämmerte. Er war fertig. Zu viele Zigaretten. Seine Kondition ließ nach. Scheiß drauf. Es war sein letzter Auftrag für diesen verschissenen, verlogenen Drecksstaat. Nationale Gesinnung hatte hier nie gezählt. Anti-jüdische Gesinnung wurde nur verhalten gezeigt. Nationaler Sozialismus hatte sich zwar in der SED weiter entwickeln können, wurde aber aus taktischen Gründen gegenüber dem bolschewistischen Bruderstaat klein gehalten. Verlogenes Pack… Er zündete sich eine Zigarette an. Sog den nikotingeladenen Rauch ein, hielt ihn lange in der pumpenden Lunge und stieß ihn hasserfüllt aus. „War das Deutschland???!!!" brüllte er in die vergehende Nacht hinaus. „Scheiß drauf…" Warf seine Zigarette in den Sand. Stieg in den verbliebenen P3 und fuhr die 50 Kilometer zum Treptower Park in knapp 45 Minuten. Handbremse. „Das war's DDR! Fick dich, Idiotenstaat!"

Berlin – März 2012

1. Halbzeit

I

Der Morgen fing nicht gut an. Es wurde zu früh hell. Die Jalousien hielten nicht, was sie versprachen. Martin wälzte sich in seinem Kissen, versuchte der Helligkeit zu entkommen, konnte jedoch nicht mehr einschlafen. Regungslos ergab er sich seinem Schicksal, hauchte reinen Alkohol aus und horchte in sich hinein. Er spürte das Bier in seinem Kopf und direkt hinter seiner Stirn tobten noch die kleinen Jägermeister herum, die ihm ein Bayern-Fan nach dem leider verdienten Sieg des FCB in der Champions-League ausgegeben hatte. Diese Type hatte sich neben ihn an seinem Stammplatz an der Theke gesetzt und versucht mit ihm über Taktik zu fachsimpeln. Konnte aber nicht recht zwischen 4-4-2- und 4-2-3-1-Systemen unterscheiden, so dass nach seiner Rechnung mindestens elf Feldspieler plus Torwart des FCB auf dem Platz hätten stehen müssen. Siegestrunken hatte er ihm dann die Kräuterschnäpse spendiert. Bayern-Fans waren ihm schon immer suspekt. Opportunisten, die kontinuierlich auf der Siegerstraße fahren wollten, zu weinen anfingen und die eigenen Spieler auspfiffen, wenn sie mal verloren hatten. Ekelhaft.

Er rollte sich von seiner Matratze und schleppte sich ins Bad, wich dem sicherlich deprimierenden Spiegelbild geschickt aus und stellte sich unter die heiße Dusche. Wechselbäder waren ihm zu stressig. Nach zehn Minuten hatte der Wasserdampf den Spiegel dezent beschlagen und er traute sich langsam zum Abtrocknen aus der Duschkabine heraus. In der Küche füllte er die Mokka-Kanne mit Kaffee und Wasser und stellte sie auf die Schnellkochplatte seines Herdes, daneben einen kleinen Topf mit Milch. „Volle Aschenbecher, leere Whisky-Flaschen – du erfüllst auch jedes Journalisten-Klischee", murmelte er vor sich hin und leerte die Kippen in den Mülleimer und warf die Flasche hinterher. Mit einem „Scheiß-drauf" zündete er sich eine Zigarette an und schenkte sich seinen Kaffee ein. Der kräftige Geschmack des Kaffees weckte ein paar schläfrige Lebensgeister, das Nikotin verstärkte allerdings die

Kopfschmerzen. Nach ein paar Zügen drückte er die Zigarette aus, atmete tief ein und aus und machte sich wieder auf ins Bad, um sich der Realität zu stellen.

Was er sah, war ein ziemlich zerknittertes Gesicht mit Drei-Tage-Bart, einigen Lachfältchen um die Augen, die zwar nicht vom Lachen kamen, aber den zynisch nach unten hängenden Mundwinkeln noch eine versöhnliche Note gaben. Alkohol und Schlafentzug hatten ihm über Nacht die Tränensäcke aufquellen lassen, die aber für gewöhnlich wieder ihre unscheinbare Form annahmen, wenn sein Kreislauf erst mal wieder in Schwung gekommen war. Die hohe Stirn war in der letzten Hälfte seiner 30er Jahre durch Geheimratsecken noch höher geworden. Seit zwei Jahren trug er deswegen einen kompromisslosen Stoppelhaarschnitt. Seine verbliebenen Haare waren immerhin noch kräftig dunkelbraun. Ab und an riss er sich ein einsames graues Haar vom Kopf. Martin Schmidt, 39 Jahre, Leiter des Sport-Ressorts des Berliner Tagesanzeiger, geschieden, meistens Single, spannte die Muskeln seines müden Körpers an: Das Six-Pack vergangener Tage ließ sich nicht mehr erahnen, ein leichter Fettansatz verdeckte die schwächelnde Muskulatur. Brust, Schultern, Oberarme waren kräftig, aber nicht mehr durchtrainiert wie zu seinen aktiven Zeiten als Fußball-Spieler. Zumindest gab es noch einen Rest Körperspannung, der Martin etwas beruhigte. Er streckte seinem Spiegelbild die Zunge heraus, schluckte eine Ibuprofen und nach einem „Los geht's, alter Sack!" griff er zur Zahnbürste.

Alles in allem ein normaler Morgen für Martin. Verkatert wie fast jeden Morgen. Aber nach diesem Tag sollte Schluss sein mit Routine.

II

Kurz nach acht Uhr. So früh war er selten in der U-Bahn. Dicht gedrängt schwiegen sich die Menschen an. Die meisten starrten gebannt auf ihre Handys, die anderen starrten hypnotisiert ins Nichts. Am Alex war Endstation für die U5. Umsteigen in die S-Bahn. Die Rolltreppe hoch. Einem unbekannten Plan folgend, schoben sich hunderte von Menschen ameisengleich vorwärts, ohne sich schwerer als nötig zu behindern. Die nächste Rolltreppe führte zu den Hochgleisen der S-Bahn. Die März-Sonne schien durch die Glasscheiben und flutete den Bahnsteig. Martin kniff hinter seiner Sonnenbrille die Augen zusammen und konnte die anderen Wartenden dennoch nur als Scherenschnitte erkennen.

Scheinbar aus dem gleißenden Nichts der Sonne fuhr die S-Bahn ein. Martin wartete am Bahnsteig, während die anderen wie üblich die Waggons stürmten, ohne die angekommenen Fahrgäste aussteigen zu lassen. Berliner Höflichkeit. Vielleicht ließ diese Beton-Wüste den Menschen mit der Zeit auch spitze Ellbogen wachsen. Noch nirgendwo in Deutschland hatte er so viele Soziopathen gesehen wie in Berlin. In der Anonymität dieser Mega-Stadt gelang es vielen nicht mehr, den gesellschaftlichen Konsens und entsprechende Umgangsformen zu wahren. Erst in ihrem bekannten Umfeld, zu Hause oder im Büro, besannen sich die Großstädter wieder, dass sie menschliche Wesen waren und legten ihre Kampfmontur, die sie auf der Straße trugen, ab. Martin war kein Landei, war im Ruhrpott aufgewachsen, aber es hatte viele Jahre gedauert, bis er sich an Berlin und seine Bewohner gewöhnt hatte. Richtig warm war er mit der deutschen Hauptstadt noch nicht geworden, obwohl er bereits zum Studium nach Berlin gewechselt war und nun seit fast 20 Jahren hier lebte.

Martin stieg am Zoo aus und schlenderte in Richtung Redaktion. Die Temperaturen waren noch angenehm. Trotz Lederjacke verspürte er noch keinen Schweißfluss. Im Sommer konnte Berlin zu einem Backofen werden. Auch im Mai oder Juni waren wochenlange Hitzewellen keine Seltenheit. Straßen und Häuserblocks heizten sich dann unter der Sonne auf, was dann zu tropischen Nächten in der Stadt führte, während es im brandenburgischen Umland angenehm abkühlte. Doch Mitte März war erst mal der halbjährige nasskalte Berliner Winter vorbei und die Vorfreude auf bessere Zeiten hielt Einzug. Er ging langsam und atmete tief ein und aus. Die Schmerztablette hatte zu wirken begonnen. Martin zündete sich eine Zigarette an und ging weiter.

Beim Tagesanzeiger angekommen drückte er die Eingangstür, mit mehr Elan als er eigentlich hatte, schwungvoll auf. Der Pförtner am Empfang schaute erschrocken von seiner Bild-Zeitung auf, erkannte Martins Gesicht und nickte ihm kopfschüttelnd zu. Martin ging zum Lift und stieg ein. Als er seine Sonnenbrille in die kurzen Haare schob, sah er im Spiegel des Fahrstuhls, dass seine Tränensäcke wieder normales Niveau erreicht hatten. Geht doch… Martin streckte sich die Zunge heraus und wandte sich der Fahrstuhl-Tür zu. 6. Etage – Sportredaktion. In der Teeküche holte er sich seine eigens dort deponierte Mokkakanne aus dem Schrank und machte sich seinen zweiten Kaffee. Mit einem Kaffee-Pott bewaffnet ging er in den Raucherraum, um sich die heutige Ausgabe seiner Zeitung durchzulesen. „Morgen, Martin!" lachte ihn Maria an. „Du siehst ja beschissen aus. Zu intensiv Fußball gekuckt, hm?" Martin verengte die Augen zu Clint-Eastwood-Schlitzen und zog den imaginären Colt, um Maria mehrmals aus der Hüfte tödlich zu verwunden. Doch die Kugeln prallten an Marias guter Laune ab. „Schon gesehen? Meine Nazi-Reportage ist drin." „Endlich! Gratuliere! Und die Rechtsabteilung?" „Hat alles gecheckt. Alle Fakten sind belegbar, alles wasserdicht."

Maria war die Reporterin für die harten Geschichten. Kaum eine deutsche Tageszeitung konnte sich noch Reporter leisten, die investigativ recherchierten und akribisch arbeiteten. Maria war eine der wenigen Top-Rechercheure im deutschen Blätterwald, die ausreichend Zeit für ihre Geschichten bekam und sich nicht im Akkord 0815-Geschichten aus den Fingern saugen musste. Blond, blauäugig, ansehnlich gebaut, sympathisches Gesicht, empathiefähig, Anfang 30 konnte sie mit ihrer hartnäckigen Art jeden männlichen Gesprächspartner um den Finger wickeln und zu Aussagen und Informationen drängen, die sie im Vollbesitz ihrer geistigen Kräfte ansonsten keinem Journalisten anvertraut hätten. Männer sind bekanntlich einfach gestrickt und vor einer attraktiven Frau musste sich wohl auch der hartgesottenste Politiker, Manager oder Penner produzieren und machohaft mit seinen größeren und kleineren Untaten prahlen. Gegenüber Frauen spielte Maria die einfältig Naive, der man alles zweimal erklären musste, und gerne erklärten die interviewten Frauen dann Maria pikante Details nur allzu genau.

Martin mochte Maria, war auch schon öfter mit ihr etwas trinken gegangen und ein paar Mal in ihrem Bett hängen geblieben. Die letzten Wochen immer öfter. Aber die fröhlich energiegeladene Maria und der melancholisch zynische Martin wussten, dass sie allenfalls eine unkomplizierte Kumpel-Freundschaft führen konnten. Als Paar wären sie wohl bereits im Ansatz grandios gescheitert, zu unterschiedlich waren ihren Charaktere und ihre Einstellung zum Leben. Martin, der nichts so sehr liebte wie Sarkasmus, Ironie und sich in Bier und Kneipen flüchtete; Maria, die den Morgen mit Tai-Chi begann, arbeitete wie ein Tier und ihre Freizeit mit Kunst und Kultur anfüllte. Doch als Maria vor drei Jahren nach Berlin gewechselt war, wussten die beiden nach der ersten Redaktionskonferenz, dass sie eine gemeinsame Wellenlänge verband: Beide hassten paradoxerweise nichts so sehr wie Journalisten. Und beide hatten das nach einigen wichtigtuerischen Wortmeldungen der Kollegen durch die Mimik des jeweils anderen gemerkt. Im Raucherraum waren die beiden ins Gespräch gekommen und am Abend nach dem zweiten Bier war klar: Man verachtete gemeinsam das ewig besserwisserische, leicht profilneurotische Abziehbild des Journalisten, der in der Regel bessere Politik machen konnte als die Regierung, ein Unternehmen souveräner lenken konnte als jeder Wirtschaftskapitän und selbstverständlich mehr strategisch-taktisches Spielverständnis aufzubieten hatte als der aktuelle Bundestrainer. So unterschiedlich ihre Auffassung von Leben auch war, ihre Welt war sich in vielem ähnlich.

„Und? Die Geschichte jetzt, das war aber doch nicht alles, oder?" Maria lachte verschmitzt: „Ne, das war erst der Anfang. Aber alles mit der Ruhe. Ich kann noch ein paar Stories nachschieben. Danach sollte auch unser dusseliger Verfassungsschutz genug Hinweise an die Hand bekommen haben, um die Führungsriege der NVP ausheben zu können. Ich hab noch so viel Material auf der Festplatte…" „Alles klar. Und Du glaubst, die Wichser lassen sich das einfach so gefallen?" „Nö, deren Anwälte werden noch vorm Mittagessen aufschlagen. Aber das wird nix. Alles wasserdicht." „Und? Keine Angst?" „Alles undercover. Falscher Name, keine Handy-Nummer, Pseudo-Email, außer bei den Informanten natürlich…" „Pass auf, Mädchen, die wissen, dass nur Du so eine Geschichte bringen kannst. Nix pseudo-anonym…" „Na, dann musst Du mich heute Nacht beschützen, mein Süßer, mit Deiner härtesten Waffe." „Klar! Aye-aye, Sir! Stehe bereit!" brüllte Martin durch das Raucherzimmer und salutierte vor Maria. Sie schenkte ihm ein Lachen inklusive Kopfschütteln. Er küsste sie auf den Kopf und drückte sie fest an sich: „Gut, dass es Dich gibt, Süße!" „Tjaha! Sonst hätte man mich erfinden müssen! Jetzt aber Schluss mit dem Gesülze, Martin! Los: An die Arbeit! Hau rein!"

Dann begann der Redaktionsalltag für Martin. Redaktionskonferenz am Vormittag, Aufgaben verteilen in der Ressort-Konferenz, Texte von freien Journalisten anfordern, Texte von freien Journalisten redigieren, Redaktionskonferenz am Mittag, Lunch im Döner-Laden an der Ecke, Telefonate mit Bundesliga-Trainern, Bundesliga-Informanten, Bundesliga-Managern, Bundesliag-Spieler-Vermittlern, einen Kommentar schreiben, Agentur-Meldungen checken, Agentur-Meldungen übernehmen, noch ein bisschen Leichtathletik, Formel-1 und Turnen, damit es nicht zu Fußball-lastig wird, Abstimmung Chefredaktion, Abstimmung Ressort-Redakteure, Abstimmung CvD, Fotos mit der Grafik aussuchen, bis 19 Uhr feilen, fertig. Den Rest bis zum endgültigen Redaktionsschluss um 23 Uhr würde sein Kollege übernehmen.

Erst mal ein Bier für die S-Bahn. Ab nach Hause, U5, Samariterstraße, Friedrichshain. Zwotes Bier Eckkneipe, Europa-League, Früh-am-Abend-Spiel: Hannover gegen Lüttich. 96 spielt modern, schnell, effektiv – aber eben nur Europa-League. „Fuck!" schrie Martin, als Hannovers norwegischer Stürmer frei vorm Tor versemmelte und dann: „Ich hab Maria vergessen!", rief Martin der ahnungslos achselzuckenden Barfrau zu und war bereits dabei Marias Nummer ins Handy zu drücken. „Naaa, Martin?", meldete sie sich: „Ich glaube, ich brauche bald ganz, ganz dringend Personenschutz." „Okay..." Dann traf der 96-Stürmer volley und die Bar-Besucher klatschten unter Grölen und Jubelschreien lautstark Beifall – und das in einer Berliner Kneipe. Aus dem Handy gurrte es verständnisvoll: „Gut, Martin, komm in der Halbzeitpause vorbei. Hier kannst Du dann die zwote Hälfte sehen. Hannover ist ja Free-TV." „Mann, Maria, hätte meine Verflossene seinerzeit so viel Verständnis gehabt..." Außer einem „Jaja... Und jetzt beweg schon Deinen Arsch, Süßer!" bekam er von Maria nichts weiter zu hören. Na, gut. Auf der Herren-Toilette befühlte er kurz seinen Schwanz, freute sich, dass er ihn nicht nur zum Pinkeln hatte, packte ihn wieder ein und machte sich auf den Weg.

III

Maria wohnte ebenfalls in Friedrichshain. Süd-Kiez, nähe Boxi. Martin lief beschwingt vom Bier und intensiv rauchend die Samariter abwärts, über die Frankfurter, rein in die Mainzer Richtung Boxhagener Platz. Es war schon dunkel, aber es roch bereits nach Sommer. Ein wunderbarer Frühling kündigte sich an. Jede Kneipe hatte Tische auf dem Gehweg aufgestellt, die letzten alternativ organisierten Wohnhäuser hatten ihre Abend-Party ins Freie verlegt. F'hain wie Martin es mochte. Trotz beginnender Mietpreiserhöhungen hatte sich der Kiez seinen Charme bewahrt. Als er kurz nach der Wende hier ankam, waren alle Häuser abbruchreif in tristem DDR-graubeige gewandet. Über die Jahre wurde saniert und nachdem der Prenzlberg seine Bevölkerung ausnahmslos aus den Münchener Nobel-Stadtteilen Schwabing und Bogenhausen rekrutiert hatte, wurde langsam auch F'hain zum Objekt besser verdienender Begierde. Doch die Hausbesetzer, alternativen Clubs und die abgefuckten Kneipen hatten Gegenwehr geleistet und behaupteten sich wacker, obwohl sie auf Dauer keine Chance haben würden. Martin passierte den Boxi an der Ostseite. Ein paar Straßen weiter lag die Touristen-Meile, die Simon-Dach-Straße. Dort lieferten sich alle möglichen asiatischen Restaurants, pseudo-hippen Cafés und alteingesessenen Kneipen einen selbstmörderischen Dumping-Wettbewerb, der in 24stündigen Happy-Hour-Phasen für Touristen kulminierte. Martin ließ die Touri-Ecke rechts liegen und bog hinter dem Boxi links ab, um in 150 Meter später in die Seumestraße einzubiegen.

Ob 96 gegen Lüttich gewinnen würde? Martin sog den Zigaretten-Rauch tief in seine Lungen und dachte abwechselnd an 96 und Marias Schutzbedürfnis. Mit seinem Leben war Martin nicht zufrieden. Zu viel war in den letzten Jahren schiefgelaufen. Maria war sein Hoffnungsschimmer. Nur ein Schimmer. Nur Hoffnung. Fuck, aber er war auf solche Lebenszeichen wie Maria angewiesen. Keine Viertelstunde war seit dem Telefonat mit ihr vergangen, als er den Schwarzen Hahn mit seinem besser bezahlenden Konsumenten passierte und in Marias Hauseingang zum Stehen kam.

Berger war Marias Nachname und daher drückte er den Klingelknopf neben dem entsprechenden Namensschild. Nichts. Martin klingelte nochmals. Wartete. Nichts. Gerade Pinkeln? Musik zu laut? Martin nahm sein Handy und wollte Maria anfunken, als die Haustür geöffnet wurde und sich ein junger Mann freundlich lächelnd herausschob. Na, denn, dachte sich Martin, trat ein und musterte den anderen im Vorbeigehen. Der Typ war höchstens Mitte 20, denselben Kurzhaarschnitt wie Martin, einen hippen Spitzbart ans Kinn geheftet, Ohrring, ein Tattoo ragte aus dem Kragen des T-Shirts hervor und er hatte eine schwarze Sporttasche geschultert. Zuvorkommend hielt er ihm die Tür auf, damit Martin passieren konnte. „Vielen Dank!" rief Martin und trat ein. „Dafür nich!" kalauerte der andere und lies ihn durch. Die Tür schloss sich und Martin stieg die Treppen nach oben. Ziel: vierte Etage.

Martin, ganz der ehemalige Bergsteiger, lies es langsam angehen. Maria hatte ihr Handy abgeschaltet. Na, super! „Na, nun mach schon, Mädchen..." dachte Martin tapfer treppensteigend zwischen zweiter und dritter Etage. „Na gut, dann werden wir wohl zum Amusement der Nachbarn die Tür eintreten müssen, Schätzchen", keuchte Martin vor sich hin. Doch oben angelangt stand Marias Tür bereits offen. „Berger" stand auf dem Namensschild. Da war er richtig. Außer Atem, aber doch fit genug für eine launige Begrüßung stand Martin auf der Türschwelle: „Na, Du?!" dröhnte er im tiefen Bass. „Wo steckt, mein Herzblatt?" Keine Antwort. Martin trat ein und schloss die Tür. In Küche und Flur war Licht, leise drang Musik aus dem Wohnzimmer, sanft wummerte Motörhead aus Marias sündhaft teuren Bose-Boxen. „Perfekter Empfang, Schätzchen, aber diese Musik muss man etwas lauter hören!" brüllte Martin gespielt überdreht als er die Tür zum Wohnzimmer aufstieß.

Maria lag auf dem Wohnzimmer-Teppich. Ihr Gesicht war kein Gesicht mehr. Es war blutiger Brei. Ihr Kopf, oder das, was davon übrig war, glich einem unförmigen Etwas. Martin sah auf den weitgehend unversehrten Rumpf seiner Freundin, an dessen Hals nichts mehr als ein schwarz-roter Klumpen hing. Der Mörder musste wie ein Berserker auf ihren Kopf eingedroschen haben. Ihr Schädel war mehrfach geborsten, Hirnmasse und Knochensplitter verteilten sich auf einer riesigen Blutlache, die in den cremefarbenen Teppich gesickert war. Ein blutverschmierter Baseball-Schläger aus Alu, lag neben ihr. Darunter klemmte ein Zettel: „Judensau!" las Martin.

IV

Martin keuchte, hustete, hyperventilierte, übergab sich in Marias Wohnzimmer. Kotzte sich die Seele aus dem Leib. Direkt neben Marias Leiche auf den Teppich. Ließ sich auf das Sofa fallen, wandte den Blick ab, hoch zur Zimmerdecke. Schaute wieder auf Maria, musste sich wieder übergeben, diesmal in eine Topfpflanze neben dem Sofa. „Nein! Verfickte Scheiße! Was passiert hier!? Fuck!!!" schrie er und krabbelte in die Küche. Martin drehte das Wasser auf, wusch sich das Gesicht und trank einen Schluck, um den bitteren Geschmack von Erbrochenem auszuspucken und hinunterzuspülen. Was tun? Martin setzte sich an den Küchentisch und zündete sich eine Zigarette an.

Nazi-Schweine. Der Typ, der ihm unten die Tür aufgehalten hatte. War er es? Der Täter musste Maria unmittelbar vor Martins Ankunft erschlagen haben. Sie hatten doch eben noch telefoniert… Martin sog den Rauch seiner Zigarette tief ein. Und jetzt? Polizei anrufen. Martin wählte den Notruf. Erzählte kurz, was passiert war, gab seinen Namen an und versprach auf die Polizisten zu warten. Und jetzt? Martin wählte die Nummer seines Chefredakteurs, Tim Schumann. „Hallo Tim! Maria ist tot. In ihrer Wohnung erschlagen. Ich hab sie eben gefunden. Hab bereits die Polizei verständigt." Martin schluckte: „Was soll ich tun?" Kurzes Schweigen am anderen Ende. „Ich schick dir Walter Rosenberg, unseren Anwalt, Junge", sagte sein Chef ruhig aber bestimmt. „Mach bitte Fotos, auch wenns schwerfällt. Das is ne Riesengeschichte! Ich werde Marias Festplatte in der Redaktion sichern, nicht dass die Polizei sie mitnimmt. Schau, ob Du ihren Laptop findest. Meine Güte! Sie hatte noch eine Menge Material über die NVP und deren Untergrund-Organisation gesammelt, hat sie gesagt. Das darf nicht in falsche Hände gelangen. OK?" „OK. Ruf den Anwalt bitte gleich an. Tim, ich glaube, alleine schaff ich das nicht." „Mach ich. Halt die Ohren steif und komm anschließend gleich in die Redaktion. Bis nachher!" „Ja, Scheiße… Bis nachher."

Martin legte auf und schaltete die Foto-Funktion seines Handys an. Sich selbst schaltete er in den professionell distanzierten Journalisten-Modus. Dann ging er zurück ins Wohnzimmer zu Maria. Er fotografierte ihre Leiche, die Reste ihres Schädels, den Baseball-Schläger mit dem Zettel, jede Ecke des Wohnzimmers bis auf die vollgekotzten. Dann steckte er sein Handy in die Hosentasche und ging zum Schreibtisch. Kein Laptop zu sehen. Mit einem Papiertaschentuch öffnete er die Schubladen, Marias Ledertasche. Kein Laptop. Keine CD-ROM, kein USB-Stick, nichts. Auch nicht im Bücherregal. Martin ging durch den Flur ins Schlafzimmer, schaute unters Bett, in Marias Kleiderschrank. Nichts. Viele Möbel hatte Maria nicht. Eine funktional eingerichtete 2-Zimmer-Altbauwohnung. Viel Zeit blieb nicht mehr, dann würden die Bullen antanzen. Martin ging zurück in die Küche und schaute die Schränke durch. Fehlanzeige. Unter der Spüle ebenfalls. Blieb nur noch das Badezimmer. Im Schränkchen über dem Waschbecken nur Kosmetik-Kram und Arzneimittel. WC-Spülkasten. Hmm… Letzter Versuch: Die Verkleidung der Badewanne. Ein Stück der Kacheln war nur lose mit Magneten befestigt, damit der Klempner bei einem Rohrschaden leicht an den Abfluss kam. Martin nahm die Kachel ab, da klingelte es. „Mist, die Bullen, jetzt aber schnell", murmelte er vor sich hin. Er griff in den staubigen Hohlraum und tastete ihn so gut wie möglich ab. Es klingelte erneut. Da bekam er ein kleines Plastiktütchen zu fassen. Martin zog es heraus. Darin war ein USB-Stick verpackt. Schnell steckte er das Tütchen in die Innentasche seiner Lederjacke, setzte die Kachel wieder in die Außenwand der Badewanne und rannte zum Türöffner.

V

Die Polizei rückte mit einem guten Dutzend Leute an. Während seines Volontariats nach dem Studium war er eine Zeit lang als Polizei-Reporter unterwegs gewesen. Das Vorgehen der Beamten war ihm nicht fremd. Notarzt, uniformierte Polizei und die Beamten des Kriminaldauerdienstes kamen gleichzeitig. Vor dem Haus sicherten Uniformierte mit Streifenwagen und Blaulicht die Umgebung ab, Leute von der Spurensicherung kamen nun ebenfalls die Treppe hoch. Die würden sich dann auch über Martins Kotze hermachen. Viel Spaß… Er ließ den Pulk der Reihe nach zur Wohnungstür hinein, zeigte ihnen Marias Leiche und stellte sich dann dem zuständigen Hauptkommissar vor. „Tach, Schmidt. Ich habe die Polizei verständigt." Der Hauptkommissar stellte sich als Hauptkommissar Michael Dietrich vor. Dietrich war etwa einen Meter neunzig groß und auch fast so breit. Halblanges grau meliertes Haar,

Vollbart. Mit seinem grauen Parker, der Jeans und den Cowboy-Stiefeln eiferte er zweifelsohne seinem Vorbild Schimanski nach. Und er war wohl aus einer der letzten Schimanski-Episoden entsprungen. Trotz seines vollen Haars, wiesen die Falten an Hals und Gesicht Dietrich als einen Mann Ende der 50er aus. Als Sidekick diente ihm ein kleines rundliches Männlein, Anfang 50, Typ geschlechtslose graue Maus, das sich als Oberkommissar Wolf Meier vorstellte und schon seinen Notizblock bereit hielt. Dietrich fixierte seine Daumen in den vorderen Hosentaschen seiner Jeans. Martin wollte die Augen verdrehen, besann sich dann aber eines Besseren. Dietrich musterte ihn kurz, aber gründlich.

„Nu? Wat is passiert?" „Ich bin in der Halbzeitpause zu meiner Kollegin und habe sie so gefunden." „Wie sinnse denn rinnjekommen?" „Wir haben gegen 20 Uhr 15 kurz telefoniert. Ich hatte in meiner Kneipe in der Samariterstraße das Hannover-Spiel gesehen. Als ich ankam, machte sie nicht auf. Ein jüngerer Mann ließ mich zur Haustür rein, die Wohnungstür stand offen." „Könnse den Mann beschreiben?" mischte sich der kleine Meier ein. „Ungefähr eins achtzig, Mitte 20, Kurzhaarschnitt, Kinnbart, dunkle Kleidung, schwarze Sporttasche." „OK", sagte Dietrich, „da brauchn wa se fürn Phantombild. In ihrer Kneipe gibt's Zeugen für ihre Anwesenheit?" „Klar, die Barfrau." „Haben sie hier alles vollgekotzt?" fragte das Meier. „Äh, ja." „Haben sie ne Ahnung was dit mit der ‚Judensau' zu bedeuten hat?" fragte Dietrich. „Ja, Maria und ich arbeiten beim Berliner Tagesanzeiger. Sie hatte heute eine große Reportage über die NVP und deren Terrorzellen im Blatt." „Ach Du Scheiße! Nazis und Presse! Is ja zum Kotzen!" Dietrich blickte eine Sekunde zur Decke, um vom Polizeigott schützenden Segen zu erhalten, dann sah er wieder Martin an: „Tschuldijung. Aber dit riecht ja nach ner Riesenkacke!"

Dietrich gab seinen Leuten Anweisung, die Wohnung nach Recherche-Material zu durchsuchen. „Och det Bücherrejal, Jungs!" Und zu Martin: „Wir müssn ma an ihren Arbeitsplatz in da Redaktion. Die hat bestimmt jede Menge Hinweise auf ihrm Computa." „Da werden sie sich noch etwas gedulden müssen, junger Mann!" tönte es von der Türschwelle. Walter Rosenberg, der Anwalt des Tagesanzeigers trat ein. Mit seinen 60 Jahren, den gescheitelten weißen Haaren und dem schwarzen Dreiteiler verströmte der Senior eine natürliche Autorität, die er für seine Mandanten vorteilsbringend einzusetzen wusste. „Guten Abend. Dr. Rosenberg, Justiziar des Tagesanzeiger, mein Karte." Rosenberg steckte dem verdutzten Dietrich seine Visitenkarte hin. „Das Material von Frau Berger in der Redaktion werden erst wir sorgfältig prüfen. Hier hat der Informantenschutz Vorrang. Selbstverständlich werden wir sie nach sorgfältiger Durchsicht des Materials bei ihrer Arbeit unterstützen, Herr Kriminalkommissar." „Hauptkommissar. Hauptkommissar Dietrich." „Äh, ja, Herr Hauptkommissar." „Ich sach ja, Riesenkacke. Nazis und Presse, meine Jüte!" „Brauchen Sie Herrn Schmidt noch?" Dietrich schaute Rosenberg prüfend an. In seinem Kopf klingelten gerade alle Alarm-Glocken: Nur keine zusätzlichen Probleme! „Nee", sagte er dann gedehnt. „Personalien hammwa." „Die Kneipe hat bestätigt, dass er da war", ergänzte das Meier. Dietrich: „Phantombild bitte morgen früh um neun in der Wedekindstraße. Denn können wa och det Protokoll fertig machen. Juti?"Dietrich fixierte Martin scharf, und das Meier knurrte lautlos wie ein stummer Terrier.

„Herr Schmidt, bitte kommen sie." Rosenberg drängte Martin sanft aber bestimmt zur Tür hinaus. Schweigend gingen sie die Treppen hinunter. Die nächtliche Straße flackerte im Blaulicht wie eine Dorf-Disko. Rosenberg führte Martin zu seinem schwarzen Mercedes, der hinter einem Streifenwagen stand. Als sie im Wagen saßen, bot Rosenberg Martin einen Zigarillo an. „Nein, danke, aber ich würde gerne eine Zigarette rauchen." „Nur zu, nur zu. Das ist nochmals gutgegangen. Die hätten sie auch in Gewahrsam nehmen können. Dieser Dietrich scheint mehr Angst als Verstand zu haben." Rosenberg startete den Benz und fuhr an.

VI

Schweigend saßen die beiden im Wagen und rauchten. Rosenberg hatte die Fenster leicht heruntergelassen, damit der Rauch abziehen konnte. Beim gleichzeitigen Gebrauch von Zigarillo und Zigarette hätte auch eine Mercedes-Ventilation ihre Schwierigkeiten gehabt. Vor der Oberbaum-Brücke bogen sie rechts ab und fuhren an der Eastside Galery entlang

Richtung Mitte. Der Gelbton der Straßenbeleuchtung tauchte die Straßen in das typisch fahle Nachtlicht Berlins.

Es war nach elf Uhr. Seit Martins Aufbruch aus seiner Fußball-Kneipe waren nicht einmal drei Stunden vergangen. Jetzt saß er in einem Mercedes und ließ sich vom Justiziar des Tagesanzeigers durch die Berliner Nacht kutschieren. Maria war vor drei Stunden noch am Leben. Seine Freundin. Seine Hoffnung. Die Hoffnung stirbt bekanntlich zuletzt, dachte Martin. Aber sie stirbt. Aber musste es so bestialisch geschehen? Was war dieser Nazi-Typ für ein Mensch? Ein gewöhnlicher Schläger? Ein Psychopath? Ein gewaltbereiter Fanatiker? Ein Profi-Killer? Alles auf einmal? Er war ihm nicht weiter aufgefallen, als er ihm freundlich die Tür aufgehalten hatte. Spitzbart, kurze Haare, Tattoo, Ohrring, Sporttasche – mäßig hippes Outfit, das in Berlin nicht weiter ungewöhnlich auffiel. Doch was fiel in Berlin schon ungewöhnlich auf? Selbst im Bademantel konnte man hier in den Supermarkt latschen, ohne dass es irgendjemanden interessiert hätte.

Falls der Spitzbart Marias Mörder war, hatte er ihn durch sein Klingeln gestört. Er hatte die Wohnung nicht durchsuchen können. Hatte sich Marias Laptop in die Sporttasche gestopft und war die Treppe hinuntergerannt. Die Tür hatte er vergessen zu schließen. Ein Fehler, sonst hätte Martin wahrscheinlich gedacht, Maria wäre kurz aus dem Haus gegangen oder hätte ihn versetzt, worauf er wieder sauer abgezogen wäre. Marias Leiche hätte man womöglich erst Tage später entdeckt. Doch wahrscheinlich wollte der Typ, dass man Maria schnell entdeckt. Schließlich sollte man doch über den Mord Bescheid wissen und zwar möglichst unmittelbar nach dem Erscheinen von Marias Reportage. Was war das für ein Tattoo, das aus seinem Hemdkragen herausragte? Flammen? Stilisierte Sonnenstrahlen? Oder einfach nur ein bedeutungsloses Tribal? Würde er das Gesicht wieder erkennen? An wen hatte es Martin erinnert? Der hagere Bruder von Lukas Podolski vielleicht? So in etwa. Nein, er kam nicht drauf.

„Wie geht es ihnen, Herr Schmidt?" fragte Rosenberg, als sie an der Kreuzung vor dem Roten Rathaus halten mussten. „Nicht besonders", murmelte Martin. „So was Brutales habe ich noch nie gesehen. Und sie… sie war meine Freundin." Tränen stiegen in ihm auf und er schluchzte.

Rosenberg fuhr an, als die Ampel auf Grün schaltete, und klopfte Martin schweigend auf die Schulter. Sanft rollte der Benz die Leipziger hinunter. Martin rotzte in ein Taschentuch und zündete sich eine weitere Zigarette an. „Warum haben die das getan?" fragte Martin wieder etwas gefasster, ohne eine Antwort zu erwarten. „Haben Sie Frau Bergers Reportage nicht gelesen?!" erwiderte Rosenberg. „Darin schildert sie minutiös die Verbindungen zwischen Nationaler Volkspartei und der NS-Front, der terroristischen Untergrundorganisation. Darin steckt mehr Tobak, als in der gesamten Arbeit des Verfassungsschutzes, falls der überhaupt mal was gearbeitet hat. Pah! Verfassungsschutz... das ist kein Geheimdienst, das ist Verschwendung von Steuergeldern! Amateure..." Auch Rosenberg zündete sich empört über die vermeintlichen Stümper des Verfassungsschutzes einen weiteren Zigarillo an, als sie auf die monströse Raumstation des Potsdamer Platzes zusteuerten. „Mit den Belegen und Aussagen, die Frau Berger in den letzten Wochen und Monaten gesammelt hat, ließe sich problemlos ein Parteien-Verbot für die NVP vor dem Bundesverfassungsgericht erwirken. Damit wäre den Neo-Nazis die finanzielle Grundlage entzogen. Das ist denen offensichtlich einen Mord wert."

Martin überlegte. Es war ihm peinlich. Er hatte Marias Reportage nicht aufmerksam gelesen, nur kurz überflogen. Im Groben hatte er geglaubt zu wissen, was sie aussagen wollte. Journalisten lasen für gewöhnlich nicht viel Zeitung, außer die eigenen Artikel natürlich. Klar, er wusste von den Morden der NS-Front, den peinlichen Pannen des Verfassungsschutzes. Er wusste auch noch aus Studienzeiten, dass das Bundesverfassungsgericht erst zweimal eine Partei verboten hatte, die KPD 1956 und die nationalsozialistische SRP 1952. In der Sozialistischen Reichspartei hatten sich Alt-Nazis gesammelt, die auch versucht hatten die FDP in Nordrhein-Westfalen zu unterwandern. Seitdem war kein Parteienverbot mehr ausgesprochen worden. Entweder waren die Beweise zu dünn, oder man argumentierte, dass man die Nazis besser beobachten könne, wenn es eine beobachtbare Parteistruktur gebe. Einen organisierten Nazi-Terrorismus hatte man immer ausgeschlossen, bis man nach der Verhaftung einiger Mitglieder der NS-Front erstmals vage Einblicke in deren Organisationsstruktur bekommen hatte. Die Morde, die die NS-Front über Jahre begangen hatte, waren bis dahin von

Polizei, Verwaltung und Politik alle als zusammenhangslos betrachtet worden, auch wenn beinahe ausschließlich Ausländer die Opfer gewesen waren. Nazi-Terror in Deutschland? Ausgeschlossen! Es kann nicht sein, was nicht sein darf, war bis dahin die gängige Logik gewesen. Ein verhängnisvoller Irrtum.

„Aber hat man denn die NS-Front mittlerweile nicht auf dem Radar?" fragte Martin seinen Fahrer. „Das ist sehr schwierig. Die NS-Front scheint ähnlich in Zellen organisiert zu sein wie Al-Quaida. Und scheinbar gibt es genug gewaltbereite Neo-Nazis, die man problemlos mit einem Mord-Auftrag losschicken kann." Rosenberg schnippte die Asche seines Zigarillos aus dem offenen Spalt des Autofensters. „Gerade im Osten Deutschlands wimmelt es doch nur so von frustrierten, arbeitslosen jungen Männern, die sich in ihrer Not der Gemeinschaft der Neo-Nazis anschließen. Der Jahrzehnte-lange Materialismus der SED-Kommunisten macht die Leute empfänglich für Spiritualität." Martin verstand nicht: „Wie? Spiritualität? Nazis sind doch Ideologen." „Ach, junger Mann, mit dem Dritten Reich scheinen sie sich seit der Schulzeit nicht mehr allzu oft beschäftigt zu haben, oder?" Nein. Hatte Martin nicht. In der neunten Klasse war das Thema Nationalsozialismus mehr oder weniger wegen Krankheit des Geschichtslehrers ausgefallen und in der Kollegstufe hatte er nicht mehr richtig aufgepasst. Da waren ihm Sport, Heavy Metal und Mädchen wichtiger gewesen. Martin hatte Sport und Germanistik studiert. Das NS-Regime war ihm allenfalls prosaisch gefiltert durch die Lektüre der deutschen Nachkriegsliteratur bekannt.

„Also: Was haben denn bitte die Nazis mit Spiritualität zu tun?" fragte Martin pflichtschuldig den Justiziar. Rosenberg zog genüsslich an seinem Zigarillo. Martin sah, dass er den Rauch inhalierte. Also waren Zigarillos auch keine Methode, sich die Zigaretten abzugewöhnen. Rosenberg blickte kurz auf seinen Beifahrer, um sich zu vergewissern, dass er auch die nötige Aufmerksamkeit bekam, die seinen Ausführungen zukommen sollte. „Die Nationalsozialisten hatten kein logisch-philosophisches Gedankengebäude, keine Ideologie, sondern eine Weltanschauung, wie sie es nannten. Das Rationale, Vernünftige war ihnen verhasst. Ihre Rassenlehre von der Überlegenheit des nordischen Ariertums war völlig unwissenschaftlich und beruhte nur auf Behauptungen. Stellen sie sich vor, wie Hitler und Goebbels getobt haben, als Jesse Owens – ein Schwarzer – bei den Olympischen Spielen 1936 in Berlin allen anderen davonlief. Das hat diese beiden selbsternannten Genetiker in ihren Grundfesten erschüttert. Egal... Außerdem kam der Volksstamm der Arier aus Persien und nicht aus dem nördlichen Raum." Rosenberg lachte verächtlich und bog ab ins Reichpietschufer.

„Kurzum, die Germanen-Tümelei hatte zwei konkrete Ziele: Innenpolitisch, die Juden als Sündenbock für wirtschaftliche Misere zu brandmarken, die aus der Weltwirtschaftskrise und dem verlorenen 1. Weltkrieg rührte,; außenpolitisch, um der minderwertig russisch-bolschewistischen Rasse sogenannten Lebensraum abzutrotzen, also die rohstoffreichen Gebiete bis zum Ural." Mit einer kurzen Bewegung der linken Hand schnippte Rosenberg wieder seine Asche aus dem Fenster. „Letztendlich waren es Machtgelüste eines Psychopathen namens Hitler. Lesen sie 'Mein Kampf'. Hatte Hitler schon 1923 geschrieben. Juden-Vernichtung, Lebensraum im Osten – nahm nur keiner ernst." Martin glaubte, sich dunkel an Bruchstücke seines Schulunterrichts zu erinnern: „Und daran glauben die heute immer noch?" Rosenberg lachte. „Ob sie an die unbefleckte Empfängnis glauben oder an die unbezwingbare arisch-germanische Rasse – lächerlich ist beides. Aber als frustrierter, arbeitsloser Jugendlicher wäre ich lieber unbezwingbar als unbefleckt, oder?"

Hinter dem Lützowplatz steuerte Rosenberg den Benz in die Kurfürstenstraße. Martin wollte sich noch eine Zigarette anzünden, doch die Schachtel war leer. „Zigarillo?" bot Rosenberg an. „Warum nicht", willigte Martin ein. Rosenberg reichte ihm eine Schachtel Nobel Petit. Gewöhnliche Zigarillos, keine Edelmarke... Martin nahm sich eine und zündete sie an. Der Rauch war aromatischer und zugleich sanfter als der seiner Zigaretten. Nicht schlecht, dachte er und zog erneut. Rosenberg lächelte. Scheinbar erfreute es ihn, dass er jemanden zum Zigarillo-Rauchen bekehrt hatte. „Um eine irrationale Weltanschauung wirksam zu verbreiten, müssen sie bei Goebbels Grundregeln der Rhetorik nachschlagen: behaupten, wiederholen, übertragen. Wenn sie irgendeinen Unsinn nur oft genug wiederholen, wird das geglaubt. Übertragen sie dieses Schema auf den nächsten Unsinn, nehmen die

Menschen auch das für bare Münze und verbreiten es. Vox populi, vox Rindvieh – wie schon Franz-Josef Strauß oft genug betonte, junger Mann."

VII

Rosenberg nahm nun Kurs auf das Redaktionsgebäude und war gedanklich nun bereits bei der Parkplatzsuche. Martin versuchte seine Gedanken zu ordnen. Völlig verblödete Nazis, die sich für unbezwingbar hielten, hatten in der Halbzeitpause des Europa League-Spiels Hannover 96 gegen Standard Lüttich seine Maria zu Brei geschlagen. Ein grenzdebiler Hauptkommissar namens Dietrich in Cowboystiefeln, die seit über 25 Jahren aus der Mode waren, würde und wollte den Fall nie klären, weil er zu viel Angst vor der Kombination Presse+Nazis hatte – und außerdem ja grenzdebil war. Staatsschutz? Verfassungsschutz? Scheinbar Armleuchter. Marias Laptop war verschwunden. Er war mit einem geschichtskundigen ergrauten Juristen in einem Mercedes auf dem Weg in die Redaktion, wo Maria möglicherweise weitere Informationen zu NVP und NS-Front gespeichert hatte. Sollte Marias Mörder gefunden werden, musste er das wohl übernehmen. Was hatte er auch sonst schon vor?

Auch Martin war Journalist und konnte – wenn er wollte – recherchieren, dachte er und zog bestimmt an seinem Zigarillo. Er hatte meistens nicht gewollt, war den einfacheren Weg gegangen, hatte sich gerne von Sportfunktionären Geschichten diktieren lassen. Schließlich musste man doch seine Kontakte pflegen, um weiter an Infos zu gelangen. Investigative Geschichten überließ er anderen. Doping im Radsport etwa. Radfahren war bereits verseucht und übel beleumundet, da konnte man nun immer wieder draufhauen. In der Leichtathletik oder beim Schwimmen auch. Vor allem bei osteuropäischen oder amerikanischen Athleten war klar, dass deren unglaublichen Erfolge nur pharmazeutisch erklärbar waren. Falls mal Deutsche irrtümlich siegten, konnte das hingegen nur mit intensiveren Trainingsmethoden erklärt werden. Aber im Fußball war es inakzeptabel, das Thema Doping auch nur anzusprechen. Als er vor einigen Jahren mal einen kritischen Artikel über den Tour de France-Sieg von Lance Armstrong geschrieben hatte, brachen alle Dämme: Radsport-Funktionäre betrachteten ihn als Persona non grata, wütende Fans wünschten ihn in ihren Leserbriefen zur Hölle und die älteren Kollegen zwinkerten dem jungen Springinsfeld tröstend zu, um hinter seinem Rücken wissend den Kopf zu schütteln. Der Sportjournalismus war verseucht und korrumpiert. Mehr noch als die Ressorts Politik oder Wirtschaft. Martin war sich dessen bewusst, hatte aber nie ein besonderes journalistisches Ethos gepflegt und lebte und arbeitete bequem nach dem Prinzip do-ut-des, geben und nehmen. Maria war anders gewesen. „Ja, das war sie", murmelte er gedankenverloren. „Bitte?" fragte Rosenberg nach und setzte den Benz in eine Parklücke zurück.

Rosenberg und Martin wurden vom Pförtner in das Redaktionsgebäude am Breitscheid Platz eingelassen und fuhren im Lift in die 8. Etage. Chefredaktion. Tim Schumann, End-50er, grau meliertes dichtes Haar, wohlgenährt, glattrasiert, schwarzer Anzug, weißes Hemd, keine Krawatte, empfing sie in seinem Büro. Weitläufig. Alter Kanzlei-Schreibtisch. Sitzecke, schwarze Ledergarnitur rund ums Glastischchen. Kandinskys an der Wand – nur Drucke. Stahl-Glas-Regal oben mit Trophäen aus einem langen journalistischen Leben – gerahmte Fotos mit diversen Kanzlern, Kanzlerinnen, Kanzlerkandidaten, Außenministern, ausländischen Staatschefs etc., unten Sachbücher, Nachschlagewerke. Martin hatte bereits einige Chefredakteure kommen und gehen sehen, ihr Inventar war in etwa immer das gleiche. „Whisky?" „Gerne", antwortete Martin. Rosenberg antwortete nicht und nahm dennoch eins von den Gläsern, die Schumann halb voll gegossen hatte. „Wie geht es Dir, Martin?" Wie geht es mir, wie geht es mir... „Beschissen." „Und?" fragte Schumann in Richtung Rosenberg. Schumann ließ sich im schwarzen Leder nieder. Martin und Rosenberg taten es ihm gleich. „NS-Front wahrscheinlich. Wegen der Reportage. Ermittelnder Kommissar unfähig. In der Wohnung kein Material mehr. Oder?" Rosenberg schaute über das Glastischchen hinweg, wo sich die drei Whisky-Gläser zusammengefunden hatten, zu Martin hinüber. „Nein. Kein Material mehr. Zumindest habe ich nichts mehr finden können", log Martin spontan.

„Schöne Scheiße!" Schumann schüttelte den Kopf und nahm einen großen medikamentösen Schluck Whisky, als ob das gegen die ganze schöne Scheiße immun machen würde. Rosenberg und Martin taten es ihm gleich. „Guter Mann, die Berger", raunte Schumann. „Alte Schule. Hätte sich manch ein Kollege ne Scheibe abschneiden können." Schumann hob erneut sein Glas und deutete ein Prosit an. Martin und Rosenberg erwiderten. Eine fünfsekündige Schweigeminute folgte, in der alle betreten auf das Glastischchen starrten. „Maria hat uns da ne Geschichte serviert. Ich denke, es ist unsere Pflicht, das Ganze in ihrem Sinne weiter zu führen." Und im Sinne der Auflage und unserer Anzeigenkunden, beendete Martin den Satz in Gedanken. „Also", fuhr Schumann fort, „bevor uns hier die Staatsanwaltschaft einen Strich durch die Rechnung macht und alle PCs der Redaktion beschlagnahmt, schauen wir uns das erst mal selbst an." Schumann erhob sich, ging zu seinem voluminösen Schreibtisch und brachte ein schwarzes flaches Etwas mit zurück an das Glastischchen. „Extreme Festplatte." „Externe Festplatte", korrigierte Martin automatisch. „Mein ich doch", fuhr in Schumann unsanft an. Rosenberg hüstelte verlegen. „Also, unser IT-Mensch - saß um neun noch hier rum, ha! – hab ihn mir gepackt, hat mir alle Dateien, die auf Marias PC waren, hier drauf kopiert." Schumann sah stolz wie ein Champions League-Sieger in die kleine Runde. Nur Rosenberg goutierte Schumanns Engagement mit einer hochgezogenen Augenbraue. Martin schlürfte genervt an seinem Whisky. „Und Du, Martin, musst das jetzt durchsehen." Martin blickte seinem Chef in die Augen. „Junge, es ist sonst niemand hier. Von der Politik-Redaktion hab ich niemand mehr erreicht. Du kennst die Maria, äh, kanntest die Maria, warst mit ihr befreundet. Du musst das jetzt durchgehen."

Martin fühlte sich einerseits geschmeichelt, andererseits hatte Schumann um diese Uhrzeit keinen Politikredakteur erreichen können. Hätte er schon, wenn er gewollt hätte. Notnagel. Oder hält mich für besonders motiviert. Egal. Wenn ich Spitzbart finden will, passt mir das hier genau in den Kram: „OK." Schumann war sichtlich erleichtert und trank sein Glas aus. Rosenberg lächelte Martin aufmunternd zu. „Nimm", sagte Schumann und drückte Martin die Festplatte in die Hand. Martin nahm sie und stand mit seinem Glas in der anderen auf: „Na, denn werde ich mal runter an meinen Rechner gehen und das hier durchsehen." „Wir werden hier noch den rechtlichen Aspekt diskutieren", entgegnete Rosenberg. Martin trank aus, stellte sein Glas ab und nickte Rosenberg und Schumann zu. Die beiden nickten aufmunternd zurück.

Martin warf noch einen letzten Blick auf ein Foto von Schumann Arm-in-Arm mit der Kanzlerin und verließ das Büro. Martin lief über das Treppenhaus hinunter in die sechste Etage, wo die Sportredaktion angesiedelt war. Treppensteigen ist schneller, als auf den Fahrstuhl zu warten, dachte er. Rasch ging er den Flur entlang zu seinem Büro. Was die „extreme Festplatte" wohl so zu bieten hatte? Außerdem hatte er ja noch Marias USB-Stick in der Tasche. Warum hatte er die beiden angelogen? Er wusste es nicht. Vielleicht hatte er sich über die Kaltschnäuzigkeit Schumanns geärgert. Martin schüttelte sich und ging an seinen Schreibtisch.

VII

Martin schaltete seinen Rechner ein und zündete sich eine Zigarette an, während das System hochfuhr. Dann schloss er die externe Festplatte an und öffnete den Ordner „Maria Berger" mit einem Doppelklick. Darin befanden sich wiederum zwei Ordner: „NVP" und „NSF". Mehr Ordner waren auf Marias PC nicht zu finden gewesen? Martin klickte den NVP-Ordner an. Darin waren einige PDF-, Word- und Excel-Dateien. Hmmm… Martin öffnete den NSF-Ordner: ein ähnlich mäßiger Inhalt. „Wollen die mich verarschen!?" stieß er wütend hervor. „Das kann doch nicht alles sein! Was soll das, Schumann?" Martin öffnete eine Word-Datei aus dem NVP-Ordner, die „Finanzierung" hieß. Martin überflog den Text:

§ 18 des Parteiengesetzes
[…] (3) Die Parteien erhalten jährlich im Rahmen der staatlichen Teilfinanzierung
1. 0,70 Euro für jede für ihre jeweilige Liste abgegebene gültige Stimme oder
2. 0,70 Euro für jede für sie in einem Wahl- oder Stimmkreis abgegebene gültige Stimme, wenn in einem Land eine Liste für diese Partei nicht zugelassen war, und

3. 0,38 Euro für jeden Euro, den sie als Zuwendung (eingezahlter Mitglieds- oder Mandatsträgerbeitrag oder rechtmäßig erlangte Spende) erhalten haben; dabei werden nur Zuwendungen bis zu 3 300 Euro je natürliche Person berücksichtigt.
Die Parteien erhalten abweichend von den Nummern 1 und 2 für die von ihnen jeweils erzielten bis zu vier Millionen gültigen Stimmen 0,85 Euro je Stimme.
(4) Anspruch auf staatliche Mittel gemäß Absatz 3 Nr. 1 und 3 haben Parteien, die nach dem endgültigen Wahlergebnis der jeweils letzten Europa- oder Bundestagswahl mindestens 0,5 vom Hundert oder einer Landtagswahl 1,0 vom Hundert der für die Listen abgegebenen gültigen Stimmen erreicht haben; für Zahlungen nach Absatz 3 Satz 1 Nr. 1 und Satz 2 muss die Partei diese Voraussetzungen bei der jeweiligen Wahl erfüllen. Anspruch auf die staatlichen Mittel gemäß Absatz 3 Nr. 2 haben Parteien, die nach dem endgültigen Wahlergebnis 10 vom Hundert der in einem Wahl- oder Stimmkreis abgegebenen gültigen Stimmen erreicht haben. […]

Unter dem Paragrafen hatte Maria auf einigen Seiten die Vermögensverhältnisse der NVP beschrieben. Martin überflog den Text. Allein für die 1,5 Prozent der abgegebenen Stimmen bei der letzten Bundestagswahl bekommt die NVP jährlich über eine Million Euro… Ebenfalls konnte die Partei mehrere Millionen durch ihre Landtagswahlen einsacken, auch dann, wenn sie nicht die Fünf-Prozent-Hürde übersprang… Zudem gehörten der NVP mehrere Verlage, die nicht nur rechtsnationales Gedankengut publizierten, sondern auch unverfängliche Druckerzeugnisse wie Telefonbücher, Versandhauskataloge oder Werbebroschüren… Spenden aus dem In- und Ausland sowie ein beträchtliche Zahl von Immobilien, die verblichene Altnazis der Partei über die Jahre vererbt hatten.

Das war nichts Sensationelles. Konnte man sich alles aus dem Internet oder Online-Archiven ziehen. Martin hatte Marias Reportage zwar nur flüchtig überflogen, aber soweit er sich an Marias Reportage erinnerte, hatte sie die Einnahmenseite der NVP bereits erwähnt. Das waren also nur gewöhnliche Rechercheergebnisse. Martin nahm sich die anderen Dokumente vor: Listen von NVP-Funktionären und Mandatsträgern,

Beschreibungen der Partei-Organisation, eine Sammlung älterer und jüngerer Pressemitteilungen, Verfassungsschutzberichte der Länder – alles Ergebnisse einer soliden Internet-Recherche. Die Excel-Datei enthielt detaillierte Aufstellungen der Einnahmen, Ausgaben und des Partei-Vermögens, das sich inklusive der Immobilien und Sachwerte auf über 100 Millionen Euro belief. Auch das waren alles frei zugängliche Informationen.

Enttäuscht nahm sich Martin den NSF-Ordner vor. Darin war eine Sammlung bereits erschienener Artikel aus verschiedenen Zeitungen und Nachrichtenmagazinen und verschiedene Versionen von Marias Reportage. Martin ergriff die Gelegenheit beim Schopf und las nun eingehend Marias Geschichte. Maria schilderte die kleinbürgerliche Fassade der NVP und zitierte mehrere Top-Funktionäre der Partei, die sich scheinbar entrüstet über die Attentatsserie der NS-Front zeigte. Diese Aussagen kontrastierte sie mit Aussagen einfacher Parteimitglieder, die die Morde der NSF an Ausländern offen guthießen. Diese Passage schloss mit dem Zitat eines NVP-Mitglieds: „Wir bezahlen die doch, da kann man auch ordentliche Arbeit verlangen." Diese Aussage nahm Maria zum Anlass, um die Beziehungen zwischen NVP und NSF zu dokumentieren. Und tatsächlich: Scheinbar war es Maria gelungen einen Informanten aus der NVP aufzutun, der sie mit Material versorgte. Maria zitierte aus E-Mail-Korrespondenzen zwischen NVP-Kadern und mittlerweile verhafteten NSF-Terroristen, in denen finanzielle Zusagen und Glückwünsche zu begangenen Morden gemacht wurden. Dann bemängelte sie den Dilettantismus der Korrespondierenden, schriftliche Belege für die NSF-NVP-Connection hinterlassen zu haben und forderte die Bundesregierung auf, nun endlich ein Verbotsverfahren gegen die NVP anzustrengen.

NPD-Wahlergebnisse:

„In vielen Teilen Ostdeutschlands ist die NPD mehr als eine Randerscheinung. Eine Auswertung der Ergebnisse vergangener Landtagswahlen zeigt, dass die Rechtsextremen in manchen Gegenden den Status einer Volkspartei genießen. In Mecklenburg-Vorpommern und in Sachsen sitzen sie im Landtag. [...] In Mecklenburg-Vorpommern hat die NPD in 25 Gemeinden mehr als 20 Prozent der Stimmen bekommen.

In Koblentz liegt der NPD-Stimmenanteil bei 33 Prozent. Vorpommern-Rügen ist der Landkreis, in dem Kanzlerin Angela Merkel ihr Bundestagsdirektmandat gewonnen hat. Hier erreicht die NPD in 11 von 106 Gemeinden mehr als 10 Prozent der Stimmen. Die NPD liegt in insgesamt 5 von 60 sächsischen Wahlkreisen vor der SPD. In Reinhardtsdorf-Schöna hat die NPD mit 19,4 Prozent mehr als dreimal so viele Stimmen bekommen wie die SPD."

(„Braune Zone". In: Der Spiegel, 3/2013, S. 16.)

„Puhh!" entfuhr es Martin, als er Marias Reportage zu Ende gelesen hatte. Das war tatsächlich harter Tobak. Aber wo waren die Original-Emails, die Belege, die Dokumente, die eidesstattlichen Erklärungen für all diese brisanten Enthüllungen? Scheinbar nicht auf Marias PC in der Redaktion. Jede Tatsachen-Behauptung, jede Anschuldigung, jeder Vorwurf musste exakt dokumentiert und belegbar sein. Allein die Aussage von irgendwem würde vor Gericht nicht reichen. Sonst drohen einer Zeitung nach den Landespressegesetzen, dem Zivil- und dem Strafrecht eine Menge Ärger und großer finanzieller Schaden. Ganz zu schweigen vom Reputationsverlust. Maria musste also ihre Dokumentation außerhalb der Redaktionsräume abgespeichert haben. Ansonsten würde die NVP den Tagesanzeiger erfolgreich mit einer Flut von Klagen und Prozessen überziehen.

Martin speicherte alle Dokumente auf seinem PC ab, stöpselte die externe Festplatte ab und griff in seine Jackentasche. Da war er, der USB-Stick. Maria hatte ihn gut, aber nicht allzu raffiniert versteckt. Hätte der Nazi-Typ mehr Zeit gehabt, wäre er wohl auch auf das Versteck in der Badewannen-Verkleidung gekommen. Spülkasten des WCs, Gefrierfach des Kühlschranks, Mikrowelle, der Zwischenraum in der Badewanne und hohle Bücher – das waren wohl die gängigen unter den mehr oder weniger einfallsreichen Versteck-Möglichkeiten in einer kleinen Wohnung. Außer man lockerte Dielen oder Fließen, was schon handwerkliches Geschick benötigt hätte, das Maria aber nicht besessen hatte. Martin steckte den USB-Stick in den dafür vorgesehenen Port und klickte kurz darauf das erscheinende Symbol für den neuen Massenspeicher im Explorer an.

VIII

„Aha..." Martin überflog die angezeigte Liste der Dateien. Interview-Aufzeichnungen als MP3, Mindmap – wahrscheinlich Organisationsskizzen, zahlreiche Word-Dateien. OK. Er lehnte sich zurück, griff nach seinen Zigaretten und zündete sich noch eine an, obwohl in der Redaktion Rauchverbot herrschte. Leckt mich doch! Los jetzt, streng Dich an! Konzentrier Dich! Langsam brachte er seine Gehirnwindungen in Gang. Das Zeug, was mir Schumann gegeben hat, ist Mist. Maria hatte mehr zu bieten. Schlussfolgerung: Maria hatte auf dem Redaktions-PC kein Material, weil sie eine Beschlagnahme der Staatsanwaltschaft befürchtet hatte. Kam immer wieder mal vor, dass die Staatsanwaltschaft den investigativen Journalisten gleich mit anklagte, um so das Zeugnisverweigerungsrecht zu umgehen... Oder Schumann hatte ihm nur eine zensierte Festplatte gegeben. OK. Maria hatte ihre Reportage intern als wasserdicht belegen müssen, sonst wär sie niemals ins Blatt gekommen. Schumann und Rosenberg mussten also über die Belege und Informanten Bescheid wissen, sonst hätten sie den Artikel niemals abgesegnet. Wenn Schumann ihm nun bereinigte Daten gegeben hatte, dann würde er so tun, als hätte es niemals Belege gegeben. Warum sollte er das machen? Die Geschichte war gedruckt, veröffentlicht. Ohne Belege kämen auf den Tagesanzeiger nicht nur eine Latte von Gegendarstellungen nach Presserecht zu, sondern auch gesalzene Schadenersatzforderungen und strafrechtliche Probleme. Das würde der ohnehin schon angespannten finanziellen Lage des Blatts und seinem Renommee enormen Schaden zufügen. Und Schumann hatte letztlich als Chef die Geschichte zu verantworten. Womöglich würde sein Kopf rollen. Martin hoffte, dass stete Nikotin-Zufuhr Klärung schaffen könnte und zog den Rauch tief in seine Lungenflügel.

Sein Gefühl sagte ihm, dass er Schumann und Rosenberg misstrauen musste. Maria war eine Top-Journalistin gewesen. Akribische Recherche und die Sorgfaltspflicht wogen bei ihr mehr als die kurzfristige Befriedigung über eine schnell hingeschmierte Schlagzeile. Warum aber sollte er seinem Chef und dem Justiziar des Verlags misstrauen? War das nur die routinemäßige Skepsis gegenüber Vorgesetzten und älteren Kollegen? Oder war da noch etwas anderes? Das Thema Neo-Nazis war ihm immer schon verhasst gewesen. Die krude Philosophie, die dahinter steckte – oder Weltanschauung, wie er heute gelernt hatte – war ihm zuwider, ebenso die hasserfüllten und aggressiven Glatzen, die man in Fernseh-Reportagen, im äußeren Berliner Osten oder auf Ausflügen in den ländlichen Gegenden Brandenburgs zu Gesicht bekam. Die beschämenden Auftritte und Äußerungen von Nazi-Abgeordneten in ostdeutschen Landesparlamenten. Die bedingungslos verblendete Treue zur Nazi-Wehrmacht vieler älterer Deutscher, die sich in den 90ern immer noch gezeigt hatte. Anschläge gegen Ausländer in Rostock, Solingen, Hoyerswerda, Jena und auch in Berlin Friedrichshain, oder die Döner-Morde. Dummheit gepaart mit Aggressivität – eine toxische Mischung.

Instinktiv hatte er Schumann und Rosenberg als Marias Gegner identifiziert und in gegnerische Ecke einsortiert. War das richtig? Egal – er musste vorsichtig sein. Wenn er den USB-Stick geheim hielt, würde der Tagesanzeiger Probleme mit dem Rechtsstaat bekommen. Würde er Rosenberg und Schumann über Marias Dokumentation unterrichten, hätte das was zur Folge? Die NFV-Anwälte würden gegen Marias Belege nicht ankommen. Falls Schumann und Rosenberg falsch spielten, müssten sie Marias Belege trotzdem akzeptieren und für die NVP sähe es nicht gut aus. Instinkt hin, Vorsicht her. Es gibt keinen Grund, die beiden nicht über Marias USB-Stick zu informieren. Martin kopierte die Dateien auf seinen Rechner und dann auf einen seiner eigenen USB-Sticks.

Martin schaute auf die Uhr rechts unten am Bildschirm: 00:47. Hm… Er warf die Zigarette in eine Tasse mit kalten Kaffee vom Vortag und fuhr seinen PC herunter. Auf dem Weg hoch zur achten Etage kamen ihm Zweifel. Nein, was auch immer die beiden da oben verheimlichten, es war die beste Lösung. Mit dem neuen Daten-Material konfrontiert würden Schumann und Rosenberg irgendeine Reaktion zeigen. Die Belege lägen quasi offen auf dem Tisch. Marias Geschichte wäre auch jetzt noch wasserdicht, der Tagesanzeiger wäre aus dem Schneider und Schumann ebenso. „Ich würde die Geschichte weiter schreiben…" Martin musste richtig handeln. Oben angekommen ging er langsam den Flur zu Schumanns Büro entlang. Bevor er klopfte, wollte er sich automatisch nochmals räuspern, doch das ließ er dann doch besser bleiben, als er die

Gesprächsfetzen hörte, die durch die geschlossene Bürotür drangen: „… nein, das glaube ich nicht. Es ist doch alles durchsucht. Was soll denn noch da sein?" hört er Rosenberg. „Keine Ahnung, was sich Schmidt noch unter den Nagel gerissen hat", entgegnete Schumann. „Ach was, er hatte kaum Zeit, außerdem hätte er es uns vorhin gesagt. Oder er sagt es uns gleich. Er wird loyal sein, weil er weiß, dass ihm Illoyalität nichts bringt. Dann müssen wir eben die gerichtlichen Folgen tragen. Der Parteivorstand wird vor Gericht ebenfalls nicht Kopf und Kragen riskieren können. Hab keine Angst." „Pahh… Das kann aber mich den Kopf kosten, und den Kragen… So ne Story…" „Beruhig Dich, Tim! Du hast das Blatt in den letzten Jahren wieder nach vorne gebracht. Für die Verleger und die Geschäftsführung bist Du der Messias. Die Geschichte bringt zwar Ärger, es werden dir zwar Fehler angerechnet werden, aber ansonsten stehst Du als Märtyrer im Kampf gegen die bösen Rechten da. Außerdem können wir sagen, dass Bergers Belege nach ihrem tragischen Tod gestohlen wurden. Da können wir nichts machen. Wir sind aus dem Schneider. Zumindest vor der Öffentlichkeit. Auch wenn das Blatt dann den Bach runter geht…" Etwa zehn Sekunden Schweigen. Schumann denkt wohl nach. „Gut. Die Geschichte mussten wir bringen. Journalistisch war sie gut. Hoffentlich hat das allem in allem der ganzen Sache nicht geschadet. Aber wir schlängeln uns jetzt so elegant wie möglich da durch und vermeiden den GAU."

Martin wagte auf der anderen Seite der Tür kaum zu atmen. Sein Instinkt hatte ihn nicht getrogen. Parteivorstand? Der ganzen Sache nicht schaden? Die beiden waren nicht sauber. Schumann, ein Neo-Nazi?! Verfickte Scheiße! Was jetzt?! Martin schlich auf leise Sohlen wieder ins Treppenhaus. Fuck! Schnell zückte er sein Handy und drückte Schumanns Büro-Nummer. Es tutete zweimal bevor sein Chef abnahm. „Ja!?" „Hallo, ich bin's, Martin. Die Dateien sind belanglos. N' paar Word- und PDF-Dateien, Basis-Recherche, nix, was uns weiterhelfen würde. Wenn ihr keine weiteren Dokumente habt, ist Marias Geschichte ziemlich dünn." Schweigen. „Hmm…" Schuman räusperte sich. „OK, Martin, verdammte Scheiße. Geh erst mal ins Bett. Das war ein harter Tag für dich. Wir regeln das hier. Und mail bitte noch die Fotos, die du gemacht hast, ja?" „Klar. Hat dir Maria ihre Interviews oder eidesstattlichen Erklärungen ihrer Informanten oder was auch immer nicht gezeigt?"

„Klar hat sie das. Aber sie hat uns nichts dagelassen. Ich dachte, das wäre alles auf ihrem verschissenen Rechner! Ich habe hier keinen Stahltresor im Büro. Mann, Martin, das sieht nicht gut aus." „Hmm... Ich fahr dann jetzt mal heim." „OK, Junge, erhol Dich erst mal, ja? Nimm ne Woche Urlaub, ok?" „Mach ich, Chef." Martin legte auf und atmete tief durch.

Verdammt, ich bin von Scheiß-Nazis umzingelt! Martin schickte die Fotos von seinem Handy zu Schumanns E-Mail-Account. Der Daten-Transfer würde etwas dauern, egal. Langsam ging er die acht Etagen per Treppe abwärts. Was nun? Morgen würde er bei dem Berliner Schimanski-Verschnitt antanzen müssen. Sollte er erzählen, was er wusste? Was wusste er schon... Zuhause würde er sich erst mal Marias Material vornehmen. Schumann und Rosenberg waren offensichtlich irgendwie mit der NVP verbandelt. War das möglich? „Es ist doch alles durchsucht..." „Wir sind aus dem Schneider..."– die beiden hatten die Geschichte verhindern wollen, konnten es aber aus journalistischen Gründen nicht, sonst hätte Maria sie einem anderen Blatt verkauft. Dann wussten sie von Marias Mörder. Es war der Typ, der ihm unten an der Haustür begegnet war. Was lief hier ab?! Eine verschissene Nazi-Verschwörung? Täuschte er sich? Egal. Das Material hatte er sicher. Falls er eben etwas fehle gedeutet haben sollte, könnte er immer noch alles aufklären. Martin war im Erdgeschoss angekommen, grüßte den Nacht-Pförtner und verließ das Redaktionsgebäude, um sich ein Taxi zu angeln.

IX

Zuhause. Martin sah auf sein Handy. Es war kurz nach zwei. Er ging in die Küche und öffnete den Kühlschrank. Kein Bier, kein Weißwein. Kein Alkohol. Fuck! Auf der Anrichte entdeckte er zwischen Gewürzen, Essig und Olivenöl eine Flasche mit Kirsch-Schnaps, den ihm seine Eltern vor Jahren aus einem Schwarzwald-Urlaub geschickt hatten. Why not? In der Not, säuft der Teufel auch Obstler... Martin goss sich ein Glas Schnaps ein und zündete sich eine Zigarette an. Wahnsinn, was für ein Abend... Er hatte seine beste Freundin verloren. Hatte ihre verstümmelte Leiche fotografiert, den Bullen Rede und Antwort stehen müssen, glaubte in seinem Chef und dem Verlags-Justiziar zwei Neo-Nazis erkannt zu haben, und war nun im Besitz brisanter Daten, die wahrscheinlich mehr als nur ein Menschenleben wert waren. Martin checkte kurz sein Innenleben: Brechreiz? Nein, zu robust. Adrenalin? Hoch – cool. Müdigkeit? Noch nicht, klar. Trauer? Ja, doch viel mehr Wut. Ansonsten? Angst. Das war neu.

Was sollte er jetzt machen? Martin rieb sich mit den Händen über seinen Stoppelbart. Nix machen, wäre das bequemste. Die beiden Nazis würden ihr Ding durchziehen, und er könnte seinen gemütlichen Job als Sportresort-Leiter weiterführen. Zur WM 2014 nach Brasilien fahren. Fuck, in die Scheiß-Ukraine oder nach Polen zur EM im Sommer. Olympische Spiele in London danach. Was sollte er denn sonst machen? Racheengel spielen? Auf eigene Faust vorgehen? Gegen Killer-Nazis? Die sich offensichtlich ein breit angelegtes Netzwerk aufgebaut hatten, das bis in die Chefetage einer linksliberalen Tageszeitung reichte? Wahnsinn. Martin nuckelte an seinem Kirschwasser. Brr… Andererseits hatte er ja sonst nichts anderes vor. Martin schaute sich in der Küche um. Sein Blick fiel auf den Messer-Block. Das wird nicht reichen. Er kippte den Schnaps auf ex hinunter, stand auf, schnappte sich sein Jacke und 500 Euro aus der Kaffee-Dose mit der Not-Reserve und ging hinüber in die Punk-Kneipe auf der anderen Straßenseite, die immerhin zwei passable Kicker-Tische aufzubieten hatte – und Sven.

Sven lehnte wie jeden Abend an der kerzenbeschienenen Bar des APFD-Cafés und war wohl um diese Uhrzeit der einzige Nüchterne hier. Die Luft war von angenehm rauchiger Konsistenz. Aus den Lautsprechern drang ein alter Metallica-Song aus den 80ern, der in einer alternativen Obdachlosen-Autonomen-Kneipe wohl noch gerade so durchging. Sven hatte wie immer sein schwarzes Grufti-Outfit übergestreift – enge glänzende Kunststoff?- Leder?-Hosen und ein verwaschenes Sisters-of-Mercy-T-Shirt, das er in den letzten Jahren ausschließlich mit einem verwaschenem The-Clash-T-Shirt tauschte. Ziemlich 80er. Ziemlich unhygienisch. Egal. „Ey, Sven!" „Eyhhhhh!" kam es zurück. „Marty-Baby, was geht?!" Martin verdrehte die Augen ob der gekünstelt coolen Begrüßung. „Na, wart mal ab. Komm, ich lad Dich aufn Bier plus X ein." „Cool!" Sven winkte dem leicht verstrahlten Barmann mit Sonnenbrille: „Zwo Bier, zwo Vodka, Lars!" Sven war nie aus Vorsatz nüchtern, sondern nahm seinen Job als Dealer äußerst ernst und wollte während der Arbeitszeit immer voll zurechnungsfähig sein. Auf ein Bier ließ er sich jedoch immer gern einladen. Er mochte wohl so Anfang 40 sein, braune Dreadlocks zum Zopf gebunden, Bob-Marley-Bart, immer in Schwarz, Arme und wahrscheinlich der Rest auch mit Tribals tattoot. Sven kannte hier im Kiez alles und jeden. Hoffentlich.

Die beiden nahmen ihre Getränke vom Sonnenbrillen-Mann in Empfang. „Prost!" rief Sven mit einem coolen jamaikanischen Party-Gegrinse plus entsprechender Ghetto-Geste mit der linken Hand. „Prost!" entgegnete Martin. „Hey Sven, hör mal. Ich steck tief in der Scheiße. Ich brauch ne Knarre, ne Panzerfaust und Boden-Luft-Raketen, oder so. Kennste jemand?" Sven legte die Jamaika-Party-Kiffer-Immer-gut-drauf-Maske ab und nahm einen tiefen Schluck Bier, blickte nachdenklich auf die versiffte von Kippen brandvernarbte Theke. „Knarre geht immer. Mit Patronen zwohundert. Ostblock-Bestände. Kein Problem." „OK, Sven. Dreihundert. Dafür aber gleich." „Puhhh…" „Hey!" „Jaja, geht klar, dann muss ich aber mal jetzt gleich telefonieren." „Mach mal, Kumpel! Ich dank Dir!" Sven stand auf. Martin klopfte ihm freundschaftlich auf die Schulter. Sven brachte aus der Tasche seiner schwarzen Leder?-Plastik?-Hose ein Handy zum Vorschein und schlenderte hinaus auf die Straße, um nach zwei Minuten wieder grinsend neben Martin an der Theke zu erscheinen. „Geht klar. Kannste noch ne Stunde warten?" „Klar! Prost!" Martin sah Sven beim Anstoßen extra lang in die Augen – es war beiden klar: Der Deal war perfekt und diskret.

Nach einer weiteren Runde Bier/Vodka klingelte Svens Handy und er ging erneut vor die Tür. Als er kurz darauf wieder zu Martin an die Bar kam, legte er Martin eine Lidl-Tüte auf den Schoß: „ CZ82, neun Millimeter, besser als die sowjetische Makarov und hundert Schuss dazu. Steck weg und hau ab." „Hey, Sven, Du hast was gut." Martin schob ihm unter der Theke sechs 50-Euro-Scheine zu, nahm die Lidl-Tüte und stand auf. „Hey!", rief ihm Sven nach: „Wenn Du Hilfe brauchst, Kavallerie und so, meld Dich, ja?!" „Geht klar! Danke!" Martin zahlte die Getränke, verließ die Kneipe und lief zurück zu seinem Haus. Mannomann, Waffe, Scheiße, jetzt geht's los.

X

Martin setzte sich wieder an den Küchentisch, trank das restliche Glas Kirschwasser aus und besah sich seinen Lidl-Einkauf: CZ82, neun Millimeter und einen kleinen Karton mit 100 Patronen. Es war nicht das erste Mal, dass er eine Pistole in der Hand hatte. Martin hatte den Kriegsdienst verweigert. Sein Großvater hatte jedoch noch eine Parabellum aus dem 1. Weltkrieg gehabt, die er mit Martin immer auseinanderbauen musste, wenn dieser mit seinen Eltern zu Besuch war. Die Pistole hier war schwarz, klein und handlich. Martin wog sie. Für die Größe recht schwer. Er holte das Magazin aus dem Griff. Leer. Er riss den Karton auf, drückte nacheinander zwölf Patronen ins Magazin und schob es wieder in den Griff. Er zog den Verschluss bis zum Anschlag zurück. Geladen. Schalter hoch. Gesichert. Martin hatte eine Waffe. Das Adrenalin stieg wieder an, doch die Angst ging zurück. Was widersinnig war, denn die Tatsache, dass er nun eine Waffe besaß, bedeutete nicht, dass er sicherer war, sondern dass seine Situation an Gefahr gewonnen hatte, Lebensgefahr drohte. Martin wusste das. Nur war er jetzt nicht mehr hilflos irgendwelchen Nazi-Killern ausgeliefert, sondern konnte sich angemessen wehren. Er hatte aufgerüstet, um Waffengleichheit mit dem Feind herzustellen. Ob eine 9mm-Pistole reichen würde?

Martin holte seinen Laptop in die Küche und schob Marias USB-Stick in den Port. Seinen eigenen warf er in die Notfall-Kaffeedose. Zuerst nahm er sich die vier Word-Dateien vor. Hoffentlich hatte Maria die Interviews auf den MP3 in Word transkribiert. Er hatte nicht allzu viel Lust, sich nun stundenlange Gesprächsmitschnitte anzuhören. Es war bereits vier Uhr und in fünf Stunden sollte er bei der Polizei in der Wedekindstraße sein. Martin öffnete alle Word-Dokumente. Ein Interview war mit dem Präsidenten des Verfassungsschutzes, eins mit dem Innenminister, eins mit dem Bundestagspräsidenten – Respekt: Maria hatte die drei Top-Leute im Bereich Innere Sicherheit vors Mikro bekommen. Das andere Interview hatte Maria mit einem Frank Malkowski geführt. Wer war das denn? Maria hatte nur die wichtigsten Passagen aus dem MP3-Mitschnitt schriftlich zusammengefasst. Martin suchte sich die passende MP3-Datei heraus und öffnete sie und hörte Marias Stimme:

„Interview mit Frank Malkowski am Mittwoch, den 15. Februar 2012, in Leipzig. Herr Malkowski ist Vorstandsmitglied der NVP Sachsen. Herr Malkowski wir zeichnen dieses Gespräch auf. Sind sie damit einverstanden?"

Marias Stimme klang fest und beherrscht wie immer. Ihr Gesprächspartner hatte eine eher nasale Aussprache und bemühte sich, den sächsischen Dialekt zu verbergen."

„Klar. Wenn mein Name aus der Sache zu 100 Prozent draußen bleibt. Können Sie mir das garantieren?"

„Herr Malkowski, Journalisten schützen ihre Informanten. Vor Gericht können wir uns wie Anwälte oder Ärzte auf das Zeugnisverweigerungsrecht berufen. Jeder Journalist, der seine Quelle preisgeben würde, wäre geliefert und würde niemals wieder Hintergrundinformationen bekommen. Ich zitiere sie anonym und werde sie öffentlich nur als hochrangiger NVP-Funktionär bezeichnen."

„Gut. Ich verlasse mich auf Sie."

„Herr Malkowski welche Beziehungen unterhält die NVP zur Terror-Organisation NSF?"

„Sehr freundschaftliche."

„Bitte führen Sie das näher aus."

„Die Personen werden aus der NVP und aus deren nächstem Umfeld rekrutiert, also auch aus rechten Hooligan-, Skin- oder Wehrsport-Gruppen, die der NVP nahe stehen. Das Geld bekommen die NSF-Angehörigen ebenfalls über die Partei. Natürlich nicht per Überweisung vom NVP-Bankkonto, sondern bar aus der Kasse unterer Ortsverbände. Da werden dann halt Belege oder Quittungen für Ausgaben eines Sommerfests oder dergleichen gefälscht. Das fällt im Einzelnen nicht auf, in der Summe kommt da aber einiges zusammen. Dann hat der Partei-Verlag Angestellte auf der Lohnliste, die gar nicht existieren. Ich würde sagen, dass jährlich gut 250.000 Euro Bares im Reptilienfonds sind. Was der Verlag noch an Auslandskonten hat, weiß ich nicht."

„Können Sie hierfür Belege beibringen?"

„Ja. Habe ich Ihnen wie besprochen vorbereitet. Falsche Quittungen verschiedener Orts- und Kreisverbände und einige Lohnabrechnungen für Karteileichen. Können Sie mitnehmen, oder wir scannen das gleich hier bei mir ein."

„Oh. Vielen Dank, Herr Malkowski. Sehr aufmerksam. Welche Personen sind von der NVP zur NSF rekrutiert worden?"

„Hier haben Sie eine Liste von fünf Personen, die mir bekannt sind. Wenn Sie nachforschen, werden Sie sehen, dass diese in den letzten Jahren mehrmals zur Ausbildung nach Syrien und später in den Iran gereist sind. Ich habe Ihnen die Aufenthaltsdauer dazu geschrieben. Aber lassen Sie das bitte nachprüfen."

„Zur Ausbildung?"

„Nahkampf, Bombenbauen, Schusswaffen, Überlebenstraining – die ganze Palette. Die NVP und ihre Vorfeldorganisationen haben sie als aufrechte, deutsche Jungs erzogen. Je nach Charakter und körperlicher Eignung wurden sie dann über Wehrsportgruppen auf die NSF vorbereitet. Kleinere Anschläge mit Sachbeschädigung, gezielte Randale und Schlägereien in einschlägigen Ultra-Gruppen bei Fußballspielen. So was halt. Wenn einer von den Jungs noch mehr davon wollte, dann ging es irgendwann zu den antisemitischen Verbündeten in den Nahen Osten. Die NVP-Mitgliedschaft wurde gekündigt. Offiziell durfte dann keine Verbindung mehr bestehen."

„Wie ist die NSF aufgebaut?"

„Bei der NSF lebt man anonym und zurückgezogen. Man geht einem unscheinbaren Beruf nach. Operiert in Zellen, die über das Bundesgebiet verstreut sind."

„Wie viele Zellen gibt es?"

„Mittlerweile etwa 20 zu je drei Personen. Insgesamt sind es dann also derzeit über 60Doris. Tendenz steigend. Die alle mitzufinanzieren wird immer aufwändiger. Vor der Wende waren es in West-Deutschland gerade mal zwei Zellen in Köln und Hamburg. In der DDR hatten wir die Jungs ja noch beim Nachrichtendienst der NVA untergebracht, bei der Militärischen Aufklärung."

„Gibt es schriftliche Belege über die Existenz dieser Zellen?"

„Sie meinen einen Organisationsplan, oder so was, nein. Aber ich habe einige E-Mails mit Glückwunschschreiben von eingeweihten Funktionären, wenn ein Anschlag erfolgreich verlaufen ist. Da waren sie mal unvorsichtig oder hatten zu viel getrunken. Schriftliche Kommunikation ist mit der NSF direkt ist nicht erlaubt. Aber untereinander weiß man Bescheid und kommuniziert nicht immer abhörsicher. Habe ich auch hier für sie vorbereitet, abgespeichert, digital. Die IP-Adressen und den ganzen Kram können Sie ja auch überprüfen."

„Vielen Dank. Wer sind denn die Eingeweihten in der NVP?"

„Etwa zehn Personen in Partei und Partei-Verlag würde ich sagen. Die meisten sind in der DDR groß geworden, waren national gesinnte Genossen in der SED und bei der Stasi oder der Militärischen Aufklärung. Allerdings kennt keiner alle Eingeweihten. Die Organisation ist über die Jahre gewachsen, zerbrochen, nachgewachsen. Einigen sind wieder nur einige Zellenmitglieder bekannt. Einen Überblick hat nur die Führung, aber hier weiß keiner, wer da genau dahinter steckt. Von der zweiten und dritten Ebene habe ich ihnen einige Namen herausgeschrieben, von denen ich mir sicher bin und auch Belege dafür habe. Bitte. Noch ne Liste."

Verdammt, wo waren die ganzen Listen, Belege, Quittungen?! Martin klickte die PDF im Ordner an: Ahh… Da waren sie brav eingescannt. Wo auch immer die Originale abgeblieben waren: Marias Geschichte war wasserdicht! Martin stoppte die MP3-Datei und las die Zusammenfassung auf dem Word-Dokument weiter. Das Wesentliche hatte er gehört. Er notierte sich Malkowskis Adresse und Telefonnummer. Dem war die Sache mit der NSF wohl zu heiß geworden. Dennoch, wenn nur etwa zehn Personen innerhalb der NVP über die engen Beziehungen zur NSF Beschied wussten, könnte der Verdacht schnell auf Malkowski fallen. Was für ein Risiko ging dieser Mann nur ein! Und warum?

XI

Martin streckte sich und gähnte. Schluss jetzt. Computer aus. Ab ins Bett. Er hatte genügend Alkohol im Blut und Müdigkeit in den Gliedern, dass er trotz des Erlebten einschlafen könnte, hoffte er. Er packte die Pistole und die Munition zurück in die Plastik-Tüte und legte sie neben seine Matratze in Reichweite. Dann ging er ins Bad, schluckte eine Ibuprofen und putzte sich die Zähne. Im Spiegel sah er mal wieder nicht allzu gut aus, aber das war ihm jetzt scheißegal. Wie er wohl mit Glatze aussehen würde? Viel fehlte ja nicht mehr. Er würde viel lesen und recherchieren müssen in den nächsten Tagen. Er musste mit allem rechnen. Er war in Gefahr. Er war Marias Mörder begegnet. Schumann und Rosenberg waren möglicherweise auch in die Sache verstrickt. Wenn er Pech hatte, würde ihn die Polizei auch noch verdächtigen. Die Tatzeit war wohl gerade mal zehn Minuten vor seinem Eintreffen. Das Alibi seiner Fußball-Kneipe war dünn.

„Oh je", seufzte er fatalistisch und ließ sich auf sein spartanisches Nachtlager fallen. Er musste an seine Freundin denken. Was für eine schöne Frau, was für eine kluge Frau. Was für eine Scheiße. Er hatte sich in den letzten Monaten an diese Freundschaft geklammert. Maria hatte ihn immer wieder vor dem Absturz bewahrt, ohne es zu wissen. Vielleicht wusste sie es ja auch. Es war erfüllend, unkompliziert, herzlich, leidenschaftlich, zärtlich, fürsorglich, lustig gewesen. Und jetzt? Ohne Maria? Scheiß Nazis! Das werden die Säcke bereuen!

Nachdem die Rache-und Gewaltphantasien abgeklungen waren, schlief er ein, um vier Stunden später wieder von seinem Handy-Wecker hochgerissen zu werden. Halb neun. Schnellprogramm: Kaffee aufsetzen. Mit Zigarette unter die Dusche. Abtrocknen. Kaffee in den Mitnehmbecher füllen, Milch, Zucker. Anziehen. Zähne putzen. Tasche packen. Laptop, Marias USB-Stick, die Lidl-Tüte nicht vergessen. Handy, Geldbeutel, Wohnungsschlüssel, Autoschlüssel. Schuhe an. Lederjacke an. Zehn vor neun. Raus. Runter. Auto suchen. Nicht gefunden. Andere Richtung. Gefunden. Rein. Schluck Kaffee. Kippe an. Sonnenbrille auf. Zündschlüssel. Starten. Die Polizeidirektion in der Wedekindstraße war keine zwei Minuten entfernt. Mit seinem alten Golf steuerte er gemütlich dem Frankfurter Tor entgegen und ordnete sich dann in die Linksabbiegerspur ein. Dann Grünberger, Wedekind – angekommen.

Er fand einen Parkplatz gegenüber. Die Lidl-Tüte legte er unter den Beifahrer-Sitz. Wäre ziemlich dämlich, sich in der Polizeidirektion wegen unerlaubtem Waffenbesitz verhaften zu lassen. Er stieg aus, schulterte seine Tasche, sperrte ab und ging mit seinem Kaffeebecher zum Pförtner. „Tach! Ich bin um neun mit Hauptkommissar Dietrich verabredet. Wo finde ich den denn?" Der Pförtner, ein junger Uniformierter, sah ihn gelangweilt an, nahm sich den Behördenplan vor und blätterte eine Zeit lang darin herum: „Dietrich, zwote Etage Zimmer 2.37. Da jehnse ma die Treppe hinten hoch un dann oben links den Jang vor." Er drückte den Türöffner und Martin ging hinein. Martin schob sich die Sonnenbrille auf den Kopf stieg die Treppen hoch. Vor Dietrichs Zimmer 2.37 nahm er noch einen Schluck Kaffee, klopfte und drückte die Türklinke. Dietrich saß am Schreibtisch vor seinem PC und sah auf: „Tachjen, Herr Schmidt! Sie sehn ja beschissen aus, meine Jüte!" „Danke!" „Na, kommense ma rin. Kaffee hammse ja schon. Setzen se sich erst ma." Dietrich stand auf und reichte Martin über den Schreibtisch hinweg die Hand. Martin erwiderte den festen Händedruck des Hauptkommissars und setzte sich in einen der zwei Besucherstühle vor Dietrichs Schreibtisch.

Das Büro war kahl. Keine Topfpflanzen, Fotos, Bilder, nichts. Nur ein Schreibtisch mit PC, Stühle und ein großer Aktenschrank. Die Tür ging auf, und das kleine dicke Meier trat ein. Er trug eine beigefarbene Windjacke zur ockerfarbenen Hose. Würde er sich reglos zwischen die Topfpflanzen und die Aktenordner stellen, wäre er unsichtbar. Tatsächlich stellte sich das Männlein neben seinen Chef vor die Topfpflanzen: „Die Kollegen vonna Spurensicherung hamm janz schön jeflucht wegen der Kotzerei jestern. Meine Jüte…", kotzte sich das Meier stellvertretend für die Kollegen von der Spurensicherung aus. „Ja, wie gesagt, tut mir Leid. Das war wohl zu viel für mich. Kein schöner Anblick. Was haben Sie rausbekommen?" Dietrich ließ sich tief in seinen Bürostuhl fallen: „Nich viel. Tür war nich beschädigt. Keene Fingerabdrücke auf dem Baseballschläger. Keene uff der Nachricht. Im Haus hat keener wat jehört. Könnten och Sie jewesen sein, Schmidt.

Hatten se Streit mit der Frau Berger?" Dietrich beugte sich vor, um sich dann wieder in seinem Büro-Drehstuhl zurückzuwerfen, so dass der schwer zu ächzen begann, und fixierte Martin mit einem scharfen Hauptkommissar-Blick. Martin hatte mit einer Verdächtigung gerechnet, blieb aber äußerlich gelassen. „Nein. Hatten wir nicht..." „Ha! Das sagense alle..." kam es vom Meier. „...wir haben uns beide auf das Treffen gefreut und wollten ihre Reportage feiern." „Vastehe, vastehe..." Dietrich beugte sich wieder auf seinem knarzenden Stuhl vor: „Na, ick glob Ihnen ja och. Nur bei uns is nu die Kacke am dampfen – Staatsschutz ermittelt wegen Terror von rechts und so." „In welche Richtung wird ermittelt?" „Na, wegen der Reportage von Frau Berger in Richtung NSF. Verfassungsschutz is och mit im Boot. Det wird alles janz kniffelich..." „Und jetzt?" „Jetzt machen wa erst ma n Phantombild. Fingerabdrücke und ihre Jacke bräuchten wa och noch, um sie Hundertprozent ausschließen zu können."

Meine Lederjacke kriegt ihr nie, dachte Martin. „Ick hol jetzt erst ma den Kollegen fürs Phantombild." Dietrich nahm den Telefonhörer, bestellte den Kollegen ins Büro und legte wieder auf. „Kommt gleich. Ick hol ma och schnell n Kaffee. Meier wollnse och een?" Das Meier bejahte. Dietrich stand auf und latschte mit seinen ausgetreten Cowboy-Stiefeln hinaus in den Flur Richtung Kaffee-Küche. Martin schüttelte innerlich den Kopf. Dietrich schien ein Volltrottel zu sein. Seine Leder-Jacke hätten sie eigentlich schon gestern konfiszieren müssen, auch den Rest der Kleidung. Entweder war Dietrich total bescheuert oder die Bullen hatten wirklich dermaßen Schiss vor der Kombination Presse und Neonazis, dass sie nur ja nicht ins Fettnäpfchen treten wollten. Dietrich hatte auf alle Fälle rein gar nichts mit Schimanski oder anderen TV-Kriminalisten gemeinsam. Aber bloß nicht unterschätzen, dachte Martin. Möglicherweise so n Columbo-Typ...

Das Meier hatte sich unsichtbar gemacht und war optisch mit Gummibäumen und Leitz-Ordnern verschmolzen. Martin spürte die Blicke des kleinen Chamäleons. Was war das denn für ne Type?! Dietrich kam wieder ins Büro und brachte den Kollegen fürs Phantombild mit, der einen Laptop unter dem Arm trug. „Tach, Hansen", stellte sich der Zeichner vor. „Tag, Schmidt." Hansen öffnete seinen Laptop. „Also, was können Sie mir über den Täter sagen?" Martin überlegte kurz. Podolski? Ne... „Er sah aus wie Thomas Schaafs sehr viel jüngerer Bruder." „Wer is dit denn?" fragte Dietrich. Martin kotzte innerlich. Der Typ ist nicht nur doof, er versteht auch nichts von Fußball. „Das ist seit 13 Jahren der Trainer von Werder Bremen." „Ahhh..." Der Zeichner schien erfreut. Holte sich von Google verschiedene Bilder von Schaaf auf den Bildschirm und Martin wählte das treffendste aus. Mit dem Zeichenprogramm machten sie sich ans Werk. Dietrich kam zu ihnen herüber und blickte ihnen über die Schultern. „So. Nun etwas mehr Haare, aber genauso kurz... Ja. Spitzbart dran... Ja, etwas dunkler... Falten weg... Augen blau oder grün, nicht braun... OK. Simpler Ohrring rechts, nein links... Und am Kragenansatz ein Tattoo am Hals... andere Seite... Flammen, Sonnenstrahlen, so was... Naja, so ähnlich, weiß nicht mehr genau... So, perfekt... Vielleicht alles in allem etwas jünger, 25 oder so... Mhm. OK. Das ist er."

Martin, Dietrich, Meier und Hansen sahen sich das Ergebnis auf dem Bildschirm an: Tatsächlich sah der Typ aus, wie aus Thomas Schaafs engerer Verwandtschaft. Fast hätte Martin Podolskis Familie verdächtigt. Meine Güte... „Na, supi!" Dietrich klatschte in die Hände und zu Meier und Hansen: „Bringen se dit zu den Kollegen, die sollen dat rumschicken." Hansen nickte, klappte seinen Laptop zu, verabschiedete sich bei Martin und verließ das Zimmer, das Meier im Schlepptau. Dietrich zog nun aus einer Schublade eine Art Smartphone hervor und verkabelte es mit seinem PC. „So, und nun bräuchte ich noch ihre Fingerabdrücke. Einfach da druff legen und los jeht's." Martin legte nacheinander seine Hände auf den kleinen Scanner und Dietrich bedankte sich artig.

„Na denn, hamm wa allet." Ha, Schimanski hat die Jacke vergessen. Und das Meier war weg und konnte ihn nicht mehr daran erinnern. „Gut, ich muss dann auch los." „Allet klaro, dann haunse ma rin! Bitte nich vareisen und melden se sich bitte jeden Tag bei mir, jo?" „OK. Wiedersehen. Falls was ist: Meine Handy-Nummer haben Sie." „Jo, tschüssi denn!" Martin stand auf und ging zur Tür, drückte die Klinke und drehte sich nochmals zu Dietrich um. „Ach", fragte Martin beiläufig, „haben Sie eigentlich Marias PC in der Redaktion schon ausgewertet?" „Da war nich mehr viel druff, aba wir ham unsere Spezialisten dranjesetzt. Vielleicht finden die noch was. Auf Ihrem war übrigens och nix, hamm wa heute früh och mitjenommen. Also nachher nicht wundern, PC is nich mehr da." „Aha. OK, gut zu wissen. Machen Sie's gut!" „Tschö mit Ö!" rief Dietrich ihm nach. Martin schloss die Tür von außen und schüttelte den Kopf. Dann zuckte er plötzlich zusammen. Wie auf seinem Rechner war „och nix"?! „Ich hatte doch Marias USB-Stick rüberkopiert." Verdammte Scheiße!

XII

Martin trabte die Treppen hinunter und nickte dem Polizisten in der Pförtner-Loge zu, der so tat, als würde er ihn nicht beachten. Draußen empfing ihn die Sonne freundlicher, als ihm lieb war. Er schob seine Sonnenbrille wieder auf die Nase. Im Auto zündete er sich eine Zigarette an und fuhr los. Wohin? Hmm... Martin bog ab Richtung Karl-Marx-Allee und parkte seinen Wagen vor einer Buchhandlung, die ihm für seine Bedürfnisse groß genug erschien. Stopp. Erst mal sortieren. Hatte Dietrich ihn verarscht und die Polizei war sehr wohl auf Marias Daten gestoßen? Oder hatte Schumann zuvor seinen Rechner gefilzt, weil sie auf Nummer sicher gehen wollten? Scheiße! „Ich hätte, die Daten löschen sollen!" Vielleicht war Dietrich gar nicht so doof. Vielleicht war ihm meine Jacke völlig egal. Vielleicht interessieren ihn auch meine Fingerabdrücke gar nicht, weil sie an Marias Daten gekommen waren. Und wenn Schumann und Rosenberg den Rechner gestern Nacht noch inspiziert hatten? Dann wüssten sie, dass Martin alle Hintergrundinfos hatte, um die NVP hochgehen zu lassen. Also: Der Mörder könnte die Daten haben, falls Maria sie auf dem Laptop hatte. Das musste nicht sein, da Maria damit hätte rechnen können, dass die Staatsanwaltschaft nach einer Klage der NVP den Laptop beschlagnahmen würde. Schumann und Rosenberg könnten die Daten haben. Wären sie tatsächlich mit der NVP verbandelt, dann wäre Malkowski in ernster Gefahr. Dietrich könnte sie haben. Hätte nur Dietrich die Daten, so würde womöglich nur Malkowski als Quelle auffliegen. Allerdings war es dann auch nur eine Frage der Zeit, wann die NVP durch ihre Anwälte über den Informanten Bescheid wissen würde. Egal, wer die Daten hatte: Der Informant war in Gefahr.

Martin holte seinen Notizblock mit Malkowskis Daten aus der Tasche und wählte dessen Handy-Nummer. Nach dem sechsten Tuten schaltete sich die Mailbox ein und ein Piep forderte ihn schließlich zum Sprechen auf. „Hallo, Herr Malkowski. Ich bin ein Mitarbeiter von Frau Berger. Sie ist tot. Die Aufzeichnungen sind in fremde Hände geraten. Ich fürchte, es kann gefährlich für Sie werden. Und für mich auch. Ich muss Sie dringend sprechen. Rufen Sie mich bitte zurück." Martin hinterließ seine Handy-Nummer, legte auf, stieg aus und ging zur Buchhandlung hinüber. Die Frau hinter der Kasse fragte er nach Deutscher Geschichte und die deutete in die hinterste Ecke. Martin durchsuchte das Regal nach Literatur zum Nationalsozialismus. Mäßig sortiert, aber er wurde fündig und nahm sich ältere Standardwerke von Nolte, Frei und Broszat heraus. dazu noch ein Buch zum Aufbau des DDR-Staatsapparats. Er bezahlte und ging wieder zum Auto.

Es war noch nicht elf. Wenn er jetzt losfuhr, konnte er gegen drei in Leipzig sein und mit Malkowski persönlich sprechen. Er griff unter den Beifahrersitz und vergewisserte sich, dass die Lidl-Tüte samt Inhalt noch da war. Gut. Alles Wichtige hatte er dabei. Urlaub hatte er von seinem Nazi-Chef bekommen. Er würde nochmals die Kollegen vom Sport anfunken müssen, um einiges zu besprechen, aber in Berlin konnte er nun nichts mehr machen. Er startete den Golf und fuhr Richtung Kreuzberg, um über den Tempelhofer Damm zur Stadtautobahn und dann auf die A9 nach Leipzig zu kommen.

„Verfickte Scheiße! Ich weiß noch nicht mal, um was es hier geht!" schrie Martin sein Lenkrad an. Martin hatte einiges nachzulesen. Deutsche Geschichte war ihm größtenteils unbekannt und allenfalls in Stichworten geläufig. DDR-Geschichte sowieso. Pieck, Grotewohl, Stoph, Sindermann, Ulbricht, Honecker, Staatsaufbau, Wirtschaftsstruktur, Kultur, Außenpolitik – die DDR war ihm ein Rätsel. Was nicht hieß, dass ihm die Geschichte der Bundesrepublik geläufiger war. Schon beim Aufzählen aller Bundeskanzler hatte er seine Probleme, geschweige denn bei der Nennung aller Bundespräsidenten. Zwar hatte er nach der Festnahme zweier NSF-Terroristen die Nachrichten dazu verfolgt, aber sich nicht näher damit beschäftigt. Mit Maria hatte er sich immer über alles

Mögliche unterhalten, aber nie über ihre alltägliche Arbeit. Es hatte Schöneres gegeben.

An der Tankstelle gegenüber des ehemaligen Tempelhofer Flugplatzes besorgte er sich Zigaretten, Cola und Benzin. Im Auto stöpselte er sein Headset ins Handy und telefonierte mit den Kollegen im Sportressort, während er sich durch die Baustellen der Stadtautobahn langsam seinem Weg zum AVUS bahnte, der das Verbindungsstück zur alten südlichen Transit-Route zwischen West-Berlin und BRD war. Kontrollpunkt Dreilinden, den die US-Streitkräfte Checkpoint Bravo nannten. Auf der A9 fuhr er hinter Beelitz in einen McDrive, um Frühstück und Mittagessen mit vier Cheeseburgern zu kompensieren. 140 Kilometer hatte er noch zu fahren. Er gab Gas. Sein Golf schaffte es noch auf knapp 180 km/h. Nachdem die Cheeseburger in die Verdauungsphase eingetreten waren, probierte er es nochmals bei Malkowski. Nach dem vierten Tut ging er ran: „Ja?" „Herr Malkowski?" „Ja, wer spricht denn da?" „Mein Name ist Martin Schmidt. Ich bin Frau Bergers Kollege. Ich bin auf dem Weg nach Leipzig. Wir müssen uns unbedingt unterhalten." „Gar nichts müssen wir", hörte Martin die nasale Stimme in seinem Kopfhörer, die er bereits von dem MP3-Mitschnitt kannte. Nur lag in Malkowskis Stimme nun auch Angst. „Ich hab Frau Berger alles gegeben, was ich habe. Ich muss jetzt los. Ich hau ab!" rief er aufgebracht. „Ich bin in einer Stunde da. Wir können uns auch in einem Café oder einer Autobahn-Raststätte treffen." Schweigen. Malkowski dachte nach. „Gut. Wir treffen uns in einer Stunde, also um 14 Uhr, am Flughafen Halle-Leipzig, das ist direkt am Autobahnkreuz." „Wo genau?" „Im Marché, Terminal B, im Obergeschoss." „OK. Super. Bis dann!" verabschiedete sich Martin, doch Malkowski hatte schon aufgelegt. Noch knapp 100 Kilometer.

XIII

Martin verließ kurz nach halb zwei die Autobahn und fuhr zum Terminal B. Er stellte den Golf auf den Kurzzeitparkplätzen ab. Aus der Plastiktüte holte er die Pistole heraus und steckte sie in die Innentasche seiner Lederjacke. Er fühlte sich stark. Zumindest etwas sicherer. Dann stieg er aus und ging hinüber zur Mall des kleinen Airports. Er schob seine Sonnenbrille in die Haare und passierte die Drehtür. Fuhr mit der

Rolltreppe hoch ins Marché, dem Restaurant des Flughafens, und holte sich einen Cappuccino an der Theke. Er setzte sich an einen Tisch und sah auf sein Handy: 13 Uhr 47.

Martin tat sich einen Löffel Zucker in den Kaffee und schlürfte leise den Schaum seines Cappuccinos ab. Er blickte sich um: ca. 20 Tische, davon drei besetzt. Zwischen ihm und dem nächsten Gast lagen drei Tische. Hier könnte man reden. Er musste erfahren, was Malkowski Maria noch nicht gesagt hatte. Er brauchte Anhaltspunkte, Namen, die ihn auf die Spur des Mörders bringen konnten. Belege, Fakten, Enthüllungen, die Marias Geschichte ein Fortsetzung geben konnten. „Herr Schmidt?" Martin zuckte zusammen. Ein untersetzter Mann Ende 50 mit extrem hoher Stirn und grauem Haarkranz stand neben ihm. Er trug Jeans und ein weißes Hemd unter einem schwarzen Sakko. In der Rechten hielt er eine schwarze Sporttasche, die die Maße für Handgepäck sicherlich nicht überschritt. „Ja, ich bin Martin Schmidt. Herr Malkowski?" „Was ist passiert?" „Bitte setzen Sie sich." Malkowski nahm Platz. „Gestern Abend ist Frau Berger bei sich zu Hause erschlagen worden. Ich habe sie gefunden."

Malkowski sackte innerlich zusammen, die Schultern senkten sich ein wenig und er schnaufte gut hörbar durch. Er starrte auf die Tischplatte. Martin taxierte den Mann: Im Sitzen wölbte sich sein Bauch über den Gürtel seiner Jeans. Sein Gesicht war gut genährt und daher fast faltenfrei. Auch Malkowski erinnerte Martin an jemanden aus dem deutschen Fußball. Ja, Malkowskis Visage sah dem etwas verkniffenen Gesicht von Hans Meyer ähnlich, dem legendären Trainer mehrerer Erstliga-Clubs aus Ost und West. Nur hatte Meyer noch mehr Haare. „Ich hab vorhin Ihre Nachricht auf der Mailbox abgehört, nen Flug nach weit weg gebucht und sofort das Nötigste gepackt. In ner halben Stunde ist Boarding. Eingecheckt hab ich schon." Martin hätte jetzt gerne eine geraucht, aber hier musste er sich jetzt angesichts des diskriminierenden Rauchverbots beherrschen. „Herr Malkowski, ich habe das Material von Frau Berger gefunden. Aber sowohl die NSF, als auch die Polizei haben es mit großer Wahrscheinlichkeit auch. Ich hätte sie schon heute Nacht anrufen sollen, aber ich war nicht in der allerbesten Verfassung, nachdem ich meine Kollegin mit eingeschlagenem Schädel in ihrem

Wohnzimmer entdeckt hatte. Tut mir Leid. Gott sei Dank, hatten sie noch genug Zeit."

„Lassen Sie mal den lieben Gott aus dem Spiel. Der hat hier nichts mit zu tun. Danke für den Anruf. Ich wollte mich nach Erscheinen des Artikels eh absetzen. Ich wusste nur nicht, dass alles so schnell geht." „Warum haben Sie Frau Berger all die Informationen gegeben?" „Das ist meine Sache. Die Dinge laufen etwas aus dem Ruder. Die Gefahr, dass alles eskaliert ist groß. Es wurden Grenzen überschritten, die man nicht hätte überschreiten dürfen." „Was meinen Sie?" „Ich wollte mich mit Frau Berger nochmals treffen. Wir hatten letztes Mal nicht genug Zeit alles zu besprechen. Es geht um die Operation Göring, die die NVP finanziert und mehrere Zellen der NSF ausführen sollen." „Was ist die Operation Göring?"

Malkowski streckte kurz seinen Arm aus und sah auf seine Armbanduhr. Er bekam einen Hustenanfall, klopfte sich auf die Brust und erzählte heißer: „Ich weiß das nur vom Hörensagen. Die Details kennt nur der Inner Circle des Führungskaders. Ab Mitte der 80er Jahre arbeitete eine Spezialeinheit innerhalb der NVA – Militärische Aufklärung – an der Entwicklung dreckiger Bomben." „Dreckige Bomben?" „Ach, Junge. Dreckige Bomben, schmutzige Bomben... Atomare Abfälle – Cäsium, Strontium, Iod – sind wesentlich leichter zu beschaffen als angereichertes Uran oder Plutonium. Schauen sie in den Iran: Die werkeln schon seit Jahren daran. Technisch äußerst schwierig. Und unbemerkt von Geheimdiensten kommen sie nie so weit. Aber atomarer Restmüll aus Atomkraftwerken liegt praktisch auf der Straße." Malkowski sah Martin mitleidig lächelnd an. Martin war gerade ziemlich gefrustet. Innerhalb von 24 Stunden hatten ihn nun schon zwei Personen intellektuell gedemütigt. War er wirklich so blöd? Die Wahrscheinlichkeit war groß. Scheiß drauf! Ein Spezialwissen im Bereich Sport und insbesondere Fußball war auch nicht zu verachten. Oder doch? Scheiß drauf!

„Fahren Sie bitte fort. Ich bin nicht so intensiv im Thema drin, wie Maria Berger es war." Malkowski stellte das verächtliche Lächeln ein, hüstelte erneut und fuhr fort. „Block 5 des AKW Greifswald wurde eigens zur Gewinnung radioaktiven Mülls in Betrieb genommen. Er war im Grund ein

Versuchsreaktor. Man wollte dort die höchst mögliche Verstrahlung erzielen und experimentierte mit verschiedenen Materialien. Doch drei Wochen nach der Inbetriebnahme wurde er im November 1989 wieder runtergefahren. Die Wende kam dazwischen. Der Spezialmüll wurde in einer Nacht-und-Nebel-Aktion versteckt." „Ach, Du Scheiße", entfuhr es Martin. „Das kannste laut sagen!" „Und wo?" „In der Schorfheide. Deswegen auch 'Operation Göring'." Martin hatte schon wieder einen geistigen Blackout und sah in Malkowskis Hans-Meyer-Gesicht, als hätte der ihm gerade die taktische Aufstellung von Jena gegen Dinamo Tiflis erklärt.

Malkowski erkannte was los war, sparte sich ein demütigendes Lächeln und erklärte: „Göring nannte seine Hütte in der Schorfheide Carinhall, nach seiner verstorbenen Liebsten. Göring – Schorfheide – alles klar?" „Klar." Malkowski fing an zu husten. „Wollen sie was zu trinken?" Malkowski streckte wieder seinen Arm aus, um seine Armbanduhr begutachten zu können. „Für ein kleines Wasser sollte es reichen. In - 10 - Minuten - bin - ich - weg" hustete er. Martin sprang dienstbeflissen auf und ging zur Theke, um ein Mineralwasser zu kaufen. Er bezahlte und trug das Wasser zurück zum Tisch. Malkowski saß da, als wäre er eingenickt. Sein Körper saß aufrecht auf dem Stuhl, doch sein Kinn lag auf der Brust. „Herr Malkowski? Alles klar?" Doch der Antwortete nicht. Stattdessen zersplitterte das Glas Wasser in Martins rechter Hand. Glassplitter und Wasserspritzer trafen ihn im Gesicht. Fuck! Instinktiv ging Martin in die Knie und duckte sich unter den Tisch. Aus dieser Perspektive sah er, wie sich unter Malkowskis Sakko das weiße Hemd rot färbte. Fuck!

Martin spürte den Adrenalin-Schock in sich aufsteigen. Mit der linken wischte er sich über das nasse Gesicht und hatte Wasser, einige Splitter und Blut in der Hand. Sehen konnte er, seine Augen waren also unversehrt. Er blickte zurück in den Gastraum des Marché. Dort hatte niemand Notiz von dem letalen Vorkommnis genommen. Von dort sah es so aus, als würde an ihrem Tisch ein älterer Her sitzen, der eingenickt war. Das splitternde Glas hatte niemand wahrgenommen. Der Schuss in Malkowskis Rücken musste also aus Richtung Rolltreppe gekommen sein. Schalldämpfer. Es war sonst zwischen dem Fahrstuhl-Gedudel aus den

Restaurant-Lautsprechern und der üblichen Geräuschkulisse eines Flughafens nichts zu hören gewesen. Martin lugte hinter dem Stuhl Malkowskis zur Rolltreppe. Nichts zu sehen. Moment! Er zog seine Pistole aus der Jackentasche. Sicher ist sicher. Plötzlich splitterte das Holz eines der hinteren Stuhlbeine. Martins Augen schlossen sich reflexartig und er spürte wie hölzerne Nadeln sich in Wangen und Stirn bohrten. Fuck, Fuck, Fuck!

In seinem Hirn hatte er das Mündungsfeuer hinter dem Recycling-Mülleimer an der Rolltreppe abgespeichert. Er hob seine CZ82 und zielte auf den Mülleimer, drückte ab nichts. Scheiße. Nicht entsichert. Er schob den Hebel mit dem Daumen zurück. Zielte nochmals, drückte nochmals ab. Der Knall war ohrenbetäubend. Sein Trommelfell fiepte wie ein misshandeltes Meerschweinchen. Hmm, jetzt hatte auch der letzte Sicherheitsbeamte des verschlafenen Provinz-Flughafens die Alarmglocken läuten gehört. Egal. Martin sah, wie sich jemand hinter dem Mülleimer aufrappelte und eilig die Rolltreppe herunterrannte. Spitzbärtchen, alter Bekannter, diesmal mit Base-Cap. Du Drecksack! Martin rappelte sich auf, schob sich die Sonnenbrille zurück auf die Nase (sicher ist sicher), griff sich Malkowskis Tasche und rannte hinterher.

Als Martin an der Rolltreppe angekommen war, sah er, wie sich Nazi-Spitzbart unten an der Drehtür umblickte und mit seiner Schalldämpfer-Pistole auf ihn zielte. Martin warf sich hinter den Mülleimer, der mit einem „tock" erzitterte. Martin spähte die Rolltreppe hinunter. Spitzbart war weg. Die wenigen Menschen in der Mall hatten von Martins Schuss aufgeschreckt ängstlich Deckung gesucht. Polizei war noch nicht in Sicht. Nun aber schnelle. Martin rappelte sich aber auf und sprintete mit Malkowskis Tasche in der einen und der Pistole in der anderen die Rolltreppe hinunter. Durch die Drehtür, ab zum Parkplatz. Hmm… vielleicht sollte ich mal die Knarre wegstecken? Scheiße! Vor seinem Golf blieb er abrupt stehen. Um aus dem Parkplatz rauszukommen, musste er erst sein Einlasskärtchen in den Kassenautomaten stecken, damit sich die Schranke an der Ausfahrt heben würde. Wertvolle Zeit… Ein Dröhnen unterbrach seinen bürgerlichen Denkprozess. Ein Auto-Motor, der im ersten Gang mit mindestens 50 km/h aufschrie. Dann ein sanftes aber markantes Knacken. Hochschalten. Martin blickte sich um. Ein Prolo-

Mercedes mit getönten Scheiben und Alu-Felgen hatte die Schranke durchbrochen. Spitzbart. OK. Geld gespart. Martin warf sich und die Tasche in seinen Golf. Zückte den Zündschlüssel und fuhr so schnell es seine amateurhaften Fahrkünste erlaubten an der abgeknickten Schranke vorbei dem Mercedes hinterher.

XIV

Keine Chance. Schon an der Ausfahrt des Terminals zum Autobahn-Zubringer war Spitzbart nicht mehr zu sehen. Mit einem getunten Mercedes konnte sein Golf Baujahr 99 nicht mithalten. Martin fuhr auf die A9 in südlicher Richtung und die nächste Ausfahrt Richtung Leipzig wieder ab. Zwischendurch griff er in seine Jackentasche und sicherte die Pistole. Ein Blick in den Rückspiegel zeigte ihm, dass er einige Kratzer und kleine Holzsplitter im Gesicht hatte, aber nicht ernstlich verletzt war. Fein. Der Nazi-Schutzschild war aktiviert. Jetzt hatte er Lust auf einige fiese Blutgrätschen. Dieser Sausack! Tätlichkeit, die der Schiedsrichter nicht geahndet hatte. So nicht! Auf der Landstraße nach Leipzig fuhr er rechts ran und untersuchte Malkowskis Tasche: Wäsche, ein Paar Schuhe. In der Seitentasche ein Schlüsselbund und ein Kuvert. Sonst nichts. Malkowski hatte sich mit äußerst leichtem Gepäck auf die Flucht gemacht. Martin riss das Kuvert auf und nahm einen Packen 50-Euro-Scheine heraus. Ohne sie abzuzählen schätzte er, dass es etwa 5.000 Euro sein mussten. Was Malkowski eben auf die Schnelle aus den nächsten Geldautomaten hatte ziehen können. Martin legte das Geld zurück ins Kuvert und warf es ins Handschuhfach. Malkowskis Schlüsselbund steckte er zu seinem eigenen in die Hosentasche.

Martin gab Malkowskis Adresse in sein Navi ein. „Nach zweihundert Metern bitte wenden!" befahl die freundliche Frauenstimme. „Leck mich, Du Schlampe!" brüllte Martin seinen Testosteron-Überschuss heraus und fuhr geradeaus. „Routen-Neuberechnung! Routen-Neuberechnung!" tönte es aus dem Navi. „Na, dann mach mal, Du Kuh!" Martin freute sich, dass er keine Männerstimme für die Navigation einprogrammiert hatte und fuhr weiter Richtung Leipzig. Martin blickte in den Rückspiegel – keine Polizei. Ob jemand sein Nummernschild notiert hatte? Egal. Die Frau im Navi war nicht beleidigt und lotste den Golf nach einigen Routen-

Neuberechnungen zielsicher am Clara-Zetkin-Park vorbei ins gediegene Schleußig in die Brettschneiderstraße. „Ziel erreicht!" verkündete die Navigationsassistentin. Martin verabschiedete sich unwirsch von der Dame und stellte das Navi aus. Er fuhr langsam an einer Riege Reihenhäuser vorbei. Eines davon war Nummer 14. Malkowskis Haus. Martin sah im Vorbeifahren, dass die Rollläden im Erdgeschoss heruntergelassen waren. Einen getunten Mercedes konnte er nicht entdecken.

Martin fuhr eine Seitenstraße weiter und stellte den Motor vor einer Kleingarten-Siedlung aus. Er verstellte den Rückspiegel, um sich die Holzsplitter aus den Wangen zu ziehen. Keine angenehme Beschäftigung. „Scheiße!" Aber kaum Blut. Die Uhr im Auto zeigte 15 Uhr 07 an. Martin spuckte in ein Papiertaschentuch und wischte über die eine oder andere kleinere Wunde. Dann stieg er aus und schlenderte zurück zu Malkowskis Haus. Die Nachbarhäuser lagen still da. Kein Kindergeschrei. Kein Rasenmäher. Freitag Nachmittag, aber scheinbar noch zu früh für Feierabend. Gemächlich spazierte er zur durch den Vorgarten von Nummer 14, griff nach Malkowskis Schlüssel und sperrte die zweifach verschlossene Haustür auf. Martin trat ein, schloss die Tür und schaltete das Licht ein. Die Rollläden wollte er besser nicht hochziehen. Malkowskis Reihenhaus hatte die übliche Aufteilung. Im Erdgeschoss lagen Küche, WC und Wohnzimmer zum rückwärtigen Garten hin. Oben würde sich wohl Bad, Schlaf- und Arbeitszimmer befinden. Kein Keller.

Martin ging zuerst zum Pinkeln in Malkowskis WC. Dann begutachtete er das Wohnzimmer, das komplett von IKEA eingerichtet war. Sofa-Ecke, Esstisch am Fenster, eine Glasvitrine mit Geschirr, ein Tischchen mit Fernseher und Stereo-Anlage. Keine Bücher. An den Wänden hingen schlicht gerahmte Bilder mit Bleistift-Skizzen von Städte-Ansichten. Keine, die er kannte. Martin ging das CD-Regal durch – Klassik, Jazz. Kein deutsches Liedgut, wie er es von einem NVP-Funktionär erwartet hätte. Martin stieg die Treppe hoch in den ersten Stock. IKEA-Schlafzimmer: Malkowski war Single gewesen. Im Kleiderschrank gab es keinen Hinweis auf einen weiblichen Mitbewohner. Auf dem großen Bett lagen nur ein Kissen und eine Bettdecke. Im Bad steckte keine zweite Zahnbürste im Becher. Das Arbeitszimmer bestand aus einem peinlich aufgeräumten Schreibtisch mit Laptop und einem Regal mit Dutzenden von Aktenordnern. Einen Ordner mit der Aufschrift „Operation Göring" konnte er nicht entdecken. Martin fuhr den Rechner hoch, doch der verlangte ein Passwort. Martin fuhr den Rechner wieder hinunter. Und griff sich einige Ordner aus dem Regal. Den Akten nach war Malkowski Filialleiter eines Leipziger BMW-Autohauses.

Martin stieg hoch ins ausgebaute Dachgeschoss, das aus einem einzigen Raum bestand. Hier waren die senkrechten Wandseiten mit Billy-Bücherregalen vollgestellt. In der Mitte stand eine IKEA-Couchgarnitur. Malkowski hatte sich äußerst funktional eingerichtet. Kein Schnickschnack, nichts Persönliches war in diesem Haus zu finden. Keine Familienfotos, keine Urlaubsandenken, keine Hakenkreuzfahnen, nicht mal NVP-Broschüren. Was hoffte er hier zu entdecken? Er hatte nicht die Zeit, das Haus gründlich zu durchsuchen. Vielleicht hatte er noch ein paar Minuten, bis die Polizei hier aufkreuzen würde. Seit dem Schusswechsel am Flughafen war noch keine Stunde vergangen, aber das erste, was die Polizei nach der Untersuchung von Malkowskis Leiche machen würde, wäre eine Streife zu seinem Haus zu schicken.

Martin überflog die Buchrücken in den Billy-Regalen: Sachbücher zu Geschichte, Philosophie und Psychologie. Merkwürdiger Autohändler, dachte Martin. Marxismus und anderen Philosophien des 19. Jahrhunderts, Monografien zur Kaiserzeit, 1. Weltkrieg, Weimarer Republik, Biografien von Lenin, Trotzki, Liebknecht, Luxemburg, daneben Ebert, Hindenburg, Hitler, Göring, Goebbels, Himmler, Werke zum Nationalsozialismus und zum 2. Weltkrieg, chronologisch ging es weiter zu Geschichte und Personen des geteilten Deutschlands. Martin nahm die Göring-Biografie von Werner Maser aus dem Regal und ein Buch mit dem Titel „Der Mythus des 20. Jahrhunderts", dessen Autor Alfred Rosenberg hieß. „Interessant... noch ein Rosenberg..." murmelte Martin und schlug das Buch auf, blätterte und überflog:

„Das Blut, welches starb, beginnt lebendig zu werden. In seinem mystischen Zeichen geht ein neuer Zellenbau der deutschen Volksseele vor sich. Gegenwart und Vergangenheit erscheinen plötzlich in einem neuen Licht und für die Zukunft ergibt sich eine neue Sendung. Geschichte und Zukunftsaufgabe bedeuten nicht mehr Kampf von Klasse

gegen Klasse, nicht mehr Ringen zwischen Kirchendogma und Dogma sondern die Auseinandersetzung zwischen Blut und Blut, Rasse und Rasse, Volk und Volk ... Der Mythus des römischen Stellvertreters Gottes muss hierzu ebenso überwunden werden wie der Mythus des „heiligen Buchstabens" im Protestantismus. Im Mythus von Volksseele und Ehre liegt der neue bindende, gestaltende Mittelpunkt. Ihm zu dienen ist Pflicht unseres Geschlechts ... Dank der Humanitätspredigt und der Lehre von der Menschengleichheit konnte jeder Jude, Neger, Mulatte vollberechtigter Bürger eines europäischen Staates werden; dank der humanitären Sorge für den Einzelnen wimmelt es in den europäischen Staaten von Luxusanstalten für unheilbare Kranke und Irrsinnige; dank der Humanität wird auch der rückfällige Verbrecher als unglücklicher Mensch ohne Bezug auf die Interessen des ganzen Volkes gewertet, bei der ersten Möglichkeit wieder auf die Gesellschaft losgelassen und in seiner Fortpflanzungsfähigkeit nicht behindert. Im Namen der Humanität und der „Freiheit des Geistes" wird den Schmutzjournalisten und jedem ehrlosen Halunken der Vertrieb jeglicher Bordell-Literatur gestattet; dank der Humanität dürfen Nigger und Juden in die nordische Rasse hineinheiraten, ja wichtige Ämter bekleiden ... Die Völker des Abendlandes sind eine Folge rassischer Mischungen und politischer Zuchtsysteme, jedoch hat jedes von ihnen das Wesentliche staatlicher Formkräfte von der nordischen Schicht erhalten und zugleich damit die formenden Kräfte der gesamten Gesittung. Mit dieser Tatsache aufs engste verknüpft ist auch das bestimmende nordische Schönheitsideal, das sich manchmal selbst noch in Gegenden auswirkt, wo das nordische Blut heute vollkommen ausgetilgt ist. Die Heldenvorstellung des gesamten Europa ist gleichzustellen mit einer hohen schlanken Gestalt, mit blitzenden hellen Augen, hoher Stirn, mit kraftvoller, aber nicht übermäßiger Muskulatur..."

„Uahhh!" entfuhr es Martin. Hasserfülltes Gebrabbel, unwissenschaftliche Behauptungen, irrationale Theorien, Blut-und-Boden-Schund. Dagegen erschien ihm Toni Schumachers „Anpfiff" noch als intellektuelle Herausforderung und Lothar Matthäus' Autobiografie „Ganz oder gar nicht" als Highlight der Germanistik. Er nahm die beiden historischen Schinken, lief die Treppen hinunter, nahm auch den Laptop samt Stromkabel vom Schreibtisch und ging hinunter in die Küche. Dort nahm er einen Jute-Beutel vom Haken und steckte Laptop und Bücher hinein. Martin öffnete die Haustür einen Spalt, um zu sehen, ob die Luft rein war. War sie. Brav sperrte er die Tür wieder zu und ging mit seinem Jute-Beutel zum Vorgarten hinaus. Er war keine zwanzig Meter gegangen, als er einen Polizeiwagen die Straße entlang kommen sah. Verdammt! Martin beherrschte sich und ging langsam weiter. Keine Panik, ganz locker. Der Streifenwagen fuhr an ihm vorbei. Er hörte, wie er auf Höhe von Nummer 14 stehengeblieben sein musste, wagte aber nicht, sich umzudrehen. Als er am Ende der Straße um die Ecke bog, riskierte er einen kurzen Blick zurück. Zwei uniformierte Polizisten standen vor Malkowskis Wohnungstür. Ohne Schlüssel mussten sie wohl auf Verstärkung warten. Martin beschleunigte den Schritt und lief zu seinem Golf.

XV

Als er vor dem Steuer saß, atmete er durch. Malkowski hatte es fast geschafft, aber Spitzbart hatte ihn abgefangen. Scheinbar hatte der Killer keine Gelegenheit gehabt, Malkowski zuhause oder an dessen Arbeitsplatz abzuknallen und war ihm bis zum Flughafen gefolgt. Jetzt stand Martin endgültig im Fadenkreuz. Immerhin hatte er Malkowskis Laptop. Ob Malkowski seine Festplatte noch entrümpelt hatte? Sven und seine Anarcho-Kumpels würden sich das Ding mal vornehmen müssen. Kavallerie. Was sollte er jetzt machen? Dietrich informieren? Ob die Überwachungskameras am Flughafen den Mord aufgezeichnet hatten? Oder war er jetzt des Doppelmords verdächtig? Wie konnte ihm Dietrich helfen? Personenschutz? Nein. Die Polizei würde ihm entweder nicht weiterhelfen können, oder ihn womöglich als Tatverdächtigen festnehmen. Er würde es auf eigene Faust probieren müssen.

Martin startete den Golf und fuhr wieder zur A9. Bei der ersten Autobahnraststätte fuhr er ab und setzte sich mit einem Kaffee an einen freien Tisch. Er holte sein Laptop aus der Tasche und ging online. Wikipedia:

Alfred Ernst Rosenberg * 31. Dezember 1892 jul./ 12. Januar 1893 greg. in Reval; † 16. Oktober 1946 in Nürnberg) war ein NSDAP-Politiker *und führender Ideologe der Partei in der Weimarer Republik und zur Zeit des Nationalsozialismus. Rosenberg erlebte als Student die Revolution in Moskau 1917 mit, und wie die russischen Rechtsextremen bezeichnete er die Revolution als Folge einer jüdisch-freimaurerischen Weltverschwörung, eine Vorstellung die maßgeblich über ihn in die NSDAP einfloss. Durch Verbreitung zahlreicher rassenideologischer Schriften trug Rosenberg während dieser Zeit erheblich zu einer Verschärfung des Antisemitismus bei. Im Zweiten Weltkrieg unternahm er mit seinem Einsatzstab Reichsleiter Rosenberg (ERR) Beutezüge in ganz Europa, insbesondere zum Diebstahl von Kulturgütern. Als Leiter des Reichsministeriums für die besetzten Ostgebiete (RMfdbO) verfolgte er im Rahmen seiner Ostpolitik das Projekt der Germanisierung der besetzten Ostgebiete bei gleichzeitiger systematischer Vernichtung der Juden. Während des Nürnberger Hauptprozesses wurde Rosenberg als Hauptschuldiger der NS-Kriegsverbrechen angeklagt, in allen vier Anklagepunkten für schuldig befunden, zum Tode verurteilt und hingerichtet.*

Rosenberg war nach der Revolution in Russland über Berlin nach München gekommen. Er hatte sich früh der NSDAP angeschlossen und war auch bei Hitlers Putschversuch 1923 in erster Reihe mit dabei gewesen. Schon seit 1921 arbeitete er bei der NSDAP-Parteizeitung, dem Völkischen Beobachter, als Redakteur. Das nationalsozialistische Weltbild der deutschen arischen Herrenrasse und der Hass auf alles Jüdische waren auf Rosenbergs Mist gewachsen.

Die einzige Rasse, die in der Lage sei, kulturelle Leistungen hervorzubringen, ist nach Rosenberg die „arische Rasse". Im „Mythus des 20. Jahrhunderts" postulierte Rosenberg den politischen Mythos des untergegangenen Atlantis als Urheimat einer „arischen Rasse". Im Gegensatz zur jüdischen Religion, die Rosenberg als teuflisch ansah, wohne den „Ariern" etwas Göttliches inne. Jesus Christus wurde in Rosenbergs Buch zu einer verklärten „Verkörperung der nordischen Rassenseele". Nach ihm könne dementsprechend Jesus kein Jude gewesen sein.

Atlantis? Jesus ein Arier? Martin musste lachen. So ein Bullshit. Na wenigstens konnte er sich jetzt die Lektüre des 250seitigen Pamphlets getrost sparen. Dann las er im Lexikon weiter über Carinhall: Schorfheide, zwischen zwei Seen.

Von der eigentlichen Anlage ist nichts mehr erhalten, lediglich einige wenige Mauerreste sind im Wald auffindbar. Bis in die 90er Jahre waren Keller und Bunker teilverschüttet und betretbar, diese Eingänge wurden mittlerweile beseitigt. Am ehemaligen Grab von Carin Göring ist nur noch eine Vertiefung im Boden erkennbar. Bei Ausgrabungen wurde eine erhaltene Bunkeranlage gefunden, in deren Innerem noch Kunstgegenstände gefunden werden konnten. Der Bunker wurde zur Beherbergung von Fledermäusen umgebaut.

Aha. Martin suchte sich bei GoogleMaps den genauen Standort. 90 Kilometer nördlich von Berlin. Sehr idyllisch gelegen. Auf halber Strecke waren später die SED-Bonzen in ihrer Waldsiedlung bei Wandlitz hängengeblieben. Die Schorfheide war sowohl für Kaiser, Nazi- als auch SED-Führung ein beliebtes Jagdgebiet und schien für die Mächtigen in der deutschen Geschichte eine enorme Anziehungskraft zu haben. Martin rief den Eintrag über „Schmutzige Bombe" auf:

Eine Radiologische Waffe, auch Schmutzige Bombe (englisch dirty bomb oder Radiological dispersal device) genannt, besteht nach neuerem Verständnis aus einem konventionellen Sprengsatz, der bei seiner Explosion radioaktives Material in der Umgebung verteilt … Der Sprengsatz ist darauf konstruiert, die gefährliche Substanz zu zerstäuben und weiträumig zu verteilen, und nicht darauf, durch seine Druckwelle eine maximale Zerstörung zu erzielen. Im Falle des Einsatzes einer radiologischen Waffe sind folgende Wirkungen möglich:

- *Sprengwirkung – in direkter Nähe sind Personen allein durch die Druck- oder Splitterwirkung gefährdet.*
- *Kontamination (beziehungsweise Ansteckung, Vergiftung) von Personen.*
- *Akute und langfristige Strahlenschäden.*
- *Massenpanik.*
- *Wirtschaftlicher Schaden.*

Die Dekontamination eines Gebietes etwa in einer Großstadt wäre zeitaufwändig und teuer. Solange diese andauert, könnte das Gebiet nicht von der Zivilbevölkerung betreten werden. Eine radioaktive Staubschicht müsste vollständig abgetragen werden, was bei einer großen Fläche nur schwer möglich ist.

Nicht schlecht! Wenn sich mittlerweile jeder dahergelaufene Terrorist seine Bomben mit Zutaten aus dem Baumarkt und nach Anleitung aus dem Internet basteln konnte, dann würde eine finanziell potente Organisation auch eine schmutzige Variante zustande bringen. Martin informierte sich auch über das AKW Greifswald. Tatsächlich, der Block 5 lief lediglich von 1. bis 24. November 1989. Aber auch in dreieinhalb Wochen hätte man jede Menge radioaktiven Müll produzieren können. Und wer weiß, mit was der NVA-Geheimdienst experimentiert hatte? Laut Lexikon hatte auch schon gewöhnliches Caesium 137 eine Halbwertszeit von 30 Jahren und wäre also auch heute noch genauso radioaktiv wie zu Wendezeiten. Die Schorfheide hatte eine Fläche von über 1.000 Quadratkilometern. Wo zur Hölle war das Zeug verbuddelt? Einen Anhaltspunkt könnte vielleicht Malkowskis Laptop liefern. Vielleicht.

17 Uhr 05. Martin klappte seinen Laptop zu und ging hinaus zum Auto. Misstrauisch blickte er sich auf dem Parkplatz nach einem schwarzen Mercedes um. Nichts zu sehen. Er stieg ein und machte sich auf den Rückweg nach Berlin. Über zwei Stunden Fahrt würden vor ihm liegen. Licht einschalten. Kopf abschalten. Autobahn-Meditation. Vollgas und durch!

XVI

„Ziel zwei getroffen. Aber es gibt ein weiteres Ziel, das mit Ziel eins zusammenhängt."

„Ziel drei ebenfalls treffen. Du bekommst dafür extra Punkte. Die Zeit drängt."

„Wird innerhalb der nächsten beiden Spielzeiten erledigt."

„Seht gut!"

Er beendete die Kommunikation über WhatsApp, schaltete das Handy aus und legte die Füße auf den Schreibtisch. Er schloss die Augen und atmete tief durch. Beinahe 23 Jahre waren vergangen, seitdem er dem SED-Staat Adieu gesagt hatte. Bereits einen Tag nach den Ereignissen in der Schorfheide war er im wiedervereinigten Deutschland angekommen. Physisch, und vollkommen psychisch und kulturell assimiliert. Die DDR war für ihn nur eine Kulisse für sein Handeln gewesen, sein Handeln hatte er nur als Schauspiel empfunden. Er hatte seine Rolle über die Jahre gespielt und damals im November 1989 hatte er eine neue Rolle bekommen, für die er seinen Text lange im Voraus hatte einstudieren können.

Er wollte die Rolle spielen. Er hatte sie perfekt gespielt. Die Rolle eines angesehenen westdeutschen Bürgers der Mittelschicht. Aber er spielte mehr als nur diese Rolle. Über die Jahre hatte er sich eine weitere Identität zurecht gelegt, darüber alte Kontakte reaktiviert, ein Netzwerk an vermeintlich Gleichgesinnten gesponnen, eine neonationalsozialistische Organisation und deren dilettantische Terror-Gruppe infiltriert, einen weltweit verzweigtes System für seine Finanztransaktionen aufgebaut. Am Ende würde es einen finalen Knall geben. Doch so wie er das Drehbuch geschrieben hatte, würde er zu diesem Zeitpunkt bereits an einem warmen, sonnigen Ort sitzen und seine letzte Rolle als luxuriös genießender Rentner ausfüllen. Deutschland war es nicht mehr wert. Nicht Fisch, nicht Fleisch. Er würde es im Chaos zurück lassen. Er war deutsch. Aber Deutschland war es nicht und konnte es nicht mehr werden.

XVII

Freitag Abend. Bundesliga: Hoffenheim gegen den VfB. Martin war rechtzeitig zurück in F'hain. Parkte sein Auto nach einigem Suchen in der Schreinerstraße um die Ecke, verstaute seine Tasche im Kofferraum und schlenderte beschwingt in seine Fußball-Kneipe. „Hey, Doris! Ein großes Radeberger, bitte!" Erschöpft, aber irgendwie erleichtert krabbelte er auf den Bar-Hocker und glotzte auf die Leinwand, auf der Sky den Rest Vorberichterstattung zum Ba-Wü-Derby zeigte. 20 Uhr 25. Doris stellte ihm sein Bier vor die Nase. „Da, mein Lieber!" „Danke, meine Süße!" Martins Eck-Kneipe war mäßig besucht. Stuttgart-Hoffenheim fand wohl in F'hain wenig Interesse. Egal. Martin genoss das Recht und die Pflicht, als Sport-Journalist und Ex-Fußballer jedes noch so abseitige Match zu verfolgen. Zumal dabei Bier gereicht wurde, er auf seinem Stammplatz an der Bar sitzen und nach Belieben rauchen konnte. In vielen Bundesländern wurden Raucher aufs Schärfste diskriminiert und sogar im Winter zum Im-Freien-Rauchen gedemütigt. Nicht so im ärmlichen Berlin: Hier war Tourismus und Gastronomie mangels erfolgreicher Industrie-Politik die Haupt-Einnahmequelle, mit der man es sich nicht verscherzen wollte. Es gab zahlreiche Raucher-Kneipen und viele Restaurants mit großzügig gestalteten Raucherräumen.

In den nächsten eindreiviertel Stunden schoss Ibisevic, in der Winterpause von Hoffenheim zum VfB gewechselt, seinen alten Club im Alleingang 2-1 ab. Lustig. Aber Martin bekam nicht viel vom Spiel mit. Aufstellung, Taktik, Abwehrverhalten und Aufbauspiel entgingen seiner Aufmerksamkeit. Die drei Tore sah er, aber nicht die spielerische Entstehung oder das Hin und Her dazwischen. Stuttgart hatte eine Übermacht entwickelt, war ballsicher und kontrollierte das Spiel. Hoffenheim hielt erneut nicht das, was es zu seinem Bundesliga-Debut 2008/2009 in der Vorrunde als Herbstmeister angedeutet hatte. Allerdings fiel Torjäger Ibisevic damals in der Rückrunde wegen eines Kreuzbandrisses voll aus. Hmm... egal.

Martin dachte an Maria. An die Nächte die er mit ihr verbracht hatte. Ja, er dachte überwiegend wehmütig an Sex mit ihr. Aber natürlich auch an ihre inneren Werte. Natürlich. Oder pflichtschuldig? Nein, Maria war wertvoll in vielerlei Hinsicht. Nicht nur im Bett: ihr Humor vor allem, ihre Trinkfestigkeit nicht zu vergessen und ihr Verständnis – ja! Zumindest Verständnis – für Martins zynisches Wesen. Innere Werte? Hmm... Was war da sonst noch bei Maria? Eine unglaubliche Fülle an Sekundärtugenden: Fleiß, Pünktlichkeit, Zuverlässigkeit, Treue, Gewissenhaftigkeit. Sie war ordentlich und sauber. Gleichzeitig intelligent, freiheitsliebend, gerecht und ein guter Freund. Sie war ziemlich ideal. Wäre bestimmt ein guter WG-Partner gewesen. Möglicherweise auch ein guter Partner. Eine perfekte Liebe? Nein. Davor sträubte sich Martin. Perfekte Liebe? Stirbt langsam, wenn man sie mal nahe an sich rangelassen hat. Immer rechtzeitig Distanz schaffen. Wie Schopenhauers Stachelschweine im Winter: nur so nahe aneinanderrücken, wie der Ausgleich zwischen Wärme und Schmerz hergestellt ist.

Hatte Martin schon über Marias Äußeres nachgedacht? Nein! Nein! Ein Meter 65. Knackiger Hintern, schmale Taille, trainierter Bauch, üppiger, aber wohl proportionierter Busen, kräftige Arme, und ein Gesicht mit fein verstreuten Sommersprossen um die scharf geschnittene Nase, dunkle blaue Augen, relativ dichte dunkle Brauen, gleiche Farbe wie das Schamhaar, goldgelbe, perfekt getönte Haare, leicht wellig. Guter Frisör. Manchmal zum Pferdeschwanz gebunden, wenn keine Zeit zum Haare-Waschen war. Und ihr Geruch, ihr ganzer Körper… Martin spürte Tränen aufkommen. Nein, nicht hier. Er wuchtete sich vom Barhocker und trabte auf die Toilette, wo er sich in der Kabine einschloss. Setzte sich auf den Klodeckel und schnäuzte sich trötend in eine Doppel-Lage Klopapier.

Fuck! Was machte er hier? Er musste nach Hause. In der Lederjacke fühlte er nach der Pistole, nahm sie heraus, presste sich den kalten Stahl ans Hirn. Nazi-Terror, Tod, schmutzige Bomben – in welchem Film war er nur!? In der Brusttasche seiner Lederjacke war noch Marias USB-Stick mit dem Recherche-Material. Er holte sein Handy vor: 22 Uhr 29. Er öffnete die Kabinentür und ging zum Waschbecken. Die kleinen Wunden, die die Holzsplitter verursacht hatten, begannen schon zu verschorfen. Zudem verdeckte sie sein Fünf-Tage-Bart annähernd. Martin wusch sich Hände und Gesicht und trocknete sich mit Papierhandtüchern ab. An der Bar zahlte er seine drei Radeberger und verließ die Kneipe.

Draußen wehte ein frischer Wind, der den Sommer wieder in weite Ferne rücken ließ. Martin schloss den Reißverschluss seiner Lederjacke und trabte zum Kiosk, um sich Zigaretten zu kaufen. Nachdem er seinen Nikotin-Vorrat aufgefüllt hatte, ging er nach Hause. Als er die Haustür aufsperren wollte, drehte er sich nochmals um und scannte die Straße nach einem schwarzen Mercedes. Nix zu sehen. Nen Mercedes hätte die Antifa hier wohl auch schon längst abgefackelt. Martin wollte die Tür aufschließen, da öffnete die hübsche Blonde aus dem Erdgeschoss und ließ in passieren. „Schönen Abend", sagte sie und warf ihm den gleichen nichtssagend lasziven Blick zu, den sie ihm schon seit Jahren zuwarf, wenn sie sich begegneten. „Ebenso!" Martin stieg langsam die Stufen zu seiner Wohnung im zweiten Stock hoch.

Die Tür war angelehnt. Martins Adrenalinspiegel stieg schlagartig an. Mist nicht abgeschlossen. Jeder, der ein bisschen Übung hatte, konnte eine zugeschlagene Tür mit einer Plastikkarte oder mit sonst was öffnen. Leise zog er den Reißverschluss seiner Jacke nach unten und griff sich seine CZ82, um sie diesmal sofort zu entsichern. Vorsichtig öffnete er die Tür einen Spalt. Dunkel. Martin griff hinein und drückte den Lichtschalter. Dann ging er in die Hocke und schob die Tür ganz auf. Die Pistole im Anschlag blickte er geradeaus ins offene Bad – niemand drin. Rechts ins Schlafzimmer. Leise ging er im gehockt im Entengang hinein. Licht an. Niemand, aber sein Matratze war an die Wand gelehnt, sein Kleiderschrank offen und davor lagen sein Kleider. Zurück. Links von der Tür das Wohnzimmer. Licht an. Niemand da.

Alle Bücher aus dem Regal geräumt. Sofakissen lagen verstreut herum. Stereo-Anlage heil. CDs lagen verstreut herum. Martin watschelte gebückt durch das Wohnzimmer zur Küche. Niemand. Martin sicherte die Pistole und steckte sie wieder ein. Schlachtfeld. Kühlschrank ausgeräumt, Schränke geleert. Geschirr kaputt am Boden, Gewürze, Töpfe, Lebensmittel, alles im Chaos. Martin erhob sich. Ging zurück in die Diele und schloss die Wohnungstür. Schöne Scheiße! Im Schlafzimmer legte er seine Matratze wieder zurecht und warf seine Kleider wieder in den Schrank, hängte seine Jacken und seinen einzigen Anzug wieder ordentlich auf. Die Sofa-Kissen im Wohnzimmer kamen wieder auf ihren Platz. Die Bücher würde er sich ein anderes Mal vornehmen. Er schnappte sich eine große IKEA-Tasche und sammelte nicht mehr Brauchbares vom Küchenboden auf. Die Notfall-Kaffeedose war leer. Mist. Jetzt war Marias Recherche breit gestreut. Nun wusste jeder Nazi im Land, dass er mit den geheimen Interna der NVP vertraut war. Na super! Er kehrte die Scherben zusammen und wischte die Emulsion aus Milch, Gewürzen und Olivenöl vom Boden auf. Er schaute auf die Küchen-Uhr: 23 Uhr 15. Was nun?

Martins Handy klingelte. Unbekannte Nummer. Er ging ran. „Hallo?" „Na? Ziemliche Sauerei zuhause, hm?" genau konnte er die Stimme nicht zuordnen, aber er vermutete, dass sie Spitzbart gehörte. „Was willst Du?" „Alles." „Was ist alles? Du hast den USB-Stick doch gefunden." „Ich möchte, dass Du mir alle Daten übergibst, sonst muss ich Dich leider kalt machen." „Das willst Du so oder so. Ich könnte das Material bereits in alle Welt geschickt haben. Mann, wir leben im digitalen Zeitalter!" Spitzbart schwieg. Jetzt musste er sein Nazi-Hirn in Gang bringen. „Wir treffen uns morgen Abend 21 Uhr auf dem Parkplatz am Liepnitzsee, Bundesstraße Richtung Wandlitz. Kennste den?" Martin kannte den Parkplatz. Ca. 40 Kilometer nördlich von Berlin, Autobahn Richtung Prenzlau, Ausfahrt Wandlitz, ca. vier Kilometer auf der Bundesstraße, an der ehemaligen SED-Bonzen-Siedlung vorbei. Der Liepnitzsee war einer der schönsten Seen im Berliner Umland, umgeben von Buchenwäldern. Im Sommer leider immer überlaufen. Der Parkplatz lag am Waldrand, von der Straße her nicht einsehbar. „Ja, kenn ich. Aber ich bin doch nicht blöde und lass mich auf nem finsteren Parkplatz im Wald abknallen." „Ich kann Dich auch vor Deiner Haustür abknallen. Is mir egal. Ich will aber nur Deinen Laptop und alle weiteren Datenträger. Außerdem unterzeichnest Du mir ne eidesstaatliche Versicherung, dass weiteres oder bisheriges Material zu NVP oder NSF gefälscht oder unrechtmäßig beschafft worden ist. Das reicht uns. Dann lass ich dich in Frieden. Wir sind nicht an weiteren toten Journalisten interessiert. Außerdem hast Du auch ne Knarre." Martin überlegte: Einwilligen konnte er ja. Er musste ja morgen Abend nicht kommen. Damit hätte er erst mal einen Tag Ruhe vor dem Wichser. „OK. Machen wir es so. 21 Uhr. Bis dann." „Bis dann."

Was sollte das denn? Spitzbart konnte doch nicht so doof sein und glauben, dass er sich auf dieses Treffen einließ. Nein. War das ein Psycho-Trick? Ging es Spitzbart nur darum, zu demonstrieren, dass er Martin nach Belieben kontrollieren konnte? Dass er Macht hatte? Wollte er zeigen, dass es für ihn kein Problem war, in seine Wohnung einzudringen und an seine Handy-Nummer zu kommen. Wollte er Martin zeigen, dass seine Situation hoffnungslos war, und dass Martin besser nach jedem Strohhalm greifen sollte, den der Feind ihm anbot? Oder wollte er Martin in Versuchung führen, die Initiative zu ergreifen, und den Feind selbst umzubringen? Oder: Wollte er nur, dass Martin sich bis Samstag 21 Uhr sicher fühlte und in diesem Zeitraum unvorsichtig wurde, um ihn leichter abknallen zu können? OK. Ich muss weiter vorsichtig sein. An der Bar sitzen und Fußball kucken geht nicht. Wahrscheinlich hatte Spitzbart ihn in die Kneipe gehen sehen und sich dann in aller Ruhe seine Wohnung vorgenommen. Scheiße! Falls

Schumann und Dietrich involviert waren, hatte Spitzbart seine Handy-Nummer von den beiden Drecksäcken. Er hätte sie aber auch von Marias Handy haben können. Hmm...

XVIII

Martin besah sich das Chaos in seiner Wohnung. Blickte über seine Bücher, die zu Hunderten am Boden verstreut waren. Mhh... Das Handy klingelte erneut. Martin sah auf das Display – eine Berliner Nummer. Martin griff sich seine Kopfhörer aus der Brusttasche seiner Jacke, verstöpselte sich und ging ran. „Hallo?" „N Abend, Herr Schmidt!" tönte es aus dem Kopfhörer. „Ja? Wer ist denn da?" „Oh, Verzeihung. Hier is Meier. Oberkommissar Meier. Ick wollt mir nur erkundigen, ob bei ihnen allet in Ordnung is:" „Ahh... Herr Meier..." Martin dachte an die blasse Gestalt Meiers. Wie er unsichtbar in Schmidts Büro vor den Topfpflanzen stand. „Ja. Danke. Alles in Ordnung. Bin zwar immer noch ziemlich fertig, aber alles im Griff", log Martin. „Jut. Jut..." Meier schwieg. Kam da noch was, fragte sich Martin. Martin hatte es sich angewöhnt, ein Schweigen im Gespräch nicht zu unterbrechen. Schließlich wurde es immer dem anderen zuerst peinlich und er begann weiter zu reden. Oft intuitiv und dadurch ehrlich. Journalistische Gesprächsführung... Ja. Meier ergriff die Initiative. „Sachen Se mal, Herr Schmidt, waren se eijentlich den janzen Tag in Berlin?" Aha. Die Berliner Polizei hatte natürlich Wind von den Vorkommnissen in Leipzig bekommen. „Äh, ja", log Martin erneut. „Ich habe mich nach unserem Treffen erst nochmal schlafen gelegt. Und war dann am Nachmittag lange spazieren, um den Kopf frei zu bekommen. Hat aber nicht recht geklappt." „Vastehe, vastehe..." Meier glaubte ihm natürlich nicht, aber Misstrauen war polizeiliche Pflicht. „Zeugen hammse dafür nich zufällich, oder?" „Nein. Ich wollte heute den ganzen Tag allein sein. Vorhin habe ich mir noch in meiner Stammkneipe das Freitagabend-Spiel angesehen. Da gibts natürlich Zeugen dafür, aber zuvor war ich allein. Warum? Verdächtigen sie mich?" „Nein, nein... Wir ermitteln in Richtung Nazi-Szene. Wir hamm zwar ihre Fingerabdrücke in der Wohnung ihrer Freundin zu Hauf entdeckt, aber det is ja normal, wenn se bede befreundet waren. An der Tatwaffe und dem Bekennerschreiben waren kene Fingerabdrücke. Det Motiv is durch Frau

Bergers Reportage ziemlich eindeutig. N Dritter hätte das zwar für persönliche Motive benutzen können, aber det is erst ma nich nachzuweisen. Sie sind als Verdächtiger sozusagen innen Hintergrund gerutscht. Was aber bedeutet, dass se sich trotzdem bitte in Berlin aufhalten müssen. Det versteht sich hoffentlich. Bitte nehmen se det nich persönlich." „Nein, nein." Martin war beruhigt: „Haben sie denn schon erste Hinweise mit Hilfe des Phantombild erhalten?" „Ja, aber darüber kann ick ihnen leider keine näheren Auskünfte geben. Tut mir leid." „Ja, ist klar." „Wir haben aber mehrere Razzien in einschlägigen Kneipen und Clubs durchgeführt." „Aha. Gut…"Martin begann während des Telefonats seine Bücher wieder ins Regal einzuräumen. „Äh, ja. Die Kollegen aus Niedersachsen haben uns sogar ein Abhörgerät zur Verfügung gestellt." „Wieso? Hat die Berliner Polei denn keinen eigenen Abhörgeräte?" „Doch, doch. Allerdings nur eines. Und det is bereits anderweitig im Einsatz." „Wie?! Sie haben nur ein Abhörgerät für die gesamte Berliner Polizei?!" „Äh, ja… Wir sin kein besonders reiches Land. Wie se vielleicht auch wissen, is Berlin auch nicht mehr im Tarifvertrag für Beamte, so dass wa bundesweit am schlechtesten besoldet werden. Es mangelt praktisch an allet hier. Geld, Personal, Sachmittel – ne Katastrophe…" Martin hatte also jemanden am anderen Ende der Leitung, der dringend Gesprächsbedarf hatte, na gut… Solange er sein Bücherregal einräumte, sollte es ihm recht sein…

„Wissen se, Herr Schmidt, wenn die Berliner Bevölkerung wüsste, wat hier tatsächlich so kriminaltechnisch vor sich geht – die Menschen würden scharenweise auswandern." „Warum denn das?" Martin sortierte seine Bücher nach Farben. Seine für gewöhnlich chronologisch-landesspezifische Aufteilung würde ihn jetzt zu viel Zeit kosten. „Zu den janzen materiellen Mängeln kommt auch noch die laxe Einstellung der meisten Richter. Da macht die Polizei ihre Arbeit, verhaftet Kriminelle, und die Gerichte lassen se wieder laufen." „Aha. Das verstehe ich nicht…" Martin hatte gelbe, orangefarbene und rote Buchrücken eingeordnet. Jetzt kamen grüne und blaue dran. „Mal davon abgesehen, dass wir die ganze organisierte Kriminalität von Russen, Libanesen, Vietnamesen und was weiß ich noch alles niemals ordentlich in den Griff bekommen werden, weil uns die technisch und personell weit voraus sind – das schlimmste Problem ist in Berlin die Jugendkriminalität." Meier kam jetzt anscheinend in Fahrt: „Da sind 17-, 18-jährige Türken, Deutsche, was weiß ich, aus miserablen Elternhäusern, die schon seit Jahren die Schule geschwänzt haben und mehrfach wegen Körperverletzung, Raub, Diebstahl etc. verhaftet worden sind, und die Berliner Richter sprechen die immer wieder frei. Ob das Vergewaltigung oder Fahren ohne Führerschein ist, die Jungs können 20 Mal Scheiße bauen, ohne in Berlin zur Rechenschaft gezogen werden – Freispruch, Bewährung, allenfalls lächerliche Strafen wie soziale Arbeit. So lernt man in jungen Jahren, dass Kriminalität nicht sanktioniert wird. Und je mehr Scheiße sie auf einmal bauen, desto günstiger wird es - nach dem Motto: Besser ich vermöble gleich alle drei anstatt nur einen. Das Gericht bewertet drei Niedergeschlagenen im Strafmaß wie einen, drei Einbrüche wie einen – schrecklich: Ein Rabattsystem für begangene Straftaten. Fürchterlich... Wir arbeiten hier im Grunde die meiste Zeit für den Papierkorb. Wenn die Jungs hochgenommen werden, lachen die die Kollegen nur aus. Nach dem Motto: Bin ja eh bald wieder draußen..."

Martin hatte auch alle blauen Buchrücken beisammen. Sah nun aber, dass es auch rosa und mehrfarbige Bücher gab. Packte nun alle zu Hauf und schichtete sie in die freien Fächer des Regals. „Herr Meier, das sind ja katastrophale Zustände. Da sollte sich der Tagesanzeiger mal dahinter klemmen. Werde ich bei der nächsten Redaktionskonferenz ansprechen. Das ist ja der Hammer... Da haben ja alle Landesregierungen seit Jahrzehnten völlig versagt." „Das können se laut sagen! Liegt aber an dem Filz, den es bei den West-Berliner Parteien seit eh und je gibt. Bei CDU und SPD kommen immer nur Leute nach oben, die nix in der Birne haben, aber halt schon seit Jahr und Tag fleißig Hinterzimmer-Politik gemacht haben. Und ihr Journalisten fallt jedes Mal auf die gleichen abgedroschenen Phrasen rein. Das gibt immer nur n goßes Hallo, wenn mal jemand aus der Justizvollzugsanstalt ausbricht, aber dass da viel zu wenige reinkommen, juckt niemanden."

Martin hatte seine Bücher wieder im Regal. Nach Farbe – warum mal nicht... „Herr Meier, das ist ne Riesenschweinerei. Ich denke, dass das vielen Kollegen im Berliner Ressort so gar nicht bewusst ist. Würden sie denn mal für ein Hintergrundgespräch zur Verfügung stehen? Natürlich ganz inoffiziell, ohne zitieren und so..." Martin wusste, dass sich kaum einer so uneitel war, dass er den Status des Besserwissers, des Experten, des Insiders, des Top-Anklägers, des Stichwortgebers hätte missen mögen. „Na klar", sagte Meier, „können wir gerne mal machen. Wird Zeit, dass sich hier mal was ändert." „Fein! Ich werde das mit den Kollegen besprechen. In den nächsten Tagen geben ich ihnen Bescheid." Martin wollte zum Ende kommen. Es gab noch einiges, was er erledigen musste. „Herr Meier, ich bin ziemlich müde. Ich hoffe, sie verstehen das." „Na klar. Schlafen Sie schön! Bis die Tage. Und halten sie sich bitte zur Verfügung." „Na klar! Wiederhören!" „Wiederhören!"

XIX

23 Uhr 31. Martin zog in allen Zimmern die Jalousien herunter. In Küche und Wohnzimmer ließ er das Licht an. Er schulterte die IKEA-Tasche mit dem Müll, zog die Tür hinter sich zu und schloss zweimal ab. Vorsichtig stieg er im Dunkeln die Treppen hinab. Im Hinterhof legte er leise den IKEA-Sack in die Mülltonne. Dann kletterte er auf das Dach des Mülltonen-Häuschens und zog sich über die Mauer, die seinen Hinterhof vom nächsten trennte. Vorsichtig ließ er sich auf der anderen Seite der Mauer hinab und landete im feuchten Gras des angrenzenden Hofs. Ein Haus in der Schreinerstraße, der Nebenstraße der Samariter. Er blickte hoch. Nur zwei Fenster waren beleuchtet. Kein Mensch zu sehen, alles ruhig. Er querte den Hof und öffnete die Tür zum Vorderhaus, ging durch den Hausflur und spähte durch die Glasscheiben der Haustür auf die Straße. Hand in Hand gehendes Pärchen. Rentner mit Hund. Falls Spitzbart seine Wohnung observierte, würde er vor seiner Haustür warten, nicht in einer Nebenstraße. Oder?

Martin öffnete die Tür. Zehn Meter weiter stand sein Golf. Er öffnete den Kofferraum, leerte Malkowskis Tasche und packte den Inhalt seiner Arbeitstasche, die Bücher plus Malkowskis Laptop hinein. Stopfte das Ganze noch mit Malkowskis Unterwäsche aus. Zwei Laptops brauchen Stoßdämpfer. Malkowski hatte eine Regenjacke eingepackt. Sein Flug wäre wohl nicht in die Karibik gegangen. Schnell zog er sich die Regenjacke über und schob sich die Kapuze über den Kopf. Die Patronen in die Seitentasche. Eine Handvoll in die Hosentasche. Kofferraum zu. Auto abschließen. Langsam vor zur Straßenecke. Das APFD-Café lag am

Ende des Blocks. Er müsste sein Haus passieren, um dorthin zu kommen. Kein Spitzbart zu sehen. Konnte auch in nem Auto sitzen. Vielleicht getunter Panda diesmal. Besser einmal ums Karree. Martin lief zurück. Links-links-links-Kombination. Samariter Ecke Rigaer Straße. Er schob sich die Kapuze tief in die Stirn, schulterte Malkowskis Tasche und ging breitbeinig, betont langsam, selbstsicher wie ein Boxer nach dem Training zum Eingang des APFD-Cafés vor. Würde Spitzbart die Straße im Blick haben, würde er keinen Martin Schmidt sehen, sondern nur Martins illuminierte Jalousien im zweiten Stock, zwei Häuser weiter neben dem APFD-Café.

2. Halbzeit

XX

Sven saß zuverlässig an Bar im APFD-Café und hatte ein Glas Leitungswasser vor sich. Heute trug er sein The-Clash-Shirt. „Ey, Sven!" „Eyhhhhh! Marty-Baby, was geht ab?!" Sven schien wie immer völlig euphorisiert über die bloße Existenz Martins. „Geht gut. Danke für die Hilfe neulich." „Gern geschehen, gern geschehen. Scheinst ja mächtig in der Scheiße zu sitzen. Hätte auch damit gerechnet, Dich gar nicht mehr zu sehen. Oder, hab ich das? Nö, eigentlich nicht. Du bist nicht der Typ, der sich gleich unterkriegen lässt." Martin zog die Regenjacke aus und stopfte sie in Malkowskis Tasche. Dann kletterte er auf den Barhocker neben Svens. „Ey, ich hab mal ne Frage." „Schieß los!" „Sag mal, die Hose: Ist das Leder oder Imitat?" „Mann, willste mich verarschen!? Echtes Leder von zarten texanischen Kälbern!" „Ach…" „Hab ich mir nach der Wende nach meinem ersten Job gekauft. Und seitdem auch schon öfters mal in die Reinigung gebracht." „Ach sag." „Ach sag, ach sag… Was soll der Mist?! Wollen wir uns über Beinbekleidung und Textilbeschaffenheit unterhalten?" „Nein, die Frage lag mir schon seit Ewigkeiten auf der Zunge." „OK. Das hätten wir dann ja mal. Also, nun erzähl: Wofür die Knarre? Was is los, Kumpel?" Sven ordnete seinen voluminösen Dreadlock-Zopf neu und ließ den Blick dabei nicht von Martin.

Martin strich sich seinerseits durch die spärlichen Haare, runzelte die Stirn. Konnte er Sven trauen? Wie intelligent war Sven? Sie kannten sich lange, aber immer nur oberflächlich aus dem APFD-Café. Sven war nicht doof, tat aber gerne so. Ossi. Alternativer. Wohl als Punk damals von der Stasi schikaniert. Hatte womöglich sogar nach der Wende studiert. Hmmm… Beide sahen sich eine Zeit lang stumm an. Martin atmete langsam den Rauch seiner Zigarette ein: „OK, Sven. Was weißt Du über die Militärische Aufklärung der NVA?" Sven schaute Martin an wie das Standbild einer wiederkäuenden Kuh: „Was willst Du denn vom Militär-Dienst?!" OK, hatte der gute Sven also schon mal von gehört. Martin fasste etwas mehr Vertrauen: „Einige hochrangige Mitglieder der Militärischen Aufklärung sind heute bei NVP und NSF aktiv. Hat meine

Kollegin vom Tagesanzeiger recherchiert. Die haben sie gestern umgebracht. Und ihren Informanten heute auch. Ich hab zurückgeschossen, aber nicht getroffen."

Sven hob seinen Zeigefinger, was wohl so viel wie „Einen Moment, bitte!" heißen sollte und rief dem kontinuierlich verstrahlten Barmann mit Sonnenbrille zu: „Ey, Lars! Zwo Bier, zwo Vodka, bitte!" Lars hatte offensichtlich verstanden und machte sich Zombie-gleich langsam, aber mit stetig abgehackten Bewegungen an die Arbeit. Als Bier und Beschleuniger auf der Theke standen, nahm sich Sven sein Plastik-Gläschen Vodka: „Prost!" Martin tat es ihm gleich: „Prost!" Beide schütteten die 4 cl hinunter und spülten mit Bier nach. Sven setzte seine Flache ab und sah Martin an. Vielleicht lag es am Vodka, aber Martin glaubte, noch nie eine solche Klarheit in Svens Gesichtsausdruck wahrgenommen zu haben. Die ganze gespielte Hippie-Punk-Gangsta-Coolness war dem Gesicht eines intelligent-nachdenklichen Manns Anfang 40 gewichen. „Also, pass auf, Martin: 1952 drückte die Rote Armee der Sowjets bei den DDR-Oberen durch, dass die Kasernierte Volkspolizei der DDR – so hieß die NVA vor 1956 – einen Geheimdienst gründen und den militärischen Gegner ausspähen sollte. Die DDR reagierte hier immer etwas zeitversetzt auf die Aktionen der BRD. Im Westen: Amt Blank, Aufrüstung des Bundesgrenzschutzes. Im Osten: Kasernierte Volkspolizei. 1955: Wiederbewaffnung der BRD und Bundeswehr. 1956: NVA. Und zu jeder bewaffneten Organisation gehört halt auch immer ein Geheimdienst."

Sven trank Bier, Martin glotzte wie ein Schaf. Wie oft war es nun in den letzten 24 Stunden passiert, dass er von irgendwelchen Typen belehrt wurde wie der letzte Dorftrottel?! Erst Rosenberg, dann Malkowski und jetzt sogar noch Sven, das alte Wrack! „Haste n Problem damit, dass Dich n Trottel wie ich auf den neuesten Stand bringt, Marty-Babe? Hmm?" Sven schien den bescheuerten Gesichtsausdruck Martins richtig gedeutet zu haben. „Hab auch mal n paar Jahre studiert nach der Wende. Und nicht nur des Studi-Ausweises wegen. Das ist meine Geschichte, die olle DDR, Mann!" Martin fing sich wieder. „Ja, ja… Ehrlich gesagt, stelle ich seit gestern fest, dass ich von nichts ne Ahnung habe." Martin trank einen Schluck: „Aber ich bin froh, dass Du drin bist im

Thema, Mann. Ich brauch echt Aufklärung." „Na, denn!" Die beiden stießen die Flaschen gegeneinander.

„Pass auf: Stasi und Militärische Aufklärung kamen sich immer wieder ins Gehege. Aber das is normal. Is in den USA so – CIA, NSA, DIA, INR; war bei den Nazis so - SD, Gestapo, Amt Ausland/Abwehr. Nix Neues. Aber, aber: In der DDR wurden genauso Ex-Nazis rekrutiert wie in der BRD."
„Ach…" „Ja. Ist ja klar: Woher sollen denn die gut ausgebildeten Experten und Offiziere sonst kommen?! Kannst Dir ja nen Beamten-Apparat, Militär, Polizei und Dienste nicht neu zimmern. Mitte der 50er waren über ein Viertel der SED-Mitglieder Ex-Nazis. Jetzt kommt aber hinzu, dass die DDR aus Konkurrenz zur BRD immer judenfeindlicher wurde." „Hää? Wie? DDR war doch immer Friede, Freude, Antifa, dachte ich, oder?" Sven blieb ruhig und lachte Martin wegen seiner Unwissenheit nicht aus. Nein, er blickte tot ernst, wie er wahrscheinlich im APFD-Café noch nie gekuckt hatte. Selbst die Sonnenbrille des Barmanns sah kurz irritiert zu Sven hinüber. „Antifaschismus in der DDR bedeutete immer nur Antikapitalismus. Für die Kommunisten war das Großkapital der Förderer der NSDAP. Antidemokratie, Antisemitismus sind keine Begriffe, die ein Kommunist gerne verwendet. Kommunismus ist totalitär wie Faschismus, nur anders."

Sven betrachtete Lars, der zwei jungen bartlosen Punks stoisch zwei Flaschen Bier bereitstellte. „Hörst Du mir noch zu?" fragte Sven. Martin blickte ihn an: „Klar. Bitte erzähl weiter. Ich muss das alles nur langsam verdauen. Außerdem bin ich müde und verkatert, was aber normal ist. Trotzdem wollte ichs nur kurz anmerken…" „OK. Also: Nazi-Deutschland hat sechs Millionen Juden ermordet. Die Adenauer-BRD versuchte immerhin die überlebenden Opfer und Angehörigen zu entschädigen - Bundesentschädigungsgesetz1953, pro Tag Auschwitz 5 D-Mark." Martin lachte verächtlich: „Fünf Mark? Toll…" „Immerhin, Symbol-Politik, per se gut. Adenauer hätte die BRD ja nich nackig machen können. Weiter: Luxemburger Abkommen 1952: Israel bekommt drei Milliarden D-Mark, die Jewish Claims Conference 450 Millionen D-Mark." Sven gönnt sich noch einen Schluck Bier. „Und was macht die DDR!? Da war ja auch mal Nazi-Deutschland." fragt Sven sein imaginäres vielköpfiges Auditorium. Schweigen. Martin wird unruhig, und wartet auf die sehr verzögerte

Antwort Svens. „Nix! DDR nix! Die haben die gleiche Propaganda wie die Nazis benutzt: Juden sind kapitalistische Imperialisten. Juden sind die Feinde des Sozialismus. Das ging so weit, dass die Israelis den letzten Juden in der DDR öffentlich zum Auswandern geraten haben."

Martin zündete sich eine neue Zigarette an. Was er bislang so über die DDR wusste, hatte er sich aus Zeitungsartikeln angelesen und aus mehr oder weniger witzigen Anekdoten von Ossis aus seinem Alter übernommen. Die DDR als quasi-faschistischer Staat?! Sven nahm sich Martins Gedanken zu Herzen und fuhr fort: „Das heißt nicht, dass die DDR faschistisch war." „Dachte schon..." „Aber sie hat aus ideologischen und politisch-strategischen Gründen anti-israelisch sein müssen, besser: sein wollen."

Sven war voll in seinem Element, wie Martin schien. Dieser versiffte Rasta-Dealer kramte aus den hintersten Winkeln seines Hirns eine für Martin erstaunliche Menge Wissen hervor. Möglicherweise kam dieses Wissen auch aus Svens vorderen Hirn-Regionen. Vielleicht lehrte Sven tagsüber an der Freien Universität Berlin Neueste Deutsche Geschichte und verdingte sich ab Einbruch der Dunkelheit als Drogen-Dealer?! Martin war verwirrt. Diese Berliner Alternativ-Szene überraschte ihn immer wieder aufs Neue. Die sogenannten Künstler, Kreativen und Alternativen konnte man in Berlin von den Bäumen schütteln, aber nur einer von Hundert hatte was drauf. Der Rest war Fallobst. Sven unterbrach sanft Martins leicht stockende Gedankengänge: „Also: Nicht das Volk war bei den marxistisch-leninistischen Ideologen für Faschismus und Weltkrieg Numero Zwo verantwortlich, sondern lediglich der Kapitalismus. Billige monokausale Erklärung. Allein durch die Gründung von DDR und SED war der Faschismus im Osten erledigt, so als hätte es in Magdeburg, Dresden, Ost-Berlin, Thüringen und sonst wo bei uns im Osten nie NSDAP-Mitglieder gegeben. Pahhh!!! Holocaust oder so, gab es in der DDR nich. Zumindest wurde daran nicht erinnert. Wennste nach Buchenwald ins KZ gefahren bist, hammse immer nur an die KPD-Opfer – Thälmann – erinnert, nie an die Juden. Schweine! Die hammse bis Stalins Tod 53 überall rausgehauen, wie bei den Nazis."

Stimmt. Martin war 1991 oder 1992 nach Weimar gefahren und hatte sich auch das ehemalige KZ Buchenwald angesehen. Das Gedenken an den ehemaligen KPD-Chef Ernst Thälmann war ihm in Erinnerung geblieben. Und das Haupttor. „Jedem das Seine" war zynisch am schmiedeeisernen Eingangstor von den Nazis angebracht worden. Sven riss ihn aus seinen Erinnerungen: „Während der Westen Israel und die Juden unterstützte, förderte die DDR die Araber und die PLO, war also, wenn nicht antisemitisch, dann zumindest deutlich antizionistisch. Is vielleicht kindisch: Die unterstützen die, dann unterstützen wir die anderen. Die Freunde unserer Feinde sind auch unsere Feinde. Und deren Feinde sind unsere Freunde, oder so. Aber so liefs eben: Die DDR überwies der PLO Millionen, dazu Waffen und Ausrüstung, PLO-Büro in Ost-Berlin, um den Terror-Kampf Arafats gegen Israel zu beflügeln. Seit den 70ern war Arafat regelmäßig Gast in der DDR. Die haben die PLO unterstützt, die RAF und sicherlich auch die Nazis, nur um der faschistisch-kapitalistischen BRD zu schaden. Totale Irrlichter." Sven schluckte Bier.

DDR und PLO

Bereits im Oktober hatte das DDR-Außenministerium der Staatsführung empfohlen: „Die DDR sollte politische Kontakte zur PLO herstellen und ihr politisch-moralische und materielle Unterstützung leisten. […] Die Unterstützung der palästinensischen Widerstandsbewegung muss in Umfang, Art und Form so erfolgen, dass eine Identifizierung der DDR mit den extrem-nationalistischen Forderungen der palästinensischen Organisation sowie ihren teilweise terroristischen Kampfformen ausgeschlossen ist." […] Zu dieser Zeit war die PLO eine reine Terrororganisation und jede Zusammenarbeit mit ihr ein offener Verstoß gegen den Konsens der zivilisierten Staaten, solche Gruppen nicht zu unterstützen. Dennoch unterstützte das SED-Politbüro die Initiative und beschloss im April 1970 den vorsichtigen Aufbau von Kontakten, um „das Ansehen der DDR bei den arabischen Völkern weiter zu heben". 1970 flossen so 1,5 Millionen Ost-Mark an die PLO. 1973 beschloss die DDR-Führung, dass 2.000 Maschinenpistolen, 500 Sprengsätze, zehn Scharfschützengewehre und 1.000 Rücksäcke an die PLO geliefert werden sollten. Seit 1971 war Jassir Arafat regelmäßig als offizieller Gast in der DDR.
Grund waren die guten Beziehungen der Bundesrepublik zu Israel. Die

Bundesrepublik wurde in der DDR-Terminologie als „neofaschistisch", Israel als „zionistisch-imperialistisch" bezeichnet.

(Kellerhoff, Sven Felix: Wie die DDR Waffen an Jassir Arafats PLO lieferte. In: Die Welt vom 1.2.2012.)

„Erst als dann Honecker mit den USA anbandeln wollte, um die abkackende DDR noch aus dem Sumpf zu ziehen, musste er 'judenfreundlicher' werden. Hat nicht geklappt. Arafat saß in der ersten Reihe, als Honni im Oktober 1989 seine letzte politische Rede halten durfte. Opportunistischer Fascho-Drecksack!" Martin konnte sich noch an Arafats Palästinenser-Tuch erinnern. Allerdings sah Arafat mit seinen wulstigen Lippen und seiner Riesennase aus wie eine Juden-Karikatur des NSDAP-Hetzblatts „Der Stürmer". Passte alles nicht zusammen. Die Nazi-Genetiker hatten sich komplett geirrt. „Gab es Nazis in der DDR?" „Ha!" lachte Sven laut auf: „Klar! Glatzen überall. Wie heute. Punks und Langhaarige hat die Stasi hopps genommen. Die Skins hammse laufen lassen. Auf dem rechten Auge waren se schon immer blind, die Deutschen – egal zu welcher Zeit. Was glaubste , wo die ganzen Glatzen 92 in Rostock-Lichtenhagen hergekommen sind? Ausm Westen? Ha! In Meck-Pomm hammse noch x Asylbewerber-Heime abgefackelt. Oder denk an Hoeyerswerda, Sachsen 91. Danach haben sich die Nazi-Schläger im Osten irgendwie besser organisiert, sind teilweise in den Neo-Nazi-Parteien untergekommen, teilweise abgetaucht in die NSF. Bisschen RAF spielen und so." Sven nahm einen tiefen Schluck. „Und weil se aus der BRD nur Idioten zum Verfassungsschutz innen Osten geschickt haben, konnten die sich da munter organisieren. Wer weiß, wer da auch noch von den x DDR-Diensten übernommen worden ist. Stasi war ja nur einer von."

Martin orderte beim verstrahlten Lars noch eine Runde. „Mann, is der verstrahlt", flüsterte Sven ihm zu. Sven kramte sein Smartphone aus der Hosentasche und reichte es 30 Sekunden später Martin. „Da, schau: Das Bundesarchiv hat mittlerweile die Akten der auswärtigen Beziehungen der DDR aufbereitet. Mit der PLO waren die so:" Sven hielt Zeige- und Mittelfinger über Kreuz. Martin sah auf dem Bildschirm des Smartphones die Skizze der Organisationsstruktur der PLO aus den 80ern.

http://www.bundesarchiv.de/oeffentlichkeitsarbeit/bilder_dokumente/01051/index-22.html.de

„Ich glaube ja, dass die Anschläge gegen Ausländer und Asylbewerber Anfang der 90er von alten SED-Nazis gesteuert waren", sagte Sven: „Nach dem großen Hype mit Mauerfall und Vereinigung und so, kam der Nazi-Terror. Im Ausland glaubten die Menschen jetzt kommt in Deutschland das Vierte Reich. In Umfragen hatten die Menschen in Europa und den USA Angst, dass irgend ne Nazi-Partei in Deutschland an die Macht kommt. Da hat auch die liebe SPD dann schnell mitgemacht beim Asyl-Kompromiss. Bande, verlogene." Sven war aufrichtig erregt und wiederholte die Order für die Runde beim verstrahlten Lars. Der Zombie reagierte stark zeitverzögert.

XXI

Martin fixierte Svens Gesicht: Wache blaue Augen, hohe Stirn mit fünf faltigen Kerben, eitel gestutzter Bart um den Mund, gut geschnittene Nase, markantes Kinn. Sven war zu intelligent für sein Milieu. Hatte sich dennoch angepasst. Hatte eine Rolle angenommen, mit der er nicht auffiel, weil der Regisseur keinen Sven, wie er es war, gebrauchen konnte. Martin hatte sich bislang wegen seiner Beziehungsprobleme weltweit für den einzigen Patienten des Weltschmerz gehalten. Wegen verpasster beruflicher Chancen andauernd mit sich selbst gehadert. War dauerhaft deprimiert, weil er es in seinen 20ern nie zum Profi-Fußballer geschafft hatte. Hasste den Journalisten-Job. Und Sven hatte eine ganz andere Biografie. Hatte einer Diktatur getrotzt, hatte nach der Wende Wissen angehäuft, um Erklärungen zu finden, hatte sich für einen Weg jenseits der bürgerlichen Gesellschaft entschieden, und stieg dadurch rapide in Martins Ansehen.

„Sven... Da draußen sitzt ein NSF-Killer, der vorhin meine Wohnung verwüstet hat." Martin trank ein Schluck Bier. Sven haute mit der flachen Hand auf den Tresen: „Schön, dass Du mir das jetzt erst erzählst, Mann! Lässt mich hier labern." „Die NSF plant eine schmutzige Bombe hochgehen zu lassen. Irgendwo in der verfickten Schorfheide ist hoch radioaktives Material aus DDR-Zeiten vergraben, dass bald zum Einsatz kommt. In dieser Tasche" – Martin deutete zu seinen Füßen – „ist der Laptop des NVP-Informanten, der heute auf dem Leipziger Flughafen in meinem Beisein erschossen wurde. Ich misstraue meinem Chefredakteur und dem Verlagsjustiziar, glaube, dass sie auch mit der NVP unter einer Decke stecken und werde von der Polizei womöglich des Mordes an meiner Kollegin und besten Freundin verdächtigt. Hinter allem stecken SED- und NVA-Nazis, die über eine Menge Geld verfügen." Martin nahm sich nochmals die Flasche zur Brust. „Was, verdammte Scheiße, soll ich tun?!" Sven lächelte. Hatte er solche Situationen schon tausend Mal erlebt? Oder lächelte er, weil er tausend Jahre geduldig auf eine solche Situation gewartet hatte?

„Ey, Marty: Die BRD mag Fehler haben, aber die Fuck-Nazis dürfen die nicht ausnutzen, sonst sitzen wir alle morgen nicht in Bautzen, sondern wieder in Auschwitz. Wir schlagen zurück! Jetzt kommt die Kavallerie! Ha! Lars! Zwo Kaffee" „Hammwa nich mehr." „Dann mach mal neu!" „Manno..." Lars tat sich schwer mit der neuen Aufgabenstellung. Nach einigem Zögern schaffte er es jedoch die Kaffee-Maschine in Gang zu bringen. „So. Ich muss telefonieren", sagte Sven, stand auf und verschwand aufs Klo.

Während Sven immer noch telefonierte, schob Lars zwei Becher mit frischem Kaffee zu Martin hinüber. Gestern wurde seine Freundin bestialisch ermordet, heute war er in einen Schusswechsel geraten, hatte eine Pistole abgefeuert. Zum ersten Mal. Würde er auch töten können? Ja. Er war von sich selbst überrascht. Bis auf die Kotzerei hatte er auch den Anblick von Marias Leiche relativ gut ertragen, ohne posttraumatische Folgen. Bis jetzt zumindest. Wahrscheinlich betäubte ihn noch die regelmäßige Zufuhr von Alkohol. Töten? Ja. Mit einer Pistole war es sicherlich leichter als mit einem Messer oder bloßen Hand. Martin stellte sich vor, wie er Spitzbart erwürgen würde. Ja, das müsste er hinkriegen. So lange die Kehle zuzudrücken, bis nur noch dessen Körper am Ende des Todeskampfes spastisch zuckte. Vielleicht war er der geborene Krieger? Vielleicht auch nur in seinen Tagträumen. Vielleicht auch nur, weil er als Krimileser, Kinogänger und TV-Konsument nach hunderten fiktiven Morden mittlerweile zu abgestumpft war. Die Realität war allerdings kein Film. Überschätz Dich mal nicht, Junge.

Die SED und die Juden

Das anfängliche Wohlwollen Moskaus gegenüber dem 1948 gegründeten Staat Israel schwand schnell. Auch die DDR verfolgte zusehends eine antizionistische und antijüdische Politik, die 1952 in der Verhaftung Paul Merkers gipfelte - der Kommunist – Mitglied im SED-Parteivorstand und im ZK - hatte sich immer wieder für den Zionismus der Juden und eine Entschädigung der DDR gegenüber Israel ausgesprochen. Auch Paul Slansky, bis 1951 Generalsekretär der tschechoslowakischen KP, wurde aus ähnlichen Gründen in Prag der Prozess gemacht und 1952 sogar zum Tod verurteilt. 1953 wanderten die meisten zurückgekehrten Juden wieder aus der DDR aus – nur 1.500 von 5.000 blieben. 1989 zählten die jüdischen Gemeinden nur noch 380 Mitglieder. Die DDR hatte ein ideologisches Problem mit den jüdischen Organisationen in den USA und ein materielles mit den enteigneten und mittlerweile zum Volkseigentum sozialisierten Immobilien und Vermögenswerten der in der NS-Zeit ermordeten und zwangsemigrierten Juden. Der Antikapitalismus passte – wie auch bei der NSDAP – zum Antisemitismus, weil Juden und Kapital gleich gesetzt wurden. Die Folge war eine über Jahrzehnte faktisch nicht existente Außenpolitik der DDR mit Israel, die erst mit Honecker endete, der über eine Entspannungspolitik mit Israel den Außenhandel auch mit den USA ankurbeln wollte. Diese späte und auch nur taktische Hinwendung zu Israel und den jüdischen US-Organisationen hatte keinen Effekt auf die bisherige Haltung und Einstellung der DDR-Gesellschaft gegenüber den Juden und Israel, die ihre Prägung bzw. Verfestigung in den Jahrzehnten vor Gründung der DDR erfahren hatte.

(Sammelrezension „Die SED und die Juden" von Constantin Goschler. In: H-Soz-u-Kult vom 1.1.1999 (HU Berlin); Keßler, Mario: Die SED und die Juden. Berlin 1995.)

XXII

„OK, Marty, wir hauen ab! Lars zahlen!" Sven kam zurück an den Tresen, warf zwanzig Euro auf den Tisch und schüttete den abgekühlten Kaffee hinunter. Martin zuckte hoch: „Wie abhauen?! Wohin denn?" „Wir treffen uns in 15 Minuten bei mir." „Wer wir?" „Dave und Ziggy kommen gleich."

„Dave und Ziggy?" „Kumpels von mir. Dave kann gut mit Computern, und Ziggy kann was anderes. Absolut zuverlässig. Kenn ich schon von vor der Wende." „Na, dann…" Sven schaute Martin prüfend an. „Was los, Marty?! Du bist am Arsch. Zeit für die Kavallerie, oder?" „Mhh… Ich vermute mal, wir bräuchten auch Marine und Luftwaffe, Spezialeinheiten und…" „Klappe! Komm jetzt!" Sven hob Malkowskis Tasche auf und reichte sie Martin. „Hey, Sven. Da draußen wartet ein Killer. Er hat mich vorhin angerufen, als ich der Wohnung war." „Woher hat der Deine Nummer?" „Weiß nicht. Vielleicht hat er Marias Handy. Vielleicht hat er sie aus der Chef-Etage des Verlags, die Jungs dort sind mir nicht ganz geheuer…" „Gib her." „Was?" „Dein Handy." Martin kramte sein Handy aus der Hosentasche hervor. Samstag, 0 Uhr 43. Sven entfernte die Abdeckung und den Akku und schob die SIM-Karte heraus. Martin steckte alles wieder in die Hosentasche. „So. Jetzt kann Dich keiner mehr anrufen oder orten." „Orten?" „N Handy kannste auch als Wanze oder Peilsender benutzen. Kommt nur auf die technische Ausstattung deiner Gegner an, Marty." „OK…" Hatte er schon mal im Film gesehen…

Martin zog wieder die Regenjacke über und die Kapuze tief ins Gesicht. Sven legte ihm den Arm um die Schultern. Dann öffneten sie die Tür. Zwei Betrunkene mimend wankten sie hinaus auf die Straße und gingen rechts die Samariterstraße hinunter. Hoffentlich unauffällig genug für Nazi-Spitzbart. „Cool bleiben, Marty." „Klar. Bemüh mich." Martin begann augenblicklich unter der Regenjacke zu schwitzen. Nix mit cool. An der Straßenecke bogen sie rechts ab in die Rigaer Straße. Nach zehn Metern nahm Sven den Arm von Martins Schultern. „OK. Das sollte reichen." Zügig gingen sie die Rigaer entlang. Martin öffnete die Regenjacke und schob die Kapuze nach hinten. „Was jetzt?" Martin schaute hinüber zu Sven, der grinste, als wäre gleich Bescherung. „Dave wird sich den Laptop anschauen. Mit Ziggy besprechen wir den Rest." „Welchen Rest?" „Na, wir müssen zum Gegenangriff übergehen!" Aha…

Sie überquerten die Proskauer Straße. „Der Typ hat mir vorhin vorgeschlagen, dass wir uns um 21 Uhr am Parkplatz am Liepnitzsee treffen. Er will alle Datenträger. Ich hab zugesagt. Dachte, ich hätte so Zeit gewonnen." „Gut." „Der Typ will mich verscheissern." „Klar. Der observiert Dich. Kann Dich auch auf der Straße abknallen. In der

Wohnung zu warten, war ihm wohl zu heiß. Aber, wenn er tatsächlich kommt, dann kommen wir an ihn ran." „Aha, und dann?" „Besprechen wir mit Ziggy. Hast Glück, dass er Dich nicht abgeknallt hat, als Du ins Haus rein bist." Martin wurde es trotz der kühlen Nachtluft schlagartig wieder heiß. „Ich war noch am Eck Fußball schauen." „Mann, Marty, Du hast Nerven!" „Dachte, ich komm so n bisschen runter." „Klar. Wir sind da." Sven stoppte an einem bunt bemalten und mit nett anzusehenden Graffitis verzierten Haus und schob Martin in den Hauseingang. Sven schloss die Tür auf und sie stiegen die Treppen hoch. Im dritten Stock wohnte Sven. Kaum hatte er die Tür geöffnet, klingelte Svens Handy. „Ja? OK!" Und zu Martin: „Sie sinds. Sprechanlage funktioniert nicht." Aber immerhin der Türöffner.

Martin blickte sich um und sah einen langen leeren weißen Gang. Gleich an der Haustür ging eine Tür ab, verschlossen. Küche. Etwas weiter den Gang entlang wohl das Bad. Martin hörte anschwellendes Getrappel auf der Treppe. Das Licht im Treppenhaus war ausgegangen. Dann standen Dave und Ziggy auf der Schwelle. Aha, interessante Typen, dachte Martin.

XXIII

„Hi!" „Hi!" „Hi!" Hi!" Dave, Ziggy und Martin begrüßten und musterten sich. Dave war eine weiblich-androgyne Bilderbuch-Nerd, oder füllte diese Rolle zumindest bemüht aus: dunkle, nach vorne verstrubbelte Haare, Brille mit dickem, schwarzem Rand, etwa 1,70, ein Hauch von Magersucht umwehte sie. Um ihre blauweiße College-Jacke hatte sie eine rote Adidas-Sporttasche aus den 70ern hängen. Ziggy hingegen sah aus wie Zlatan Ibrahimovics Bruder, nur etwas kleiner, dafür aber breiter. Die schwarzen Haare hatte er zum Pferdeschwanz gebunden. Militärhose mit prall gefüllten Seitentaschen. Trotz des nasskalten Wetters hatte Ziggy nur ein T-Shirt mit extra kurzen Ärmeln an, die seine Tattoos auf den massigen Oberarmen besser zur Geltung bringen sollten. Um den Hals hatte er ein schwarz-weißes Palästinensertuch geschlungen, wie es Martin aus den 80ern kannte. „Kommt rein Jungs!" beendete Sven die Musterung. Die Jungs inklusive Dave kamen artig rein und zusammen mit Martin folgten sie Sven, der den Flur entlang Richtung Wohnzimmer lief.

Svens Wohnzimmer war bis auf Fenster- und Tür-Bereich mit Bücherregalen vollgestellt. In der Mitte des schönen, aber über die Jahrzehnte etwas mitgenommenen Fischgrät-Parketts lagen mehrere indische Sitzpolster mit Rückenlehnen verstreut. „Setzt Euch. Ich hole Getränke und Aschenbecher", rief Sven und war schon auf dem Weg in die Küche. Eine Minute später setzte sich auch Sven und verteilte vier Aschenbecher. „Kaffee dauert noch etwas. Also Jungs: Ich habs euch ja schon am Telefon im Groben erzählt, um was es geht. Marty wird von Nazis verfolgt, NSF. Ehemalige der Militärischen Aufklärung, NVA, stecken auch mit drin." „Woher wisst ihr das?" meldete sich Ziggy. Martin räusperte sich: „Frank Malkowski hat mir das erzählt. Hochrangiger NVP-Funktionär aus Leipzig. Er war der Informant meiner Kollegin. Er wurde heute Mittag auf dem Leipziger Flughafen erschossen. Während er mit mir sprach. Hier ist sein Laptop." Martin zog den Laptop aus Malkowskis Tasche. Dave pustete ein abfälliges „Pahh" aus, da Malkowskis Laptop wohl nicht auf dem neusten Stand der Technik war. „Kommste da rinn?" fragte Sven. „Pahh", kam es wiederum von Daves Sitzkissen.

„Das Problem", fuhr Martin fort: „Marias Material wurde vom Redaktionsrechner gelöscht. Ich vermute, dass Chefredakteur Tim Schumann und Verlagsjustiziar Walter Rosenberg mit drinstecken. Ich habe ein ziemlich eindeutiges Gespräch der beiden mitbekommen. Marias Laptop hat der NSF-Killer, der vorhin auch meine Wohnung durchsucht hat. Einen USB-Stick mit dem Material hat er gefunden, den anderen habe ich." „Marty, Du kannst den beiden vertrauen", mischte sich Sven ein, der inzwischen Kaffee geholt hatte. „Dave hat im Osten nach der Wende den CCC mit aufgebaut und Ziggy hat nach NVA und Bundeswehr genug Erfahrung, was den Rest angeht." „CCC?" fragte Martin. „Chaos Computer Club – früher ein geiler Haufen, heute nix mehr los", übersetze Dave mit gehaucht heißerer Stimme. Huch! Es kann sprechen, dachte Martin und gab Dave, die bereits ihren Laptop hochgefahren hatte, den Stick. „Mach Dir bitte ne Kopie", sagte Martin. „Das Material muss gestreut werden." Dave nickte und schob sich die dabei heruntergerutschte Brille wieder hoch. „Und Du bist Soldat?" fragte Martin Ziggy. „Ne, Mann. Nicht mehr. Balkan und Afghanistan haben gereicht. Sven hat mir vorn paar Jahren ordentlich die Leviten gelesen. Mach nur noch kleinere Geschäfte. Offiziell Hartz IV. Ansonsten Antifa." Sven lachte hustend seinen Zigaretten-Rauch aus: „In die NVA isser nur, weil er mal Medizin studieren wollte. Dann hat er sich beim Barras wohl richtig wohlgefühlt. Strammstehen und so…" „Ach, halt doch die Klappe!" kam es von Ziggy.

„Also", machte Martin weiter: „Laut Malkowski geht es um eine „Operation Göring": In der Schorfheide hatte die Militärische Aufklärung im November 1989 hochradioaktives Material aus einem speziellen Greifswalder Atomreaktor – Block 5 – verbuddelt. Cäsium, Strontium, so anderes Zeugs. Die NSF will damit eine schmutzige Bombe bauen. Leider ist die Schorfheide groß, etwa 1.000 Quadratkilometer. Das Zeug kann überall sein. Vermutlich nicht in Görings Villa Carin-Hall. Das wäre zu simpel." Martin schüttelte sich eine Zigarette aus seiner Packung. Ziggy zündete sich auch eine Zigarette an. So wie er das Feuerzeug nahm, sah es aus, als leistete er Schwerstarbeit. Sein tätowierter Bizeps dürfte annähernd den Umfang meines Oberschenkels haben, dachte Martin. Scheint mächtig stolz auf seine Muckis zu sein, wenn er jeden Bewegungsablauf zur Präsentation seines Körpers nutzt. Mein Güte… Ziggy schaute Martin in die Augen. „Die sind gut. Militärische Aufklärung hatte ne Spezialeinheit, so ne Art SAS, Navy Seals, Sajeret Matkal. Keinen Namen. Die waren einfach da. Besser: Die gab es nicht. Zumindest offiziell nicht. Nahkampf, psychologische Kriegsführung, alles inklusive. Die haben den ganzen Dreck erledigt, von dem niemand was wissen durfte. Offiziell war die DDR ja streng pazifistisch. Da musstest aber schon einige Jährchen NVA nachweisen. Heute dürften die jüngsten Ehemaligen Ende 40 sein. Die bringen dich mit dem ausgestreckten Zeigefinger um." „OK!" unterbrach Sven: „Abstimmung: Wollen wir bei der Sache mitmachen?" Sven schaute Dave und Ziggy an. Martin stutzte: Was war das hier? Schüler-Parlament? Dave und Ziggy nickten sich unmerklich zu und hoben wie Sven die Hand.

„OK, Marty. Wir sind dabei." Sven grinste Martin kurz verschwörerisch zu, um dann seine Stirn in Falten zu legen: „Dave: Du nimmst Dir bitte den Rechner vor. Marty: Du musst untertauchen. Ziggy: Wie kommen wir an das Material in der Schorfheide?" „Wie? Untertauchen?" „Na, dich observiert ein NSF-Killer und die Bullen hängen dir auch am Arsch. Find ich besser so, wenn Du n paar Tage hier verbringst." „Wenn Du meinst…" „Ist wichtig. Ach, ja: Marty soll sich morgen mit dem NSF-Mann um 21 Uhr am Liepnitzsee treffen, um das restliche Material zu übergeben und ne eidesstattliche Erklärung zu unterschreiben. Die haben seine Nummer. Plumper Versuch. Aber ich wette, die werden da sein." Ziggy blies laut hörbar Rauch aus: „Mag son Vorschlag auch noch so durchsichtig sein, aber er ist in deinem Hirn eingebrannt. Du würdest es in der Not als Chance begreifen, auch wenn es noch so absurd und 100prozentig lebensgefährlich erscheint. Das ist Psychologie. Können wir nutzen. Die glauben, Martin ist allein. Kennste den Typen?" Martin gab die Beschreibung ab. Ziggy nickte: „OK. Der ist zu jung für die Militärische Aufklärung. Vielleicht Karate-Club, NSF-Camp mit Trocken-Übungen im Nahen Osten, aber keine militärische Ausbildung. Fortgeschrittener Anfänger ohne Erfahrung." Sven grinste: „Ziggy schaffts vielleicht nicht mit dem ausgestreckten Zeigefinger, aber mit einer Hand hat ers auch noch drauf." „Unterschätz mich nicht, Sven…"

Ziggy holte seinen Hosentaschen ein Handy heraus: „Pre-paid. Unsere Nummern habe ich abgespeichert." Und warf es Martin zu, der es mit der Rechten auffing. „Das ist auch keine 100prozentige Sicherheit, dass man uns nicht orten und abhören kann, aber dazu bräuchte es schon den technischen Apparat eines sehr, sehr großen Geheimdienstes", erklärte Ziggy wissend lächelnd. Martin sah auf sein neues Handy. 1 Uhr 59. Ein altes Nokia, wie er es vor zehn Jahren besessen hatte. Damit konnten man nur telefonieren und SMS verschicken. Steinzeit. Er seufzte innerlich auf, dass er nun nicht mehr jederzeit die aktuellen Ergebnisse des Weltfußballs auf Kicker-online abrufen können würde. Ziggy: „Die CZ82 haste noch?" „Ach, die ist von Dir? Ja, habe ich, danke." „Gib mal." Martin zog die Pistole aus seiner Innentasche und gab sie Ziggy. Der entlud und zerlegte sie mit ein paar Handgriffen, sah prüfend durch den Lauf und reinigte sie mit einer flauschigen Schnabelbürste, die er ebenfalls aus einer seiner zahlreichen Hosentaschen zauberte, steckte sie wieder geübt zusammen, lud durch und reichte sie nach einer Minute wieder Martin. „OK", nickte Ziggy. „OK", nickte Martin.

Sven hatte sich zufrieden alles angesehen. „Gut. Wir werden also morgen um 21 Uhr am Liepnitzsee sein und den Typen hops nehmen. Ziggy, das anschließende Waterboarding überlassen wir Dir. Schaun wir mal, was wir aus der Type rauskriegen." Ziggy lachte laut auf: „Mal sehen, ob n bisschen Haue nich auch schon reicht. Die Nazis sind ziemliche Weicheier, wenn se nich im Rudel unterwegs sind." Sven kicherte kurz mit, um gleich eifrig fortzufahren. Er hatte jetzt richtig Feuer gefangen, schien es Martin. „Die Handys nutzen wir vorerst sparsam. Hier im Kiez läuft alles über einen Funkmast. Treffpunkt für Gespräche ist hier." Sven deutete auf das Wohnzimmerparkett. „Martin, geh bitte nicht in Deine Wohnung oder in die Redaktion. Ruf nur uns über das Handy an. Falls Du mit Mama oder Kollegen sprechen willst, mach das von öffentlichen Fernsprechern oder geh notfalls in den Volkspark und mach das mit Deinem Handy. Der Nazi wird Dich nicht mehr anrufen, höchstens orten wollen, falls er das kann. Dave, Du informierst uns, sobald Du was Nettes auf dem Laptop entdeckt hast." Dave sagte „Mhm!" „Ziggy, bitte organisiere das morgen Abend so, dass es möglichst risikolos abläuft. Wer weiß, wie viele Glatzen da morgen am Liepnitzsee auf uns warten." Ziggy schien das Ganze höchst amüsant zu finden und lachte wieder laut auf: „Ha! Wir werden auf die warten, nicht umgekehrt. Wir sind im Vorteil, weil der Gegner uns zahlenmäßig unterschätzt. Der Typ wird überheblich sein, denken, seine Finte geht auf. Ich geh jetzt erst mal in Martins Wohnung und lösche das Licht – war übrigens clever, dasste das angelassen hast. Der wartet jetzt vor deiner Tür und kann sich die Nacht im Autositz um die Ohren schlagen." Martin nickte das Lob des muskelbepackten Krieger anerkennend ab. Danke, Du aufgeblasener Wichser. Arrogante Typen, aber irgendwie beruhigend. Martin fühlte sich auf Svens indischem Sitzkissen so sicher wie auf Doris' Barhocker in der Fußballkneipe. Ein schönes Gefühl. Martin warf Ziggy seinen Wohnungsschlüssel zu, der ihn auffing, nicht ohne dabei den schwellenden Bizeps seiner Rechten zu präsentieren.

„OK, Leute!" rief Sven. „Alle an die Arbeit! Martin, schlaf Dich erst mal aus. Fühl Dich wie zuhause, aber bitte im Sitzen pinkeln. Leg die Kissen hier aneinander, dann haste das perfekte Futon. Ich bring Dir noch nen Schlafsack und den Wohnungsschlüssel. Ziggy, wollen wir noch paar Leute besuchen?" „Besser isses", sagte Ziggy. Ziggy erhob sich, Dave

und Sven taten es ihm nach. „Tschüss!" „Tschüss!" „Tschüss!" rief Martin
erledigt. Ziggy und Dave tappten hinaus. Sven warf Martin noch
Schlafsack und Schlüssel zu und weg waren die drei super-autonomen
Spinner. „Worauf habe ich mich da nur eingelassen", murmelte
fatalistisch lachend Martin und wankte in Svens Badezimmer.
„Ostdeutsche Antifa gegen ostdeutsche NVA-NSF-NVP-Nazi-Gewichse.
Hätte schlimmer kommen können..." Müde besah er sich seine
zerschundene Fresse im Spiegel. Könnte schlimmer sein. „Spaß ist, was
ihr draus macht!" flüsterte er sich zu.

XXIV

Kalle gähnte und kraulte sich wohlig den Spitzbart. Er hatte die beiden
vorderen Seitenfenster des silber-grauen Astra Kombis jeweils einen
Spalt geöffnet, damit der Zigarettenrauch abziehen konnte. Leise dudelte
eine alte Landser-CD aus den 90ern aus den Lautsprechern. Nicht mehr
brandneu, aber Kult. Kalle wollte und durfte nicht auffallen. Also hatte er
den Benz gegen die 0815-Familien-Karre eingetauscht und sich einen
Parkplatz schräg gegenüber Schmidts Haus in der Samariterstraße
gesichert. Der Idiot hatte sich tatsächlich in aller Ruhe noch das
Schwaben-Derby hinten in der Eckkneipe angesehen. Volltrottel. Kalle
hatte in aller Ruhe sein Ding durchziehen können. Zusammen mit einer
hübschen Blonden war er ins Haus gekommen. Im zwoten Stock war er
fündig geworden. Schmidt hatte die Tür nur zugeschlagen. Kein Problem.
Kalle zog eine mehrfach gebogene Metallscheibe, die er bei einem
Schlüssel-Notdienst geborgt hatte, von oben durch den Türspalt. Und los
gings. Schmidts Wohnung war übersichtlich. Kleiderschrank, Bücherregal
und Küche boten Versteck-Möglichkeiten. Letztlich war es wieder mal die
Kaffeedose gewesen. Hätte er auch gleich nachsehen können. Egal.
Vielleicht hatte Schmidt die Daten eh schon digital vervielfacht. Auch
egal. Sein Auftrag kam von ganz oben. Ziel drei treffen. Extrapunkte
konnte Kalle immer gebrauchen.

Kalle hatte die Schlussphase des Schwaben-Kicks im Radio verfolgt. Zwo
eins für Stuttgart. Wie langweilig. Sein BFC Dynamo kam im Scheiß-
Radio nicht vor. Oberliga. Aber selbst der BFC wollte sich jetzt dem
demokratischen Juden-System anpassen und die meisten Fangruppen

und Ultras auch. Zum Kotzen… Kalle schraubte den Schalldämpfer an seine Walther P99, Scheiß-Bullen-Spritze, aber zuverlässig. Wenn er Glück hatte, konnte er Schmidt abknallen, wenn er im Hauseingang zwei Sekunden stehen bleiben musste, um die Tür aufzusperren. Da kam der Trottel auch schon. Kalle öffnete langsam die Tür. Schmidt ging in den Kiosk. Kam nach einer Minute wieder heraus. Kalle entsicherte seine Walther. Schmidt stand an der Haustür. Kalle öffnete die Autotür, schob seine Beine auf das Kopfsteinpflaster und zielte gehockt durch den Türspalt auf Schmidt. Was macht die denn jetzt hier?! Die hübsche Blonde kam aus der Tür und stand plötzlich neben Schmidt. Kalle hielt inne. Die war echt geil, die Kleine. Und weg war Schmidt. Egal. Den würde er auf alle Fälle kriegen. Jetzt dauert's halt länger. Kalle kletterte wieder auf den Fahrersitz des Opels und schloss leise die Tür.

Landser spielte gerade mit dem Polacken-Tango auf, als in Schmidts Butze das Licht anging. Na, der wird sich wundern, der kleine Juden-Arsch. Kalle zündete sich genüsslich die nächste Kippe an. Nachdem er aufgeraucht hatte, wurde er von Minute zu Minute unruhiger. Kalle hasste es zu warten. Sachen mussten gleich erledigt werden. In Geduld musste er sich üben, das wusste er. War aber nicht einfach. Er blickte auf die Uhr: 23 Uhr 11. Kalle zündete sich noch eine Zigarette an. Na, warte, dachte er sich. Dir setz ich den Arsch auf Grundeis. Als er schließlich die Kippe im Aschenbecher ausgedrückt hatte, nahm er das Handy, das er der Journalisten-Fotze abgenommen hatte, aus der Jackentasche. Berger, Scheiß-Juden-Name. Kalle schaltete das Handy wieder in den Online-Modus, suchte in Marias Telefonbuch nach Schmidt und wurde fündig. Na, den Wichser werden wir mal ordentlich verarschen…

Das Telefonat war gut gelaufen. Der Typ hatte Angst. Vielleicht würde er sogar zum Liepnitzsee kommen, der Trottel. Wenn er ihn nicht morgen unter Tags erwischen würde, dann dort. Hauptsache, der Typ hat jetzt noch mehr Angst. Wer Angst hat, macht Fehler. Kalle lachte leise vor sich hin. Egal. Er würde ihn morgen auf alle Fälle kalt machen. Falls es auf den Liepnitzsee hinauslaufen sollte, würde er die Zelle zur Hilfestellung aktivieren. Kalle drückte nochmals auf Play und der Pollacken-Tango erklang in voller Pracht erneut im Inneren des Astras –

nur leider viel zu leise. Kalle übte sich nochmals in Geduld. Doch es passierte nicht mehr viel. In der Kommunisten-Kneipe links neben Schmidts Haus ging es zu wie im Taubenschlag. Da sollten wir mal nen Molotow reinwerfen… Nachtschwärmer zogen die Samariterstraße runter Richtung Süd-Kiez. Einige Bewohner betraten Schmidts Haus. Kurz nach halb drei ging beim Juden Schmidt das Licht aus. Kalle holte sich die Decke von der Rückbank, stellte sich seinen Handy-Wecker auf 8 Uhr und stellte das Auto-Radio aus. „Gute Nacht, du kleine Juden-Sau!"

XXV

Martin hatte sich eine Wasserflasche bereitgestellt und in den Schlafsack gekuschelt. Die beiden Fenster waren auf kipp. Die kühle Luft zog übers Parkett und versorgte Svens verrauchtes Wohnzimmer mit Frischluft. Martin lag da und glotzte an die schattige Zimmerdecke. Coole Sache. Alles in allem ziemlich gefährlich. Aber wenn er ehrlich mit sich war, dann brach dieser Thrill gerade zur rechten Zeit in sein langweiliges Leben ein. Wenn es schon auf Kosten seiner Freundin passieren musste, dann würde er versuchen diesen Akt seiner persönlichen Tragödie zu genießen, auch wenn es der letzte sein sollte. War das herzlos? Gefühlskalt? Oder abgeklärt und nur unsentimental? Scheißegal. Es war alles, was er jetzt aus dieser Situation machen konnte. Sein geruhsames Leben als Redakteur beim Tagesanzeiger war wohl vorbei. Mann, Maria… Hättest Du mich nicht sanfter aus meiner Scheiße herausreißen können?! Martin spürte die Tränen in seinen Augen aufkommen, der Blick wurde wässrig und trübe, sein Magen krampfte. Er schluchzte leise vor sich hin. Fuck!

Martin holte sich ein Taschentuch aus seiner Jackentasche und schnäuzte sich frei. Das alte Nokia zeigte 2 Uhr 42. Martin zog Malkowskis Tasche zu sich heran und holte die Göring-Biografie von Maser heraus. „Operation Göring. Warum nicht!?" murmelte er sich Mut zu und schlug das Buch auf. Martin las sich quer durch, so wie er es als Journalist gelernt hatte. Interessanter Typ, dieser Göring. Flieger-Ikone im Ersten Weltkrieg, Pour Le Mérite, Lebemann, Essen-Trinken-Drogen – Entziehungskur, Anhängsel Hitlers, mit der schwedischen Schönheit und Antisemitin Carin „Freiin" Fock verheiratet, nach dem Hitler-

Putschversuch 1923 und dessen Luxus-Inhaftierung in Landsberg finanziell desolat, dann Ende der 20er Hitlers Türöffner zu Adel und mehr oder weniger zur Großindustrie, anfangs „Juden-freundlich", dann immer opportunistischer, Reichstagspräsident 1932, nach der Machtergreifung Ministerpräsident von Preußen, Reichsminister ohne Geschäftsbereich, Allzweckwaffe, Stellvertreter Hitlers, populärer und volksnaher Vertreter und Sympathie-Träger der NSDAP, Sonderbeauftragter in diplomatischen Fragen, Reichsluftfahrtminister, Reichsforst- und jagdmeister und zig andere Posten, Aufbau der Luftwaffe, Quasi-Wirtschaftsminister und Leiter des Vierjahresplans, 1938 Generalfeldmarschall, verantwortlich für die Uniformierung der deutschen Juden mit dem gelben „Judenstern", 1940 zum Reichsmarschall des Großdeutschen Reiches befördert, vom „Führer" für die Endlösung und die Wannsee-Konferenz beauftragt, letztlich verantwortlich für die deutsche Fehlplanung in der Flugzeugproduktion als Reichsluftfahrtminister, schwach ausgerüstete Bomber, Jagdflugzeuge mit zu geringer Reichweite, keine strategischer Bomber und Langstreckenbegleitjäger, später kaum Abwehr gegen gegnerische Bomber-Verbände, verlorene Luftschlacht um England 1940/41, kein Mittel gegen britischen Radar, zu wenig Piloten-Nachwuchs; Carin-Hall in der Schorfheide, zwischen Wuckersee und Döllnsee, seit 1933 ständig erweitertes Jagd-Schlösschen mit zahmen Löwen etc., total krank, Göring vollends Morphium-süchtig, lustige Phantasie-Uniformen, Kunstsammler und dementsprechend „Juden-Enteigner", ab 1942 nicht mit Krieg sondern mit Kunst und sonstigen Sammlungen beschäftigt, erlebte als „Reichsmarschall" die für Nazi-Deutschland negative Kriegswende 1942/43 nur im Delirium, wenige Tage vor Kriegsende von Hitler entmachtet, in US-Gefangenschaft Drogenentzug, Nürnberger Prozese, Befragungen von Kempner, unglaubwürdige Verharmlosungen seiner Rolle im NS-Regime, 15.10.1946 Zyankali vor dem Hinrichtungstermin, Aus und Schluss.

6 Uhr 14 – Martin legte das Buch zur Seite löschte das Licht und schlief augenblicklich ein. Sein Schlaf war warm und weich, traumlos und dunkel. Leider zu kurz. Er wachte um kurz nach zehn auf. Genauer gesagt: Er wurde von Sven unsanft geweckt.

XXVI

„Los! Aufstehen, Faulpelz!" Sven rüttelte an Martins seelenlosem Körper. „Hmmpf..." Sven rüttelte weiter, so dass seine Dreadlocks wild hin und her wackelten: „Komm schon! Hier ist Kaffee." Sven stellte einen Pott Kaffee zehn Zentimeter vor Martins Nase aufs Parkett. „Hmmpf..." „Nun mach schon Marty! Ziggy hat Deinen Nazi-Spitzbart geortet und observiert ihn schon seit Stunden. Der Typ ist total bescheuert. Wir sind im Vorteil. Auf alle Fälle!" Ein schwacher, aber ausreichender Adrenalin-Stoß steigerte Martins Lebensimpuls, so dass er es schaffte, die verquollenen Äuglein aufzutun: „Wie?" Sven setzte sich neben den im Schlafsack mumifizierten Martin: „Mann, der Typ sitzt wahrscheinlich schon seit gestern Abend in nem silbernem Opel Astra Kombi auf der anderen Straßenseite deines Hauses! Ziggy hat ihn entdeckt. Hat bei dir zuhause das Licht ausgemacht und hat ihn dann beim Rausgehen gesehen. Ziggy ist jetzt wieder bei Dir zuhause und hat ihn im Visier."

Martin rappelte sich auf. Gähnte ausgiebig, rieb sich das Gesicht und den durch kleine verschorfte Wunden ausgedünnten Fünf-(Sechs?-)Tage-Bart. „Super!" brachte Martin pflichtschuldig hervor: „Was machen wir jetzt?" Sven begutachtete das Wrack Martin und lächelte: „Nix machen wir. Wir warten." Martin trank einen Schluck Kaffee und sah in Svens euphorisch grinsendes Gesicht. Warum war dieser Wichser nur so verschissen gut gelaunt? „OK. Ich geh mal ins Bad." Martin stand auf und trottete in Svens Badezimmer. „Liegt noch ne neue Zahnbürste irgendwo!" rief ihm Sven hinterher. Martin verweigerte den Blickkontakt mit seinem Spiegelbild und stieg in die Dusche.

Als Martin einigermaßen runderneuert in Küche trat, stand Sven vor dem Herd und brutzelte vor sich hin. Martin trat zu ihm und sah ihm über die Schulter: Rühreier, Speck, Bratwürste, Baked Beans – hervorragend. Ein völlig unvegetarisches, ungesundes, leckeres Frühstück. „Sehr schön! Weitermachen!" „Klaro, Marty. Dave und Ziggy kommen um zwölf zur Lagebesprechung." Martin setzte sich an den Küchentisch, der schon gedeckt war. Butter, Marmeladen, Wurst, Karaffe mit O-Saft, frische Brötchen – fehlten nur noch die Platzdeckchen: „Lagebesprechung. OK..." Sven bemerkte den ironische Unterton, wandte sich kurz von seinen Pfannen und Töpfen ab und blickte zu Martin hinüber: „Ja.

Lagebesprechung. Begreif das als militärischen Einsatz. Sonst kannst Du Dich in Deiner Schorfheide freiwillig irgendwo tot übern Zaun hängen." Sven wendete Speck und Rührei mit unterschiedlichen Pfannenwendern: „Wir müssen professioneller Arbeiten als die, sonst haben wir keine Chance. Dave und Ziggy sind Profis auf ihren Gebieten. Wir müssen sie nur professionell führen. Meinst Du, wir haben in der Antifa keinen Untergrund?" Martin lächelte: „Nun, man hört nur etwas wenig von der Antifa. Mal ein Farbbeutel auf die BDI-Zentrale, dann die übliche Folklore am 1. Mai. Sonst…" „Jajaja…"

Martin nahm sich ein Brötchen, schnitt es auf und legte drei Scheiben gekochten Schinken hinein. Mit vollem Mund provozierte er Sven weiter: „Nach der Öl-Katastrophe im Golf von Mexiko dachte ich, dass alle Aral- und BP-Tankstellen auf der Welt in Flammen aufgehen müssten. Nach Fukushima hatte ich an Sabotage-Akte bei Stromleitungen gedacht. Seit der Finanzkrise ist keine einzige Filiale der deutschen Großbanken in die Luft geflogen. Alles in allem wenig los mit der linken Terror-Szene." Sven lachte sarkastisch: „Tja, mit der deutschen Presse ist es auch nicht weit her: Die deutschen Parlamente und Ministerien sind praktisch ne Intelligenz-befreite Zone, Gewerkschaften und Unternehmer sind mittlerweile ein innig verbrüderter Filz – die Medien interessieren sich nur für persönliche Skandälchen – mal nen minderbemittelten Bundespräsidenten niederschreiben, weil er ne Flugreise nich richtig abgerechnet hat, ha! Aber der großen systematische Skandal, dass wir hier nur noch ne von der Industrie korrupierte Pseudo-Demokratie haben mit piefigen, kleinen Kariere-Politikern und – Beamten, die alle nur noch Mikado-spielen wollen, das interessiert euch Presse-Fuzzis n Scheiß, weil ihr und eure Anzeigen-geilen Verleger doch selber mit drin steckt. Da geht euch einer ab, wenn ihr mitm Minister Soundso ne Flugreise machen könnt. Wie Schmeißfliegen klebt ihr an der Scheiße!" Nach Svens Suada war es Schlag Zwölf. Er füllte seelenruhig die vier Teller auf dem Küchentisch mit Rührei, Speck, Würstchen und Bohnen, dann klingelten Dave und Ziggy pünktlich wie die Maurer.

Sven lief hinaus, um den beiden die Türen zu öffnen. Martin schluckte betreten sein Schinkenbrötchen in die Magen-Gegend hinunter. Klar. Er musste Sven eigentlich Recht geben. Auch wenn sein Angriff auf den üblichen linken Verschwörungstheorien von der Macht des Kapitals fußte, aber ganz koscher war das gängige Zusammenspiel von Wirtschaft, Politik und Medien nicht. Selbst der Sport-Journalismus war auf gute Laune dressiert und übte höchst selten Kritik an profitablen und Zuschauer-starken Wirtschaftszweigen wie Fußball, Formel1, Tennis, Olympia etc. Außer, wenn es sich gar nicht mehr vermeiden ließ, wie im Radsport, dort fielen die Kollegen wie Hyänen über bereits leblos zusammengebrochene Gazellen her. Scheißgeschäft. Sven war zurück und stellte den Herd aus. „Schön und gut, Sven. Demokratie und Kapitalismus produzieren Fehler. Aber die Linke, der angebliche Wächter über Demokratie und soziale Gerechtigkeit, scheint dann zu einer Art altersschwachen Stammtischs verkommen zu sein. Und die extreme Linke zu einem dauerbekifften Haufen von Verschwörungstheoretikern, die Angst vor ihrem anstehenden Praktikum haben. Wenn ihr euch als Regulativ seht, habt ihr wertvolle Zeit vertan." Sven setzte sich zu Martin an den Tisch: „Hast ja recht, Marty. Wir haben nicht die finanziellen Mittel, haben schlechteres Personal und sind mies organisiert. Und dann scheitern Aktionen immer an der Organisation: Wir müssen halt alles diskutieren, vertagen, abstimmen – die Unterlegenen spalten sich dann meistens ab, weil sie sich für zu revolutionär für demokratische Prozesse halten, und so zersplittert dann alles und nichts kommt dabei rum, obwohl sich im Prinzip alle einig sind. Scheißgeschäft... dagegen war die RAF n echt straff totalitär organisierter Haufen."

Dave und Ziggy waren mittlerweile in der Küche angelangt. Beide hatten dieselben Klamotten an wie gestern, hmm. Martin hatte zumindest Malkowskys nach Lenor duftende Unterwäsche und dessen T-Shirt übergestreift. Wahrscheinlich hatten ein Nerd und ein ehemaliger Guerilla-Kämpfer andere hygienische Standards. Kurze Begrüßungszeremonie der vier Anwesenden: „Hi!" „Hi!" „Hi!" „Hi!" Dann setzten sich Dave und Ziggy auf die beiden freien Plätze, grunzten (Ziggy) und schnauften (Dave), als sie die vollen Teller vor sich in Augenschein genommen hatten. Ziggy schaufelte sich das Essen rein, als wäre er zuvor fünf Tage hungernd durch die sibirische Tundra gelaufen. Dave stocherte lustlos herum. Ziggy mampfend: „Musst nicht glauben, dass wir doof sind. Das System ist auch nicht unser Hauptziel. Wir beobachten vor allem Nazis. NVA hamm wa gut im Blick. NSF war gut abgeschirmt. Die Sache hier kommt uns auch gerade recht. Diskutieren den Einsatz hier auch nich mit den Kollegen. Macht unsere Gruppe hier auf eigene Faust. Bin heiß. Endlich was los. Bin schon n paar Jahre auf Standby. Sven, haste noch n Nachschlag." „Klar!" Sven sprang wie die um das Wachstum ihrer Enkel besorgte Oma auf und füllte Ziggys Teller wieder auf. Ziggy: „Der Typ da, sitzt innem silbernem Opel Astra und beobachtet dein Haus. Dave geht nachher rein und belebt deine Bude, so dass er glaubt, du bist zu Hause. Er wird dann aber zeitig abhauen, um früher als du am Liepnitzsee zu sein. Da sind wir aber schon längst da und haben das Terrain auskundschaftet. Und dann: Zugriff." Martin aß langsam und mümmelte gerade an seinen Baked Beans herum: „Wie? Zugriff?" „Na, wir schnappen und den Typen. Oder seine Kumpels, die er mitnimmt."

Ziggy trank nach seinem imaginären Marsch durch die sibirischen Weiten gierig seinen O-Saft auf ex und schenkte sich nach. Dave gab wie üblich nur ein „Pah!" von sich. Ihr Essverhalten glich eher dem eines vierjährigen Kindes: Die Würste waren Halbkreis-förmig an den Tellerrand geschoben, ihre Bohnen pikste sie einzeln auf eine Gabel-Zinke und den krossen Speck aß sie mir der Hand. Das Rührei war penibel konzentrisch im Teller angeordnet und würde wohl vergeblich auf den Verzehr warten müssen. Wirklich interessant war für Dave nur ihr Kaffee-Becher, den sie sich von Sven jetzt erneut füllen ließ. Martin hatte mittlerweile Ziggys Einlassungen verdaut: „Was verstehst Du unter Zugriff? Und was soll ich dabei machen?" Sven, der gerade seine nachgereichten Bratwürste in Angriff nahm, hielt kurz inne: „Searching, seek and destroy. Du, Sven und ich machen die Nazis heute Abend platt. Du wirst die CZ82 ordentlich zum Einsatz bringen können. Deinen Spitzbart brauchen wir lebend. Für Infos und so. Seine Kumpels können wir nicht gebrauchen. Nur den Zellenführer. Vermute, das ist Spitzbart. Und er wird seine Kumpels mitbringen, sonst wäre er ziemlich bescheuert. Der hält Dich zwar für blöde, aber er will sicher kein Risiko eingehen." „OK…" Sven trank eher nachdenklich einen Schluck Kaffee und betrachtete Ziggys Bizeps, der sich sogar beim Rührei-Essen extrem anspannte.

XXVII

Die Teller waren leer. Bis auf Daves Teller. „Hey, Dave!" meldete sich Sven: „Wie stehts mit dem Laptop?" Dave nahm einen Schluck von ihrem (vierten?) Kaffee: „Pah... Bin drin. Dauert. Der Typ hat zig Ordner, tausend Dokumente, jeden Scheiß abgespeichert", krächzte sie: „Ne Landkarte mit Kreuz für die Schatzkiste hab ich noch nicht gefunden." Dave schob sich mit dem Mittelfinger die Brille hoch. Sven nickte. Ziggy beugte sich über den Tisch und spießte sich auch noch die vernachlässigten Bratwürste von Daves Teller auf. Sven gab Dave noch gute Ratschläge, dass er auch auf Partei-Korrespondenz von Malkowski Acht geben sollte. Dave quittierte Svens Ratschläge mit ihrem üblichen Schnaufen. Als Ziggy schließlich auch Daves Teller geleert hatte, war es kurz nach ein Uhr.

Sven klatschte in die Hände: „So, Jungs! Los geht's! Dave, wo ist Spitzbart jetzt?" Dave fummelte an ihrem Laptop herum: „Das Auto ist immer noch da." Martin hob die linke Augenbraue: „Woher weißt Du das?" „Hab noch nen kleinen Sender an seiner Karre angebracht, bevor ich ins Bett bin", erklärte Ziggy: „Der Typ hat schon gepennt." Sven: „OK. Wenn der später das Auto wechselt, bringt uns das auch nichts mehr. Aber noch haben wir Vorsprung. Wir könnten inner guten Stunde am Liepnitzsee sein und uns das Gelände mal in aller Ruhe anschauen. Proviant ist vorbereitet und Ziggy hat auch schon seine Sachen gepackt, oder?" „Klaro. Steht alles draußen im Flur. Ha!" Ziggy wippte auf seinem Stuhl, sein Pferdeschwanz wippte mit. " „Martin, fahr bitte mal den Wagen vor, aber lass Dich nicht in der Samariterstraße sehen." „OK. Ich geh noch mal ins Bad. Dann bin ich bereit für Vietnam."

Martin setzte sich zum Pinkeln brav hin. Wusch sich artig die Hände. Schnitt seinem Spiegelbild ein paar Grimassen und putzte sich die Zähne. Dann ging er zurück in Svens Wohnzimmer, um seine Jacke zu holen und schaute auf dem Rückweg nochmals kurz in der Küche vorbei. „OK. Ich hol dann mal das Auto." Die drei sahen ihn an: Sven lachte nickend, Dave schob sich die Brille hoch, Ziggy reckte den Daumen nach oben. Martin legte die Hand an die Schläfe und salutierte. Dann machte er sich auf den Weg zum Auto. Als er die Wohnungstür öffnete, registrierte er noch einen prall gefüllten Riesenseesack in Svens Flur.

Wahrscheinlich Ziggys Waffen-Arsenal. Martin trabte die Treppen hinunter und trat auf die Straße. Jetzt erst nahm er die Sonne wahr. Den leuchtend blauen Himmel. Das Licht im März war klar. Die Luft war frisch, aber die Sonne wärmte schon wieder. Das Schlimmste war überstanden. Die Winter-Depression hatte keine Chance mehr. Martin nahm sich vor, das Ganze nun etwas ernster zu nehmen und die richtige mentale Einstellung für die Situation anzunehmen. Die Vorbereitungsphase war vorüber. Das war nun kein Freundschaftsspiel mehr. Jetzt stand Champions League an. Er hoffte nur, dass er sich im Team von Real oder Barcelona befand und nicht bei Genk oder Otelul Galati. Und vermutlich würde es kein Rückspiel geben – höchstens Verlängerung. Martin atmete tief ein und laut hörbar aus.

Martin schloss seinen Golf auf, ließ sich auf den Fahrersitz fallen und startete den Motor. Falls sich Spitzbart gerade die Beine vertreten war, könnte er ihn sehen. Aber wohl nicht genau in dieser Minute. Das wäre ein zu blöder Zufall. Martin stieß aus der Parklücke und wendete den Wagen, um möglichst schnell aus der Radar-Zone von Spitzbart herauszukommen. Hoffentlich hatte der ihm nicht auch einen Sender am Auto angebracht!? Zeit genug hatte er ja gehabt. Und was die Antifa konnte, konnte die NSF vielleicht schon lange. Martin parkte wieder ein und holte sein neues Pre-Paid-Handy hervor. „Hey, Sven. Sitze gerade im Auto, aber was, wenn die auch nen Sender an meiner Karre angebracht haben?!" Schweigen in der Leitung. Jetzt hörte Martin unverständliches Gemurmel. Sven beratschlagte sich wohl in seiner Küche mit Ziggy und Dave und hielt die Hand vor das Mikrophon seines Telefons. „Äh, Martin?" „Ja?" „Du musst Deinen Wagen nehmen. Wir haben alle kein Auto." Schweigen. Martin: „Wieviel Zeit haben wir noch?" „Nun, ja… ein, zwei Stunden. Dann sollten wir schon da sein, wenn wir unseren Vorsprung behalten wollen." Schweigen. „Sven?" „Ja?" „Ich hol mir jetzt n Taxi und fahr zu Sixt und komm inner Stunde mit nem Mietwagen wieder zurück, ok?" Schweigen. „OK! Gute Idee. Ja. Ist sicherer. Mach das Marty! Super!" „OK! Bis dann! Ich klingele, wenn ich wieder da bin."

Scheiße. Da hätten die Antifa-Terror-Profis ja auch selbst drauf kommen können. Martin nahm seine Sachen aus dem Golf, auch Malkowskis Geld aus dem Handschuhfach und stieg ins Taxi, das nach fünf Minuten vor seinem Golf hielt, und ließ sich zu Sixt in die Leipziger Straße fahren. Dort wählte er einen komfortablen und PS-starken BMW-Kombi – wenn schon, denn schon – und fuhr mit dem gemietete Boliden wieder zurück nach Friedrichshain. Vor Svens Haus in der Rigaer Straße stoppte er in zweiter Reihe, stieg aus und klingelte bei Sven. Zwei Minuten später saßen Sven und Ziggy bei Martin im BMW. Ziggy vorne, Sven hinten. Ziggys Seesack lag im Kofferraum. Jetzt Richtung Norden. Raus aus Berlin. Autobahn-Ring, dann Richtung Prenzlau, an Bernau vorbei und Ausfahrt Wandlitz raus. Fünf Minuten Landstraße. An der ehemaligen SED-Waldsiedlung vorbei, und dann gleich der Parkplatz auf der rechten Seite. Es war zwanzig Minuten vor vier Uhr. Viele Autos parkten entlang der Landstraße und der Parkplatz war gerammelt voll. Wochenend-Ausflügler. „Was jetzt?" fragte Sven. „Moment." Martin wendete auf der Landstraße und fuhr zurück, um in den Parkplatz einzubiegen. Am Ende des langgezogenen Parkplatzes führte ein Forstweg weiter parallel zur Landstraße am angrenzenden Wald entlang. Martin fuhr etwa 100 Meter den Forstweg entlang und parkte den BMW hinter einem großen Stapel geschlagenen Holzes. Martin stellte den Motor aus: „OK", sagte er mehr zu sich selbst. Sofort echote es: „OK." „OK."

XXVIII

Die drei stiegen aus und glotzten in den Wald. Martin, der schon öfters hier war, um am See spazieren zu gehen: „Gegen sechs Uhr geht die Sonne unter. Ab fünf wird es hier schlagartig leer." Sven lachte: „Klar! Um sechs Uhr isst der brave Deutsche ja zu Abend!" Langsam gingen sie den Forstweg zurück zum Parkplatz. Ziggy starrte in den Wald und rieb nachdenklich sein Kinn: „Der Wald bietet Deckung. Von dort aus hat man den Parkplatz gut im Visier... Hmmm... Kommt. Lasst uns mal durch den Wald gehen!" Ziggy stapfte voran. Sven und Martin folgten ihm. Nach etwa 20 Metern gingen sie parallel zum etwa 50 Meter langen Parkplatz weiter. Martin sog die Luft tief ein. Moos, Fäulnis, Tannennadeln – er liebte diesen Geruch seit seiner Kindheit. Egal. Schnell steckte er sich eine Zigarette an. Der Rauch betäubte den Duft des Waldes schlagartig. Sie kamen zu einem breiten Waldweg, der zum Parkplatz führte.

„Was ist das da vorne?" fragte Sven und deutete auf ein kleines Holzhäuschen, neben dem ein Dixie-Klo stand. „Das ist ein Kiosk. Der macht zu, wenn die Sonne untergeht", erklärte Martin. „Hmmm... Das wäre natürlich auch ein guter Standort. Von da drin hat man den Parkplatz in voller Länge im Blick. Nicht schlecht... Lasst uns mal reingehen." Die drei gingen vor zu der Holzhütte, öffneten die Tür und betraten den Kiosk, dessen Eingang auf der zur Landstraße gewandten Seite lag. Drinnen war es warm und roch nach Pommes. Auf der linken Seite des etwa drei mal drei Meter großen Raums war eine Theke, hinter der eine Spüle und ein Regal mit Geschirr, Mikrowelle und einer kleine Fritteuse standen. Auf der rechten Seite standen zwei Tische in den Ecken mit je zwei Stühlen. Auf beiden Seiten waren zwei kleine Fenster, die nicht viel Licht hereinließen. An der Decke baumelte eine Lampe aus Korbgeflecht. Zwei kleinere Hirschgeweihe an den Wänden bildeten die gesamte Deko.

Der Besitzer tauchte hinter der Theke auf wie Kai aus der Kiste. „Tach!" „Tach!" „Tach!" „Tachjen!" schloss Sven. Der Kiosk-Chef war ein kleines, faltiges Männchen, das lange graue Koteletten und einen ebenso grauen, mit Fettflecken besprenkelten Jogging-Anzug trug. Er blickte die drei erwartungsvoll an: „Drei Cola, bitte!" kam es von Ziggy, der einen Zehner auf die Theke legte. Das Männchen duckte sich wieder und tauchte kurze Zeit später wieder hinter der Theke auf, um drei Cola-Flaschen auf die Theke zu stellen. Umständlich klaubte er das Wechselgeld aus seiner Kasse zusammen und reichte es Ziggy, der es in seine Hosentasche steckte: „Danke. Und Tschüss!" „Tschüss!" „Tschüss!" „Tschüssi!" Ziggy schloss die Tür von außen. Kein Quietschen. Frisch geölt. Immerhin. „Die Pommes möchte ich da nicht essen", sagte Ziggy. „Kann ich gut verstehen", pflichtete Sven bei. Sie gingen den gleichen Weg zum Auto zurück, den sie gekommen waren.

Sie setzten sich in den BMW und zündeten sich ihre Zigaretten an. Martin ließ alle vier Fenster ein Stück weit herrunter, um für Durchzug zu sorgen. Es war kurz nach vier Uhr. Sie hatten noch fünf Stunden. „Und?" fragte Sven von hinten. Ziggy blies den Rauch an die Windschutzscheibe: „Gegen halb sechs stellt Martin den Wagen am hinteren Ende des Parkplatzes ab. Martin, Du bleibst im Auto. Sven und ich suchen uns jetzt ein Plätzchen im Wald, wo wir einen guten Überblick haben. Unser Freund wird dann spätestens um 20 Uhr ebenfalls mit ein, zwei Leuten kommen. Entweder sie bleiben im Wagen, oder sie verteilen sich ebenfalls im Gelände, dann müssen wir sie unschädlich machen. Ideal wäre es, wenn einer von uns seinen Posten im Kiosk beziehen könnte, dann hätten wir sie von zwei Seiten im Visier. Das Problem wird sein, die Begleiter auszuschalten, ohne dass Spitzbart das mitkriegt. Wenn er Martin gegenübertritt, muss er im Glauben sein, dass seine Leute Martin im Visier haben." Von der Rückbank kam ein Räuspern: „Hey, Ziggy: OK, und wie erledigen wir die Typen leise?" „Das überlass mal mir, Sven. Du bekommst ne Knarre, um Martin zu schützen. Ich übernehm vorab alles andere. Es gibt tausend Methoden, um jemand leise auszuschalten... So, und jetzt schauen wir uns mal den Kofferraum an."

Ziggy stieg aus, ging nach hinten und öffnete den Kofferraum. Martin und Sven kamen nach. Ziggy öffnete seinen Riesenseesack. Nacheinander zog er daraus hervor: zwei weitere CZ82 samt Munitionskartons („gabs neulich günstig"), drei etwa 30 Zentimeter lange Messer („Bowiemesser, bindet Euch die Scheiden um den Unterschenkel"), zwei Tarn-Umhänge („für mich und Sven"), drei kleine Taschenlampen („die werden nicht benutzt, solange Spitzbart und Kollegen hier abhängen"), eine Flasche Spiritus und einen schwarzen schmalen, etwa einen Meter langen Koffer („mein bestes Stück"). Ziggy öffnete den Koffer. Martin sah einen Gewehrlauf, ein Zielfernrohr und weitere Bauteile für ein Präzisionsgewehr. „Barrett Model 99", erklärte Ziggy stolz. „Kostet neu mit Zubehör fast 7.000 Euro. Habs für die Hälfte bekommen. Ein irres Ding!" Ziggy steckte geübt Lauf, Bodenplatte, Abzug und Verschluss zusammen, sicherte das Ganze mit einigen Metallstiften und montierte zuletzt das Zielfernrohr. Den Schalldämpfer steckte er in eine seiner Hosentaschen. „Damit triffste auch noch aus einem Kilometer Entfernung." Dann zog er noch eine Schachtel mit Patronen aus dem Sack: „NATO-Munition, 50BMG, Riesendinger..." Ziggy füllte die Kammer des Gewehrs und lud durch. Sven lachte: „Ja, Marty, das Ding is ne Wucht. Haben neulich mal mit n paar Kumpels das Ding im Wald getestet: feine Sache! Da splittern die Weihnachtsbäume!" Martin schüttelte den Kopf: „Was habt ihr denn mit solchen Kanonen vor?" „Nazis killen. Macht ja sonst keiner. Und heute fangen wir damit an!" Ziggy wickelte seinen Tarn-Umhang um das Gewehr. „OK. Stellt schon mal die Handys leise, auf Vibrations-Modus."

Sie stiegen wieder ins Auto und warteten auf die Dämmerung. Ziggy erklärte nochmals das Vorgehen. Martin und Sven stellten Fragen. Vier Zigaretten später war es 17 Uhr 30. Ziggy und Sven stiegen aus, holten die Barrett aus dem Kofferraum und verschwanden im Wald. Martin fuhr wie verabredet langsam den Waldweg weiter, bis er zu einem Hotel-Restaurant kam. Er stellte den Wagen ab. Hier sollte er bis kurz vor neun warten und dann über die Landstraße zurück zum Parkplatz fahren. Jetzt war er alleine. Später musste er sich auf seine beiden Heckenschützen verlassen. Ein ungutes Gefühl beschlich ihn.

XXIX

Martin nahm seine Tasche und stieg aus dem Wagen aus. Er blickte zurück in den Wald, von dem nun langsam die Dunkelheit Besitz ergriff. Den Waldweg konnte er noch deutlich erkennen. Der Himmel war nach wie vor klar. Die frühsommerliche Wärme war bereits verflogen. Kühle Abendluft umgab ihn. Hier stand er nun. Verfolgt von Terror-Nazis. Oh, Mann... Martin betätigte per Knopfdruck die Zentralverriegelung und ging zum Eingang des Restaurants. Er steuerte die Bar an, ließ sich auf einem der Hocker nieder und bestellte ein großes Bier. Wie wohl Werder Bremen gespielt hatte? Gegen Dortmund sicherlich verloren. Hmm – Hauptsache, Dortmund und nicht Bayern München würde Meister. Der FCB hatte das 18-Uhr-30-Spiel gegen Hertha BSC. Das würde die Berliner noch tiefer in den Abstiegsstrudel reißen. Was für ein Witz: Nächste Saison würde die deutsche Hauptstadt als einzige in Europa keinen Erstliga-Club mehr haben. Dann müsste man bis Wolfsburg fahren müssen, um Dortmund, Bremen oder Schalke sehen zu können. Was für ein Leid. Scheißstadt.

Martin trank sein Bier und beachtete naserümpfend das Rauchverbot. Ihm war seit langem alles egal. Seit seiner Scheidung hatte er sich völlig in seinen Job vergraben. Seine Freizeit hatte die letzten Jahre überwiegend aus Besuchen in seiner Sportsbar bestanden. Gut essen und trinken war sein Hobby gewesen, ohne dabei viel reden zu müssen.

Intellektuell, kulturell und konditionell war er weit abgesunken. Emotional und psychisch taten sich Abgründe auf. Maria hatte ihm zu einer Therapie geraten. Er hatte das ihr zuliebe in Erwägung gezogen, aber sich nicht ernsthaft darum bemüht. Maria. Sie hatte in den letzten Monaten nochmals so etwas wie Lebensfreude in im geweckt. Vorbei. Scheiß drauf. Sei Leben hatte ihm vor der Freundschaft mit Maria nichts mehr bedeutet. Er hatte kein Ziel gehabt, keinen Plan, keine Leidenschaft, keinen Ehrgeiz. Seinen Job und den Umgang mit seinen Kollegen hatte er souverän wie ein Cyborg erledigt. Sobald er in der Berliner U-Bahn seinen Heimweg angetreten hatte, war er leer gewesen, leer, leer, leer. Nun gut: Die blassen, missmutigen Gesichter in der U5 waren auch nicht dazu angetan, irgendjemands Stimmung zu heben, aber er hatte sich immer noch blasser und missmutiger gefühlt. Manchmal hatte er ein schlechtes Gewissen verspürt, mit seiner negativen Ausstrahlung die anderen Fahrgäste angesteckt zu haben. Wahrscheinlich waren immer wahre Jubel-Parties im Waggon ausgebrochen, wenn er die U-Bahn an der Haltestelle Samariterstraße verlassen hatte. Fuck! Was bin ich für ein Arschloch!

Martin spülte sein Selbstmitleid hinunter und bestellte noch ein Bier, 18 Uhr 20. In zehn Minuten wurde der Untergang von Hertha BSC angepfiffen. Otto Rehagel war seit zwei Wochen der neue Trainer und hatte ausgerechnet in seinem ersten Spiel als Abstiegsverhinderer gegen Bremen gewonnen. Gegen Bayern würde auch kein griechischer Beton helfen. Martin ging raus, um eine Zigarette zu rauchen, und um Rehagel zu vergessen. Rauchend schlenderte Martin auf dem kiesbedeckten Vorplatz umher, vergewisserte sich, dass der Sixt-BMW noch lebte und blickte in den schwarzen Wald. Da draußen hatten sich Sven und Ziggy verschanzt. Möglicherweise auch einige NSF-Schergen. Toll. Der Plan seiner autonomen Sponti-Kampfeinheit war, mögliche NSF-Sniper rechtzeitig auszuschalten, um dann das Treffen mit Spitzbart abzusichern. Was, wenn die NSF-Terroristen Ziggy und Sven zuerst ausschalteten? Martin hatte dann eine Knarre, ein Bowie-Messer und eine Taschenlampe, um sich notfalls gegen Spitzbart und seine Truppe zu verteidigen. Das wäre vergleichsweise wenig. Hunger. Martin schnippte die Kippe in den Kies, ging wieder ins Restaurant und bestellte das „Schweineschnitzel Wiener Art, serviert mit Pommes Frites und knackigem Salat" für 10,20 mit viel Ketchup und einem weiteren Bier. Gegessen hatte er schon lange nicht mehr. Und „Schnitzel Wiener Art" schon sehr lange nicht mehr.

18 Uhr 45 Martin bat den Kellner das Radio anzustellen. Bundesliga-Konferenz. Null zwo für Bayern. Arme Hertha. Müller und Robben hatten das Gemetzel initiiert. Der arme Kollege in der Redaktion musste nun einen von Mitleid und Kritik ausgewogen triefenden Artikel zusammenbasteln, brrr. 18 Uhr 52: Die Kellnerin brachte das Schnitzel – null drei Robben – guten Appetit. Das Schnitzel war – obwohl Schwein und nicht Kalb – sehr dünn geklopft und zart, die Pommes kross, der Ketchup auf alle Fälle nicht nach Heinzens Rezept von 1876, egal. Martin schaufelte Schwein, Kartoffel- samt Tomatenprodukt in sich hinein, als gäbe es kein Morgen mehr. Der „knackige Salat" musste auch dran glauben, Das Bier auch, das aber binnen fünf Minuten anstandslos ersetzt wurde. Martin war an Alkohol gewöhnt, vielleicht sogar – je nach Definition – Alkoholiker: Nach zwei großen Bier fühlte er sich wohlig entspannt, und ein drittes würde ihm die nötige Leck-mich-am-Arsch-Haltung verleihen, die er heute Abend benötigte. Nach einem vierten würde sich Übermut einstellen… Halbzeit – weiterhin null drei.

Als er jedoch alleine vor seinem Bier saß, verspürte er eine tiefe Melancholie in sich aufkommen, gepaart mit Angst und Unsicherheit. Er hatte schon einmal am Leipziger Flughafen auf Spitzbart geschossen. Aber würde er ihm Notfall sein Messer zücken können und ihn erstechen, verletzen, töten, aufschlitzen? Martin war nie Pazifist gewesen. Hatte den Wehrdienst nur aus taktischen Gründen mit dem totalen Pazifismus-Argument verweigert, hatte den Militärschlag der USA gegen den Irak im Zweiten Golfkrieg 1991 begrüßt und auch den ersten Kampfeinsatz der Bundeswehr im Kosovo 1999 gegen Serbien. Aber Auge in Auge einen Menschen erstechen? 19:38 Uhr: Gomez durfte auch mal, null vier. Ob sein Sohn Bayern-Fan geworden wäre? Er war jetzt acht Jahre alt und lebte mit seiner Mutter und ihrem neuen Mann in den USA. Nach der Scheidung vor fünf Jahren hatte er ihn zum letzten Mal gesehen. USA – Baseball, Football, Eishockey, aber kaum Fußball – was für ein Jammer… 0:5. Sie hatte anfangs immer noch pflichtschuldig Fotos gemailt. Er hatte nie zurückgeschrieben. Was hätte er mailen sollen? Fotos von sich? Der

Kontakt war abgerissen. Sein Sohn würde sich jetzt nicht mehr an ihn erinnern. Wer erinnert sich schon an die Ereignisse seiner ersten drei Lebensjahre? Schade eigentlich. Damals war noch alles in Ordnung.

Martin bestellte noch ein Bier. Nummero vier. Warum wollte er eigentlich damals Journalist werden? Anfang der 90er gab es praktisch noch kein Internet und keine Handys. Die Anzahl der TV-Programme hatte sich eben drastisch ausgeweitet. Der seriöse Journalismus schien bedroht, die 4. Gewalt in Gefahr. Das war das moralische Alibi. Tatsächlich hatte er über die Schulzeit hinweg kein spezielles Interesse entwickelt. Alles war mehr oder weniger interessant. Weniger Technik und Naturwissenschaften als vielmehr die Sprachen, Geschichte, Politik, Wirtschaft, Religion oder eben Sport. Journalisten müssen ein breites Interesse an der Gesellschaft haben, neugierig sein, über ein weit gestreutes Allgemeinwissen verfügen – so wurde es ihnen damals eingeimpft. Scheinbar perfekt. Aber letztlich unbefriedigend. 0:6 – oh je, ein Debakel. Der Hauptstadt-Club hatte in der ersten Liga nichts mehr verloren.

Als Sport-Journalist hatte er auch nicht wesentlich mehr Wissen als ein regelmäßiger Leser des Sport-Teils. Er war seinen Lesern nur einen Schritt voraus. Das reichte bereits aus, um als Experte wahrgenommen zu werden. Sicherlich verfügte er über ein Netzwerk an Informanten und Insidern, aber Sport war eben nur Sport. Und Fußball-Experten gab es in Deutschland zig Millionen. Letztlich war er Handwerker, der täglich fristgerecht ein paar Zeitungsseiten zusammenbaute, mit einer Idioten-sicheren Anleitung wie für einen IKEA-Schrank. Naja, es gibt Schlimmeres, dachte Martin bei sich. Und auch nicht jeder kann einen IKEA-Schrank zusammenbauen. Er hätte sich in den vergangenen Jahren auch stärker um investigative Themen kümmern können. Gerade im Sport gab es genug Schmutz, den man aufwirbeln konnte – Doping, Korruption, Schwarzgeld. Er hätte auch ins Politik- oder Wirtschaftsressort wechseln können. Die Politik-Berichterstattung war in den letzten Jahren immer mehr verflacht. Die deutsche Presse konzentrierte sich mit wenigen Ausnahmen vor allem auf Personalien und politische Intrigen statt auf die etwas schwerer verständlichen politischen Inhalte. Über Politik konnte man kritisch und informativ berichten, ohne jemals mit einem Abgeordneten oder Minister persönlich gesprochen zu haben. Doch für die Medien waren immer mehr die Namen zu Nachrichten geworden und nicht die politischen Inhalte, die hinter den hohlen Phrasen der Promi-Politiker versteckt lagen. Je näher Journalisten und Politiker zusammenrückten, desto mehr wurde die Presse korrumpiert. Was sie bekam, war Nähe. Doch was nützt Nähe, wenn dadurch die Kritikfähigkeit flöten geht? Sven hatte ganz recht...

Zwei, drei überregionale Zeitungen und ein Nachrichtenmagazin hielten die Fahne eines kritisch-wachsamen Journalismus in Deutschland noch hoch. Der Rest war überflüssig geworden und diente lediglich noch als regionaler Anzeigen-Markt. Wer sich alleine aus seiner Lokalzeitung informieren wollte, lief Gefahr erhebliche Desinformations- und Desintegrationserscheinungen zu erleiden. Und kritischen Lokaljournalismus gab es aus Prinzip nicht. In Deutschland haben Regionalzeitungen ein Gebietsmonopol. Mit Ausnahme einiger deutscher Großstädte gibt es für eine ländliche Region nur eine Zeitung. Diese ist einzige Anlaufstelle sowohl für Anzeigen der regionalen Wirtschaft als auch für die dort ansässigen Lokalpolitiker. Man befindet sich also in einer großen, mafiösen Familien-Struktur, wo keiner keinem wehtun will. Junge Journalisten, die einem verdienten Honoratioren ans Bein pinkeln, werden schnell von der Chefredaktion oder der Verlagsleitung zurückgepfiffen. Ein Klapps auf die Finger und schon hat er lebenslang die die Schere im Kopf und ist sein eigener Zensor. Lediglich Berlin, München und Frankfurt verfügten noch über eine Art Konkurrenz auf dem Zeitungsmarkt. In anderen Großstädten gab es zwar auch mehrere Zeitungen, die aber alle dem gleichen Verlag gehörten und nur eine andere Zielgruppe bedienen sollten, um Anzeigenkunden ein weiteres Angebot offerieren zu können. Und das Fernsehen? Da können auch Gummibärchen reden – reines Unterhaltungsmedium und Info-Kanal für Menschen mit Lese-Schreib-Schwäche. Das Internet? Eine Menge selbsternannter Journalisten und Gesellschaftswächter, aber wo gab es da schon verlässliche Informationen? Wenn, dann nur auf den Seiten der großen Print-Medien. Nein, der Journalismus bräuchte einen neuen Schub. Man könnte täglich, ach was stündlich über neue Wirtschafts- und Politik-Skandale, über unfähige Politiker und Manager berichten, wenn die Redakteure nur den Mut hätten und den Willen zur intensiven

Recherche. „Ob ich das nochmal hinbekomme", überlegte Martin und trank einen großen Schluck Bier. „Bis zu meiner Reaktivierung wird das korrupte System eben weiter vor sich hin wursteln müssen. Prost!"

Nachdem Martin seinen Früher-war-alles-besser-Monolog zum Thema Journalismus gedanklich abgespult hatte, musste er sich nun langsam dem aktuellen Tagesgeschäft zuwenden. Und das hieß heute Abend: Eliminierung eines Nazi-Killers bzw. mehrerer. Es war kurz nach halb neun Uhr. Sein viertes Bier zirkulierte nun komplett in seinem Blutkreislauf. Und Martin befand, dass er nun die nötige Leichtigkeit hätte, um mit seinen Waffen größeren Schaden an Mensch, Tier und Sachen anrichten zu können. Ziggy und Sven saßen nun seit über drei Stunden im Wald herum und langweilten sich wahrscheinlich zu Tode. Martin schickte um 20:45 Uhr eine SMS an Sven und Ziggy, dass er nun zum Parkplatz zurückfahren würde. Hätten sich die beiden nicht noch bei ihm melden sollen? Hmm... Martin winkte den Kellner zum Zahlen heran. Geld genug hatte er ja...

XXX

Sven und Ziggy hatten sich tief den Wald vorgekämpft und warteten in sicherer Deckung auf die Dunkelheit, die ihnen etwas mehr Bewegungsfreiheit verschaffen würde. Sven war aufgekratzt wie ein kleines Kind vor der Weihnachtsbescherung. Summte vor sich hin und stellte Ziggy unentwegt Fragen zum korrekten Gebrauch von Stich- und Feuerwaffen. Ziggy ging dagegen Svens gute Laune gehörig auf die Nerven. „Mann, jetzt halt mal die Klappe! Wir sind hier nicht aufm Pony-Hof! Ab jetzt: Funkstille! Die Wichser müssen nicht wissen, dass wir hier sind!" Sven war beleidigt: „OK, OK, Mann. Alles klar. Was machen wir nun?" Dave rief an. Sven nahm ab: „Ja, Dave? ... OK... OK... Alles klar!" Sven steckte das Handy weg: „Spitzbart hat wohl gemerkt, dass Martin ausgeflogen ist, und fährt jetzt in Berlin herum. Jetzt nimmt er bestimmt Verstärkung mit. Dave schickt ne SMS, wenn der Typ auf die Autobahn fährt." „Gut. Inner Viertelstunde isses hier zappenduster. Bald Neumond. Wir gehen dann näher an den Parkplatz ran. Brauchen ein gutes Schussfeld. Außerdem müssen wir wissen, wer da alles kommt. Die werden auch den Einbruch der Dunkelheit abwarten. Also: ab jetzt kein

Gerede mehr, später verständigen wir uns per SMS." „OK, OK, Mann..."
Die beiden starrten stumm in den dunklen Wald, bis die Nacht hereingebrochen war.

Kurz nach sechs Uhr tippte Ziggy Sven auf die Schulter und schlich leise voran Richtung Parkplatz. Alle zehn Meter hielten die beiden an und lauschten, ob ein verdächtiges Geräusch die Stille des Waldes störte. Doch keine Schritte, kein abbremsendes Auto, keine knackenden Zweige kündigten die Ankunft des Feindes an. War er schon da? War der Gegner vorsichtiger als vorsichtig? Langsam näherten sich die beiden dem Waldrand. Etwa 20 Meter vor dem Parkplatz blieben sie stehen und suchten Deckung hinter einer großen Buche. Von hier konnten sie den langgezogenen Parkplatz gut einsehen. Auch der Kiosk, der schon seit einer guten Stunde geschlossen hatte, lag im Sichtfeld. „Meinst Du, die sind schon da?" flüsterte Sven. „Nein. Aber jetzt sei leise, verdammt noch mal!" flüsterte Ziggy zurück. Sven schaute auf sein Handy - 18:37. Da kam Daves SMS. Sie waren im Anmarsch. Wie viele von diesen Irren würden anrücken? Waren sie nicht selbst irre? Saßen getarnt mit Messern, Pistolen und einem Scharfschützen-Gewehr in einem finsteren Wald. Bereit, Nazis abzuballern. Sven musste grinsen, konnte und musste sich aber ein Lachen verkneifen. Sie hockten hinter der Buche. Ziggy lugte links vom Baumstamm hinüber zum Parkplatz, Sven rechts davon. Ab und an näherte sich ein Auto auf der Landstraße und tauchte den Parkplatz kurz in mattes Licht und rauschte wieder vorbei. Dann herrschte wieder Stille. Absolute Stille. Kein Vogelgezwitscher. Kein raschelnder Igel. Kein Wind in den Bäumen. Nur das leise Atmen von Sven und Ziggy, der nun krampfhaft ein Husten unterdrückte und merkwürdig röchelnde Geräusche von sich gab. Sven schaute auf Ziggy, dessen Gesicht im Halbprofil ihn an irgendeinen Promi erinnerte – Schauspieler? Musiker? Ne, irgend so n Fußballer. Dunkle lange Haare zum Pferdeschwanz gebunden, die markante Nase. Wie hieß der doch gleich, na? Sven kam nicht drauf. Er schaute wenn dann nur Länderspiele, aber einzelne Spielernamen konnte er sich nicht merken, außer die der Deutschen. Schon wollte er Ziggy fragen, da legte der kurz seine Hand auf Svens Schulter und deutete auf den Parkplatz. Dann legte er den Zeigefinger auf seine Lippen. Es ging los.

Das Auto hatte Sven nicht gehört, wohl weil es sehr langsam fuhr und in Schrittgeschwindigkeit von der Landstraße auf den Parkplatz einrollte. Jetzt sah er das Abblendlicht. Der Astra Kombi von Spitzbart zuckelte leise vor sich hin und kam etwa zehn Meter links von ihrer Höhe zum Stehen. Der Motor lief, die Scheinwerfer erhellten den restlichen Teil des Parkplatzes, die Holzhütte des Kiosks wurde von den roten Bremslichtern angestrahlt. Dann erstarb der Motor und das Licht verlöschte. Die Türen wurden geöffnet. Die Innenraumbeleuchtung zeigte drei Personen, die nun ausstiegen und sich unterhielten. Einer davon war Spitzbart. Der hatte zwei Glatzen in schwarzen Bomberjacken dabei. Die zwanzig Meter Entfernung waren zu weit, als dass Ziggy und Sven das Gespräch hätten verstehen können. Die drei schlugen die Türen zu gingen hinter zum Kofferraum. Auch die drei Nazis hatten ihr Waffenarsenal im Kofferraum deponiert. Ziggy konnte erkennen, dass sich Spitzbarts Begleiter Pistolen in die Innentaschen ihrer Jacken steckten. Einer von beiden hielt ein Gewehr in der Hand. Das Modell konnte er aus dieser Entfernung nicht ausmachen, aber das Zielfernrohr war deutlich zu sehen.

Spitzbart gab nun seine Anweisungen. Dem Typen mit dem Gewehr deutete er auf den Kiosk, dem anderen ans andere Ende des Parkplatzes. Beide machten sich auf den Weg. Kurz darauf hörten sie vom Kiosk her Holz splittern. Die Türe hatte wohl dran glauben müssen. Der Scharfschütze bezog Stellung im Kiosk, dessen Fenster zum Parkplatz rausging. Der andere würde vom anderen Ende des Parkplatzes Martin in Empfang nehmen. So ähnlich hatte es sich Ziggy vorgestellt. Wären die Nazis zu viert gekommen, wäre noch ein Heckenschütze zu ihnen in den Wald gekommen. Insofern hatten sie Glück. Sie kannten die Positionen ihrer Gegner. Und die waren sich ihrer Sache sicher: Falls Martin so blöd wäre und in die Falle lief, waren sie bestens vorbereitet. Aber sie hatten Martin unterschätzt und dachten nicht daran, dass er Verstärkung organisiert haben könnte. Ganz schön doof von euch, Jungs. Spitzbart setzte sich wieder ins Auto, zündete sich eine Zigarette an und schaltete Musik ein. Ziggy sah auf sein Handy - 19:20. Ziggy dachte nach: Sie hatten 100 Minuten Zeit, die Situation zu klären. Bis Martin hier sein würde, könnten Sven und er die drei Nazis erledigen. Spitzbart brauchte er lebend. Mal sehen, was der ihnen noch so zu erzählen hatte. Das war nun ein klassisches Billard-Problem: Welche Kugel versenke ich zuerst?

Wie schaffe ich eine möglich günstige Ablage, um die nächste Kugel problemlos einlochen zu können. Und am Ende muss die Schwarze rein, ohne dass die Weiße dran glaubt. Hmmm…

Ziggy rückte zu Sven rüber und flüsterte ihm leise ins Ohr. Die Musik aus dem Astra war zwar nicht laut, überdeckte aber die Schallquelle eines Flüsterns, die 20 Meter entfernt war. „Ich geh jetzt los. Du gehst etwas näher an das Auto ran – aber leise. Falls Spitzbart was hört und aussteigt, schießt Du. Wenn möglich auf die Beine. Wenn nicht: dann auf den Oberkörper. Pech dann. Waffe durchladen und entsichern. Ich hau jetzt ab." Svens Adrenalinpegel bekam nochmals einen zusätzlichen Kick. Cool, wir spielen Krieg, ging es Sven durch den Kopf. Live! Als er wieder neben sich blickte, war Ziggy schon unterwegs.

Langsam und gebückt schlich Ziggy Richtung Kiosk. Ein Zweig knackte unter seinen Füßen. Fuck! Ziggy erstarrte. Das Blut rauschte in seinen Ohren. Er fixierte den Kiosk. Von hier konnte er noch das Fenster sehen. Keine Regung. Durch die Holzwände war ein brechender Zweig wohl nicht zu hören. Und Spitzbarts Musik war im Wageninneren ebenfalls zu laut. Nazi Nummero drei war am anderen Ende des Parkplatzes und zu weit weg. OK. Weiter. Ziggy schlich die restlichen dreißig Meter weiter. Nochmals brach ein Zweig unter seinen Schuhen. Wieder hielt er inne. Der Waldboden war feucht. Vor kurzem aufgetaut. Die herabgefallenen Blätter des Buchenwaldes waren faulig und raschelten beim Laufen nicht. Aber es war zu finster, um kleine Zweige auf dem dunklen Waldboden auszumachen. Gleich war er beim Waldweg, der zur Rückseite des Kiosks führte. Auch hier war ein Fenster, erinnerte sich Ziggy. Vorsichtig schlich er sein Barrett 99 in Händen zum Waldweg vor. Nun leise unterm Fenster vorbei. Vor der Ecke zur Eingangsseite blieb er stehen, um sich das Bowie-Messer zu greifen.

Sven hatte unterdessen die Wartestellung bei der großen Buche verlassen und pirschte sich näher an den Astra heran. Mist! Sven hätte jetzt gerne nen Joint gehabt. Wenigstens ne Kippe. Käme auch bestimmt cooler, wenn er gleich Spitzbart mit ner Kippe im Maul ummähte. Na egal. Fuck! Dann halt Zigarette danach. Sven hielt seine CZ82 in der Rechten und ließ sich etwa zehn Meter vor dem Astra hinter einem gefällten Baumstamm nieder. Von hier konnte er Spitzbarts Gesicht im

Schein seiner Zigarettenglut erkennen. Was für ein Wichser. Sven schaute hinüber zum Kiosk. Nix zu sehen. Nix zu hören. Was machte Ziggy da nur?

Ziggy hatte sein Gewehr abgelegt und umklammerte sein Bowie-Messer. Häuserkampf hatte er als Berufssoldat oft geübt. Auch Nahkampf. Zum Ernstfall kam es im Kosovo, im Irak, in Afghanistan. Bei der NVA waren es Trockenübungen, bei der Bundeswehr hatte er töten gelernt, auch mit dem Adrenalin umzugehen. Erst Nachhut für die Amis. Militärpolizei in besetzten Gebieten. Dann ausgeliehen an die kämpfenden Truppen Englands und der USA. Ziggy atmete ruhig. Er hatte niemals Afghanen oder Balkanesen killen wollen. Kriege, die ihn nichts angingen. Sie waren damals aus politischer Verpflichtung, aus NATO-Solidarität im Einsatz. Bei einem Scheiß-Nazi ist das was anderes. Das ist mittlerweile was Persönliches. Drecksäcke. OK. Der Scheißtyp wird da drin am Fenster stehen. Von der Tür aus sind das knapp zwei Meter. Ich hab das Überraschungsmoment auf meiner Seite. Es ist dunkel, die Tür quietscht nicht. Vielleicht bemerkt er nicht mal, wenn die Tür auf geht. Wenn doch, wird es laut. Hoffentlich behält Sven die Nerven. Scheiß drauf! Ziggy richtete sich langsam auf, drei Schritte. Er öffnete behutsam die Tür. Er sah eine Gestalt links vor sich, am Fenster. Schnell glitt er an der kleinen Theke vorbei. Der Nazi-Arsch hatte ihn jetzt erst bemerkt und war gerade dabei sich umzudrehen. Ziggy griff mit der Linken um dessen Kopf. Seine Armbeuge verschloss den Mund. Der Typ weigerte sich, sein Gewehr fallen zu lassen. Ziggys Messer schnitt tief in den weichen Hals. Einmal, zweimal. Ziggys tätowierter Bizeps spannte gewaltig. Schade, dass das niemand sehen konnte. Das Nazi-Schwein zappelte nur wenig. Der Schock war wohl zu groß für mehr. Ein blubberndes Röcheln kam aus seiner aufgeschlitzten Luftröhre. Ziggy stieß sein Messer von hinten in den Bereich, wo das Herz sitzen musste. Der Körper in seinem Arm zappelte nun nicht mehr. Sanft und leise legte er die Leiche samt Gewehr auf den Boden. Dann ging er zum Fenster und sah zum Auto hinüber. Spitzbart hatte nichts mitbekommen. Ziggy durchwühlte die Taschen der toten Glatze und steckte Handy (auf lautlos gestellt, keine Nachrichten), Geldbörse, Schlüssel und eine WaltherPP ein. Das Gewehr, ein altes Simonow-Modell, ließ er liegen. Damit hatte er das Schießen bei der NVA gelernt. Dann ging er kurz hinaus, um das Barrett zu holen. Jetzt Nummero zwo.

Sven betrachtete nun seit zehn Minuten Spitzbart. Der Typ war Kettenraucher. Die verfickte Nazi-Mucke konnte er auch noch hören. Was für ein Dreck. Sven spürte ein Vibrieren in der Hosentasche. Langsam nahm er sein Handy heraus. Ziggy hatte geschrieben. Die Glatze im Kiosk war wohl erledigt. Fein! Kaum hatte er das Handy wieder eingesteckt, hörte er einige Meter hinter sich jemanden vorbeischleichen. Sven fuhr es kalt den Rücken hinunter. Na, hoffentlich war das nur Ziggy...

Ziggy war unterwegs zu Nummero zwei. Er nahm den gleichen Weg zurück, den er gekommen war. Das musste die große Buche sein, hinter der er mit Sven gewartet hatte. Sven war wohl schon aufgerückt. Ziggy schlich weiter durch den Wald, parallel zum Parkplatz. Wo hatte sich die andere Glatze postiert? Ziggy ging weiter bis er auf Höhe des großen Holzstapels war, bei dem sie anfangs geparkt hatten. Von dort waren es etwa 100 Meter bis zum Kiosk, und etwa 85 Meter bis zu Spitzbarts Opel. Die andere Glatze würde sich höchstens 20 Meter vom Auto entfernt postiert haben. Ziggy huschte hinüber zum Holzstapel. Ziggy schraubte den Schalldämpfer auf. Dann visierte er den Forstweg an. Das Zielfernrohr funktionierte wie ein Nachtsichtgerät und nutzte das wenige Restlicht, um Spitzbarts Opel klar, groß und deutlich ins Visier nehmen zu können. Ziggy suchte Parkplatz und Forstweg ab und wurde schnell fündig. Die Glatze lehnte an einem Baumstamm am Ende des Parkplatzes. Entfernung knapp 54 Meter. Dafür hätte er kein Scharfschützengewehr gebraucht. Egal. Ziggy nahm den kahl rasierten Hinterkopf ins Fadenkreuz, atmete ruhig und drückte ab. Die 0,5-Zoll-Kugel der Barrett traf mit 20.000 Joule Durchschlagskraft auf und brachte den Schädel zum Platzen wie eine Wassermelone im Crash-Test. Der Rest des Körpers sackte in sich zusammen. Der Schalldämpfer hatte den schlimmsten Krach verhindert. Es hatte lediglich ein lautes Tock gegeben, so als würde jemand einen Stock gegen einen Baumstamm schlagen. Ziggy visierte Spitzbart an. Der saß rauchend im Auto und hatte von alledem nicht mitbekommen. Musik zu laut. Der Wichser war sich seiner Sache völlig sicher.

Ziggy lief gebückt zu seinem zweiten Opfer und durchwühlte die Taschen der Bomberjacke: auch hier WaltherPP, Handy, Brieftasche, Schlüssel. Dann schickte er Sven eine Erfolgs-SMS, schlug sich wieder in den Wald und machte sich auf den Weg zu Sven, den er auch schnell hinter seinem Baumstamm ausfindig machte. „OK?" flüsterte Sven. Ziggy nickte und drückte Sven das Barrett in die Hand. Dann schlich er sich vor zum Waldrand und robbte zur Beifahrertür des Astra. Ziggy entsicherte seine CZ82, stand blitzschnell auf, riss die Beifahrertür auf und schoss dem verblüfften Kalle in den rechten Oberschenkel. Dann zerrte er den brüllenden und bereits stark blutenden Nazi-Killer über den Beifahrersitz hinaus. Ziggy warf Kalle auf den Bauch, durchsuchte ihn, nahm ihm die P99, Handy, Geldbeutel, Schlüssel und einen USB-Stick ab. „OK, Sven! Kannst kommen!" „Bin schon da!" rief Sven und stolperte aus dem Unterholz hervor.

XXXI

Martin saß im Auto, hatte die Hände aufs Lenkrad gelegt. Der Zündschlüssel steckte, aber er war nicht fähig, sich zu bewegen, oder gar den Wagen zu starten. Er war an Alkohol gewöhnt. Die vier Bier konnten ihm nichts anhaben. Menschen, die täglich tranken, kamen nach vier Bier erst zur Ruhe. Er war ruhig. Klar. Offen. Zu offen. Etwas war in ihn hineingekrochen, das er kannte und hasste. Leere. Reine Leere. Die Leere lähmte ihn. Bewegungsunfähig. Das war's. Ausgerechnet jetzt. Ungünstig. Er starrte ins Nichts. Irgendein Geräusch ließ ihn zur Besinnung kommen. Jetzt merkte er, dass er sich mit aller Gewalt ans das Lenkrad festklammerte. Hatte er mehr als nichts in sich? War er mehr als nichts? Was war da in ihm? Was war er? Martin glotzte an die Windschutzscheibe. Merkte, dass er glotzte. Wachte wieder auf. Sah die Dunkelheit. Sah die Schlieren auf dem Glas. Er hatte sich die letzten Jahre leer getrunken. Flasche leer. Nichts. Nichts. Außer das Gefühl, das Sisyphos jeden verschissenen Tag gehabt haben musste, als er seinen verfickten Stein den Berg hinaufrollte, nur um auf dem Gipfel festzustellen, dass diese sadistischen Götter ihn wieder hinunterkullern ließen. Sisypholitisch. Siphylitisch? Scheißegal.

Martin wurde kalt. Innerlich. Sein Magen krampfte. Er zitterte. In ihm wurde es schwarz. Nichts war in ihm. Schwärze füllte ihn aus. Er erkannte, dass er viele Jahre lang sein Leben ungenutzt vergeudet hatte. Mit Nichtigkeiten angefüllt hatte. Nichts bewirkt, erschaffen, produziert, gebaut, geliebt, gefühlt, gedacht, erkannt hatte. Nichts, nichts, nichts. Ärmlich, aber wahr, dachte er. Sterben war sinnlos. Zeit, eine Ladung Sinn einzupacken. Martin drehte den Zündschlüssel und fuhr den Wagen auf die Zufahrt zur Landstraße. Manchmal macht der Tod Sinn, dachte er, als er 500 Meter später den Wagen auf den Parkplatz steuerte. Dort stand nur ein Opel Astra Kombi. Martin stellte den Motor ab und stieg aus. Wo waren Sven und Ziggy?

„Hey!?" rief Martin durch die Nacht. Er stand vor seinem Miet-BMW und sah in den finsteren Wald. Das heißt, er sah in völlige Dunkelheit, wusste aber, dass dort der Wald sein musste. Dann hörte er ein leises Scharren, das langsam lauter wurde. „Marty?" hörte er Sven rufen. „Ja! Was los?" „Sind gleich da!" Martin blickte dorthin, wo er den hinteren Teil des Parkplatzes vermutete. In der Dunkelheit nahm er schemenhaft Bewegung wahr. Immer deutlicher schälten sich aus der Schwärze zwei Gestalten heraus, die etwas hinter sich her schleiften. Dann sah er Sven, dann erkannte er Ziggy, dann sah er einen menschlichen Körper, den Sven und Ziggy an den Beinen gepackt hatten. Dann sah er, dass dort, wo eigentlich ein Kopf hätte sein sollen, kein Kopf war. Martin würgte und kotzte in einem mächtigen Schwall seine vier Bier aus, die nun mit Magensäure versetzt langsam auf der Motorhaube abperlten. Dazwischen grüßte das Schnitzel Wiener Art in anverdauten Bröckchen. „Hey, Marty! Reiß Dich mal zusammen! Was soll ich denn erst sagen!? Pack mal lieber an!" „Ja, mach mal!" keuchte Ziggy. „Sven hat vorhin schon gekotzt." Sven ließ sich erschöpft fallen und lehnte sich gegen den Vorderreifen des BMWs. Martin packte automatisch das Bein des kopflosen Nazis. „Zum Kiosk!" dirigierte ihn Ziggy.

Martin und Ziggy zerrten die Leiche in den Kiosk. Ziggy knipste seine Taschenlampe an und legte sie auf die Theke. Martin sah Spitzbart, besinnungslos, gefesselt und mit einem Palästinensertuch geknebelt auf einem der Stühle sitzen, eine Blutlache unter ihm, die wohl von einer Wunde an seinem linken Oberschenkel herrührte. Dann sah er noch einen Menschen – wohl tot – am Boden liegen. Tja, was sollte Martin jetzt noch machen. Die blutrünstigen Aufgaben hatte Ziggy bereits tadellos erledigt. „Respekt! Du hast ja ganze Arbeit geleistet." stöhnte Martin, als er das Bein des kopflosen Nazis auf den Boden fallen ließ. „Klar!" antwortete Ziggy. „Gelernt ist gelernt. Das hat sich die Dumpfbacke wohl nicht vorstellen können, dass die Sache nach hinten losgeht." Ziggy holte aus und schlug Kalle mit dem Handrücken ins Gesicht. Der wachte dadurch aus seiner Ohnmacht auf und wimmerte durch seine Knebel. „Ziggy baute sich vor ihm auf: „Hey, Arschloch! Ich hol jetzt den Benzinkanister. Wenn Du was zu sagen hast, dann schnell. Wenn ja, dann liefern wir dich im nächsten Krankenhaus ab. Wenn nicht: Grillhähnchen." Ziggy verzog sich. Martin schaute in Spitzbarts Augen. Angst. Er sah Angst. Und Schmerz. Unendlichen Schmerz. Unendliche Angst. Martin blieb ruhig. Das war der Typ, der Maria brutal erschlagen hatte. Seine letzte Hoffnung zunichte gemacht hatte. Dreckschwein. Martin schlug ebenfalls zu und genoss es, als Spitzbart vor Schmerz in das Palästinensertuch schrie. Krieg macht uns zu Tieren. Töten, oder getötet werden. Auge um Auge. Martin registrierte Hoffnung. Krieg war Hoffnung. Er spürte das Tier in sich erwachen.

Ziggy kam mit seiner Flasche Spiritus zurück, stellte sie auf die Theke und nahm Kalle den Knebel ab. „OK. Dann mal los. Was wird hier gespielt? Was geht ab?" Kalle schnaufte: „Brauch was zu trinken." Ziggy holte aus dem Kühlschrank eine Flasche Bier und schlug den Kronenkorken an der Kante der Theke ab. „Hier!" Ziggy hielt ihm die Flasche an den Mund und Kalle schlabberte gierig. „Danke." „Bitte. Und jetzt machs Maul auf. Also, was is mit Göring? Ihr Scheiß-Nazis nervt mich gewaltig." Kalle plapperte munter drauf los. Das Terror-Training in Somalia, Syrien oder sonst wo schien ihn nicht darauf abgerichtet zu haben, auf Teufel komm raus die Klappe zu halten. Scheinbar fühlte er sich bei den lieben Linken wie beim Zeugenschutzprogramm. Oder doch nicht? Ziggy bohrte mit seinem Bowie-Messer in der Einschuss-Wunde an Kalles Oberschenkel. Und der schrie wie am Spieß: „Ahhh! Du Arsch! Unsere Zelle sollte Schmidt ausschalten! Dann sollten wir uns zurückmelden. Morgen treffen sich einige Zellen in Carin-Hall. Dort gibt's weitere Anweisungen für die Operation Göring." Martin hatte sich auf eine freien Stuhl gesetzt: „Wo zurückmelden?" „Na, beim Zellenführer."

„Wie?" „Na, aufm Handy. Bringt mich jetzt ins Krankenhaus, bitte!" „Nummer?" „Nummer?" „Na, von Deim Zellenführer. Wie heißtn der überhaupt?" „Keine Ahnung. Läuft alles anonym. Keiner darf andere Zellen oder obere Einheiten kennen. Die Nummer ist aufm Handy unter 'Führer' gespeichert. Schickte ne SMS mit 'Alles OK' und gut isses." „Aha. Verarsch mich nicht, Nazi-Arsch!" Ziggy schlug nochmals zu. Kalle schrie auf: „Das isso! Das isso!" „Aha… Und was is Operation Göring?" „N großes Ding. N Anschlag. Mehr weiß ich nicht. Erfahren wir morgen." „Und wo ist Carin-Hall? Wann trefft ihr euch dort? Mit wem?" „Na, Carin-Hall halt, Döllner Heide, Großdöllner See, 21 Uhr. Aufmarsch. Aus ganz Deutschland." „Gibt's n Psswort oder so was!?" „Ihr wollt da hin?! Da kommt ihr nicht mehr lebend weg!" Ziggy stieß das Messer bis auf Kalles Oberschenkelknochen. Martin hörte einen unangenehm dumpfen Ton." Los! Das Passwort! Erkennungszeichen! Was auch immer!" Kalle stöhnte. „Unsere Ehre heißt Treue! Nur zwei Leute pro Zelle!" „Aha. SS-Scheiße. Sonst noch was?" „Ihr seid jetzt schon tot, ihr linken Zecken!" brüllte Kalle. „Glaub ich nicht", erwiderte Ziggy und hieb mit seinem Messer auf Kalles Brustkorb ein. Kalle sackte in sich zusammen.

Martin starrte mit offenem Mund auf Kalle, dessen Augen starr auf den Fußboden glotzten. Tot. Kein Leben mehr drin. Ziggy griff sich unterdessen die Spiritus-Flasche und besprenkelte die drei Leichen, Tische, Theke und Wände des Kiosks. Ziggy war eiskalt. Das hätte Martin nicht erwartet. Der Typ war selbst ein Killer-Tier. „Abmarsch!" Ziggy zückte sein Feuerzeug. Das Zeichen für Martin, sich aus dem Staub zu machen. Martin rappelte sich auf und lief aus dem Kiosk hinaus. Ziggy steckte die Holzhütte in Brand, die sofort Feuer fing, schüttete den restlichen Spiritus in den Opel Astra, setzte das Auto in Brand und kam hinterher: „Nix wie weg jetzt!" Sven hatte es sich schon auf der Rückbank des BMW gemütlich gemacht. Ziggy verstaute noch sein Barrett-Gewehr und den Tarnumhang im Kofferraum. Martin warf sich auf den Fahrersitz und ließ den Motor an. „Ab die Post!" schrie Ziggy und warf sich auf den Beifahrerersitz. Martin gab Gas. Alle drei warfen noch einen Blick auf die lodernde Holzhütte und den brennenden Opel, bevor sie auf die Landstraße einbogen. Irgendwann würden die Gasflaschen des Ofens und der Tank des Opels explodieren

Die fünf Minuten bis zur Autobahn verbrachten sie schweigend. Ziggy: „Ab jetzt spielen wir Nazi-Terroristen." „Cool!" kam es von hinten. Ziggy kramte Kalles Handy aus seinen Taschen hervor und tippte 'Alles OK' ein, um die Nachricht an den 'Führer' zu senden.

XXXII

Es war ein anstrengender Samstag gewesen. Viel Arbeit. Sein Tag hatte um zwei Uhr morgens angefangen. Mit den sechs Mann der Hamburger und Rostocker NSF-Zelle hatte er das Material aus der Schorfheide geborgen. Das heißt, er hatte es von den sechs Idioten bergen lassen. Der ehemalige Truppenübungsplatz war heute Naturschutzgebiet. Regelmäßig war er in den letzten Jahren hier spazieren gegangen, um sich zu überzeugen, dass das Material noch an Ort und Stelle war. Es hatte ewig gedauert, bis sich die sechs mit ihren Gartenschaufeln zum Tresor hinuntergebuddelt hatten. Von der lächerlichen Schutzhülle war kaum noch etwas übrig. Der Stacheldraht brüchig wie morsche Zweige. Der Tresor war völlig verrostet. DDR-Wertarbeit… Dennoch brauchte es gut eine Stunde bis sie das Ding aufgestemmt hatten. Der Tresor enthielt zwei mit Blei und Stahlbeton verstärkte Stahlkassetten, die mit Radionukliden aus Greifswald befüllt waren.

In Block 5 hatte man nicht nur mit Uranoxid gearbeitet. Viel wichtiger als Block 5 war damals das Forschungslabor gewesen, das 30 Meter unter dem Reaktor angesiedelt war. Man hatte dort mit einer ungeheuerlichen Ansammlung diverser Spaltprodukte gearbeitet. Die Forschungen für Radionuklidbatterien waren damals nicht über das Anfangsstadium hinausgekommen. Doch der Einfallsreichtum bei der Entwicklung nuklearer Waffen war bemerkenswert gewesen – wenn auch nur bei schmutzigen Bomben. Radionuklide mit hoher Halbwertszeit hatte man gezielt gesammelt, die Brennstäbe über Jahre abkühlen lassen, Pellets bzw. Pulver extrahiert und gezielt für schmutzige Bomben wieder aufbereitet. Die Temperatur des so gewonnenen Granulats lag etwas über 50 Grad Celsius und bedurfte keiner besonderen Kühlung, um eine weitere Kettenreaktion auszuschließen: Cäsium-134 und 137, Strontium-90, Plutonium-239 – handlich, transportabel und die Strahlung war auch nach über 20 Jahren noch gewaltig.

Er hatte den NSF-Idioten sechs Bleiröhren in die Hand gedrückt. 30 Zentimeter lang, zehn Zentimeter Durchmesser, ein Zentimeter Wandstärke. Anstandslos hatten die Jungs die Stahlkassetten geöffnet und das hochgradig radioaktive Granulat mit bloßer Hand in die Bleiröhren geworfen. Die verschlossenen Röhren hatte er dann mit spitzen Fingern in Empfang genommen. Die Jungs buddelten das Loch wieder zu. Später ließ er sie in den Laderaum des Mercedes Sprinters steigen. Zwölf Schüsse. Magazin leer. Fertig. Fast wie damals. Um kurz nach sieben parkte er den Sprinter auf der Prenzlauer Promenade, wo er noch einige Tage unbehelligt vor sich hinparken würde. Er hatte sich drei Stunden Schlaf gegönnt, um sich dann einigermaßen ausgeruht ans Basteln zu machen. Das Ergebnis lag nun in fünf kleinen Rimowa-Trolleys aus Aluminium, die einträchtig aufgereiht in seinem Keller standen. Den sechsten würde er morgen zusammenstellen. Es war angerichtet.

Er legte die Beine hoch und machte es sich mit einem Glas Whisky auf dem Sofa gemütlich. Mozarts Klavierkonzert Nr. 20 in d-Moll tönte sanft aus den Lautsprechern. Eine alte Aufnahme der Wiener Philharmoniker aus den 70ern mit Friedrich Gulda. Ein großartiger Musiker, dachte er. Warum hatte Gulda nur immer dieses Juden-Mützchen aufsetzen müssen? Gulda war kein Jude. Österreicher, Großdeutscher. Egal. Er lauschte Guldas Klavierspiel und nippte an seinem Whisky, einem Single Malt, dessen gälischer Name ihm unaussprechlich erschien. Das Handy fiepte kurz. Genervt nahm er es zur Hand. 21:44 Uhr. Doch seine Laune besserte sich schnell: Die SMS brachte gute Nachrichten. Schmidt ist also erledigt. Wunderbar. Ein Mitwisser und potenzieller Störenfried weniger. Wenn alles nach Plan lief, würde er schon am Dienstag auf dem Weg in den sonnigen Ruhestand sein. Das würde er sich auch verdient haben. Genüsslich prostete er Mozart und Gulda zu.

XXXIII

Die drei bogen von der Landstraße auf die Autobahn ein. Martin, der am Steuer saß, sah zu Ziggy hinüber: „Wollten wir Spitzbart nicht am Leben lassen? 'Für Infos und so'?" Ziggy grunzte. „Scheiß egal. Wenn er uns jetzt nicht die Wahrheit gesagt hat, dann hätte er es auch später nicht getan. Und was hätten wir lebend mit ihm anstellen sollen? Ihn zur

Polizei bringen? Bei seiner Mama abliefern? Wenn er uns mit der SMS-Botschaft angelogen hat, dann werden wir das morgen mitbekommen. Der Typ war ein Anfänger. Hat sofort zu plaudern begonnen." Martin lachte: „Naja, was heißt sofort... Du hast ihn ja vorher ausreichend bearbeitet." „Das war gar nichts. Was glaubst Du, was die Taliban mit ihm gemacht hätten?! Wochenlange psychische und physische Folter! Das war kurz und schmerzlos. Gebluff und hoffentlich gewonnen." Ziggy kramte eine Zigarette hervor und zündete sie an. Das war das Startzeichen für die anderen beiden: Zwei weitere Bic-Feuerzeuge sorgten für genügend Dampf im Miet-BMW.

Ziggy lehnte sich genüsslich zurück: „So, dann wollen wir mal schauen, mit wem wir es zu tun haben. Diese Dilettanten haben ja brav alle ihre Geldbörsen mitgenommen..." Ziggy kramte in den erbeuteten Börsen drei Personalausweise hervor. „Kalle Barkow hieß unser Spitzbart. Kalle, nicht Karl. Allee der Kosmonauten 99. Das is Marzahn. Da schaun wir uns mal um. Die beiden anderen Idioten sind nicht so wichtig. Wartet mal..." Ziggy kramte im Proviantbeutel herum und beförderte drei Flaschen Flens hervor, die er der Reihe nach aufploppte und verteilte. „Na, denn: Prost!" „Prost!" „Cheers, ihr Killer!" kam es kreischend von hinten.

Martin fuhr auf den östlichen Berliner Ring und nahm kurz darauf die erste Ausfahrt. Auf der Blumberger Chaussee näherten sie sich nun von Nord-Osten kommend Marzahn. Nach einigen Kilometern waren sie auf der Märkischen Allee, zehn Minuten später fuhren sie auf der Alle der Kosmonauten entlang – ein gewaltiges Plattenbau-Konglomerat türmte sich vor ihnen auf, neben dem sich Hochhaussiedlungen anderer deutscher Großstädte eher possierlich ausnahmen. Von der Allee führten parallel verlaufende Zufahrtsstraße zu den Wohnhäusern. Nummer 99 war ein Plattenbau mit pastellfarben gestrichenen Balkonen. „Mann! Da will ich nicht tot überm Zaun hängen!" meldete sich Sven aus dem Fonds des BMWs zu Wort. Ziggy reagierte sauer: „Was soll das, du Arsch?! Wo sollen die Leute mit wenig Geld denn sonst wohnen? Am Prenzlberg oder in München? Salon-Linker!" „Oooch, hört mal, da spricht unser Arbeiterführer!" konterte Sven: „Sorry, aber die Stadtplanung der SED-Idioten war einfach beschissen." Ziggy ließ nicht locker: „Das war in den 50ern und 60ern revolutionär: Wohnungen mit Bad, Toilette, Heizung.

Hier haben Arbeiter der Stirn und der Faust gemeinsam gelebt. Das war gelebte Solidarität." „Jaja, die mit der Stirn haben nach der Wende gleich Reißaus genommen. Und die mit der Faust haben sich gegenseitig in die Fresse geschlagen. So viel zur Solidarität. Funktioniert eben nur in der Not – Mangelwirtschaft und Unterdrückung. Und in der Hälfte der Wohnungen dort haben Stasispitzel residiert, die ganz solidarisch mit dem ollen Mielke ihre Nachbarn ausspioniert haben." „Der Gedanke des Sozialismus ist gut, die Architektur war revolutionär, außerdem…" „Pahhh! Du kannst den Gedanken nicht von der Tat trennen und die war totalitär repressiv, und..." Jetzt platzte Martin der Kragen: „Haltet jetzt mal die Klappe!" entfuhr es ihm: „Sorry, aber was machen wir denn jetzt?!" Ziggy räusperte sich: „Ähem… Lass uns dort hinten parken und zu 99 zurücklaufen." Sven murmelte noch was von „Naivität" und „architektonischer Zwangspädagogik" ließ es aber dann gut sein, als Martin den Wagen in eine Parklücke steuerte und den Motor abstellte.

Die drei stiegen aus und bevor sie noch die Wagentüren zugeschlagen hatten, zündeten sie sich die nächste Kippe an. „OK…" Sven setzte sich in Bewegung „…Rock n Roll!" Die drei gingen zu Nummer 99 vor. Zu dritt glotzten sie auf das riesige Klingelbrett. „Barkow, Barkow, Barkow…" murmelte Sven. „Ruhe!" zischte Ziggy: „Muss ja nicht jeder wissen, wo wir hin wollen!" „OK, OK, Mann…" Martin hatte das Klingelschild entdeckt: „Hier! Sechster Stock." Ziggy kramte Kalles Schlüssel hervor und schloss die Haustür auf. Dann betraten sie Nummer 99. Der Lift stand bereit und sie fuhren hoch in die sechste Etage. Sven summte im Gedenken an die Blues Brothers im Aufzug „Girl from Ipanema" und erntete von Ziggy und Martin ein wissendes Lächeln. Dann waren sie in der sechsten Etage angekommen. Langer Flur rechts, langer Flur links. Sie schlichen erst links entlang – kein Barkow. Dann wieder zurück und nahmen sich den anderen Teil des Flurs vor. Die vorletzte Wohnung war es.

XXXIV

Ziggy und Martin lauschten – der Fernseher lief. Die drei wechselten Blicke. Alle zogen ihre Pistolen hervor. Ziggy nahm Anlauf, um die Tür einzutreten. Doch Sven war schneller und drückte auf die Klingel.

„Spinnste!?" fluchte Ziggy aufgebracht, doch Sven wehrte ab: „Das is ne Game Show. 22:30. RTL2 oder VOX, oder so…" Die Tür öffnete sich. Ein Mädchen, blonde, lange, glatte Haare, Ring in der Nase, grauer enger Jogging-Anzug, barfuß, höchstens 20 öffnete: „Was wollt ihrn?" „Hi! Is Kalle da? Sind um elf verabredet", log Sven. Das Mädchen taxierte misstrauisch Svens Dreadlocks: „Nö. Is noch nicht da. Is schon ne ganze Weile nicht da. Der Typ hat ja lustige Freunde… Na, kommt rein, Jungs. Könnt ja in seim Zimmer warten. Bier ist im Kühlschrank. Ich glotz noch." Damit zog sie Arsch-wackelnd den Rückzug auf die Fernseh-Couch im Wohnzimmer an.

Sven dirigierte die anderen beiden herein und lotste sie in Kalles Zimmer, das in der Zwei-Raum-Wohnung nur rechts vom TV-Wohnzimmer abgehen konnte. Er schlenderte durchs Wohnzimmer Richtung Küche und öffnete den Kühlschrank. Im untersten Fach stapelte sich Berliner Kindl. Sven verzog das Gesicht, nahm sich aber dennoch drei Flaschen, öffnete zur Kontrolle das Gefrierfach (nur Eiswürfel-Box),schloss den Kühlschrank und schlenderte an der Fernseh-Couch das Mädchen anlächelnd, das aber nur Augen für den Bildschirm hatte, vorbei durchs Wohnzimmer Richtung Kalles Zimmer. Als er die Tür hinter sich zugezogen hatte, stellte er die Flaschen ab und schaltete Kalles CD-Player ein. Aus den Boxen schrien die Bösen Onkels „Bomberpilot" aus den 80ern, was Sven zu dem Kommentar verleitete: „Die waren später links." Ziggy: „Das glaubst auch nur du…" Martin: „Die waren doch 2009 mit Motörhead in Berlin…" Ziggy: „Ne, nur der Bassist und Texter. Schlimm genug, dass Lemmy sich auf so was einlässt." Martin: „Ich glaub, dass is Lemmy scheißegal, welche Schwuchtel da bei ihm als Vorgruppe rumturnt." „Stimmt." „Hast ja recht…"

Die drei sahen sich in Kalles Zimmer um, das eher an ein „Jugend-Zimmer" aus einem 80er-Jahre-Katalog von Möbel Irgendwas erinnerte als an eine Neonazi-Höhle. Poster von Musik-Bands, ein schwarz-furniertes Bücher-HiFi-Regal, ein schwarz-furnierter zweitüriger Schrank, ein Auszieh-Sofa, auf dem bereits Ziggy Platz genommen hatte, vorm Fenster ein Schüler-Schreibtisch mit Laptop. „Laptop", stieß Ziggy hervor. Die anderen nickten. Martin überflog die wenigen Buchtitel im Regal. Schul-Pflichtlektüre, eine sichtbar unberührte zehnbändige

Goethe-Gesamtausgabe, fünf komplette Jahrgänge GQ, „Mein Kampf" von Opa – auch unberührt, hmm... Ansonsten standen keine Bücher im Regal, sondern Modell-Autos (Mercedes Silberpfeil, roter Ferrari) und Urlaubssouvenirs (silberne Plastikgondel aus Venedig, lustige Harzer Hexe, „Personendampfer Pirna" auf einem Sockel aus original Sandstein aus der Sächsischen Schweiz). Sonst? Nix. Sven schlug die Schranktüren zu: „Nix."

„Bier austrinken, Laptop einpacken und ab die Post!" schlug Ziggy vor. „Moment..." Martin durchwühlte noch die Schreibtischschubladen. „Schau mal hinter dem Sofa." Ziggy stand auf und rückte das Sofa zur Seite: „Nix." Tastete zwischen den Polstern herum, zog das Sofa aus: „Nix." Hmm... Martin: „Ich schau mal aufm Klo nach..." Sven: „OK. Wir gehen dann schon mal raus. Vielleicht sitzt die Kleine mit ihrem süßen Arsch auf Görings Nazi-Gold." Ziggy öffnete die Tür und rief in Richtung Glotze: „Wir gehen dann mal. Kalle is verschollen." Die Schwarzhaarige drehte sich kurz um und ließ ein beiläufiges „OK" vernehmen. Martin warf noch ein: „Kannste mal auf ZDF schalten. Müsste jetzt Sportstudio kommen. Wie hat denn Hertha gespielt." Von der Couch kam ein genervtes stöhnen. Dennoch wurde auf ZDF umgeschaltet. Martin nutzte die Gelegenheit und verschwand auf die Toilette.

Martin sah sich kurz um: Waschmaschine, Klo, Waschbecken mit Unterschrank, Hängeregal mit Handtüchern. Auf der Ablage unterm Spiegel: Toiletten-Artikel für ihn und sie. Martin untersuchte die Waschmaschine. Öffnete die Waschmaschine, schaute dahinter, im Unterschrank waren nur Putzmittel, Klopapier und Slip-Einlagen für das Mädchen. Im Wasserkasten des Klosetts war nur Wasser. Tja, dann blieb nur noch eins... Und tatsächlich: Martin nahm die vier Kachel große Abdeckung des Wannenmantels ab, fingerte in dem Hohlraum herum und bekam etwas Weiches zu packen. Das Versteck is genauso billig wie meine Kaffeedose, dachte er, als er die Hand wieder vorzog. Er öffnete das Bündel: Eine Pistole (weitere P99), eine CD-ROM, sorgsam eingewickelt in einer Reichskriegsflagge. Wie schön... Aus dem Wohnzimmer drang schrilles Geschrei (sie) und dumpfes Gelächter (Ziggy). Martin drückte die Abdeckung wieder fest, drückte die Spülung und entriegelte die Tür. Als er heraustrat, traute er seinen Augen nicht:

Ziggy wirbelte im Stil eines Rock n Roll-Tänzers das Mädchen durch die Luft, während Sven die Fernseh-Couch auseinandernahm. Ziggy grölte: „Brauchst gar nich so zu kucken – Conny hat nicht geglaubt, dass ich sie mit einer Hand hochheben kann…" Währenddessen drückte Sven kopfschüttelnd die Polster wieder in die Couch. Ziggy ließ von der quietschenden Conny wieder ab und warf sie sanft zurück auf die Couch. Martin: „Haha… Conny?! OK. Ab die Post, Jungs!"

Im Fahrstuhl auf dem Weg abwärts grinsten die drei sich breit an, als Martin ihnen die Reichskriegsflagge mit Inhalt präsentierte. Ziggy: „Süß war die kleine Nazi-Schlampe aber schon." „Ja, schon…", pflichtete Sven bei. Martin: „Und was jetzt?" „Siegerbierchen?" schlug Sven vor. „Siegerbierchen!" stimmten die anderen zu.

XXXV

23:45 Uhr. Aral-Tankstelle, Frankfurter Allee. Sven stieg aus und holte drei Flens. Martin hatte den BMW bei den Staubsauger-Automaten geparkt. Im Halbdunkel prosteten sie sich zu und ließen das kalte Bier die schon wieder sehr trockenen Kehlen hinunterlaufen. „Ahhh!" kam es dreifach. Martin streckte wohlig die Beine zwischen den Pedalen aus: „OK, Jungs. Wir haben drei Morde auf dem Gewissen und eine putzige Nazi-Blondine kennengelernt, die ins Klischee passt. Wir wissen, dass sich morgen in Carinhall die Obernazis treffen; dass ein Anschlag geplant ist; dass die Berliner NSF-Zelle ausgelöscht ist; dass wir ne CD mit neuen Infos haben – was nun?" Alle drei nahmen nochmals einen tiefen Schluck und dachten dabei angestrengt nach.

„Hmmm…" kam es von hinten. Ziggy: „Dave soll sich die CD anschauen. Wir gehen morgen zum Treffen. Falls uns Kalle Blödsinn erzählt hat, laufen wir da in einen Hinterhalt, aber das müssen wir riskieren. Können uns ja absichern." Martin: „Ich muss erst mal nach Hause, umziehen und in die Badewanne." Sven: „Negativ. Zu gefährlich. Sowohl die Bullen als auch die Nazis könnten da warten." Martin: „Welche Nazis?" Sven: „Na, was, wenn der NSF-Zelle mehr als drei Leute angehören und noch welche vor deiner Haustür warten?!" Martin: „Tja…" Sven: „Kannst auch bei mir in die Wanne steigen." Martin: „OK. Warum Bullen?" Ziggy: „Falls die dich am Leipziger Flughafen auf der Überwachungskamera haben, bist du fällig. Wahrscheinlich waren die Bullen auch schon bei dir zu Hause. Is zu unsicher. Besser zu Sven. Bis die Reste von Fingerabdrücken oder DNS von deiner Kotze am Liepnitzsee nehmen und identifizieren, können noch n paar Tage vergehen. Aber Leipzig is scheiße." Martin „OK…" Sven: „Jo, Marty, is sicherer. Kein Risiko eingehen." Martin „OK…"

Sie fuhren weiter nach Friedrichshain. Martin parkte vor Svens Haus in der Rigaer Straße. „Was ist eigentlich mit dem Mietwagen? Kann man den nachverfolgen und orten?" Ziggy: „Klar. Haste mit Kreditkarte gezahlt und die sind alle mit GPS zu orten. Park mal n paar Straßen weiter." Martin parkte wieder aus, um zwei Blocks weiter in eine freie Parklücke zu stoßen. Die drei stiegen aus und nahmen ihre Arbeitsgeräte mit. Es hatte sich weiter abgekühlt und sie gingen schnellen Schritts zurück. Und stiegen die Treppen zu Sven Wohnung hoch. Auf dem Treppenabsatz saß Dave und grüßte sie mit einem stummen Kopfnicken. Ihre Haare bedeckten Brille und Nase, so dass der Gruß nur aus einer Bewegung ihrer Mähne bestand.

„Rinn in die jute Stube!" Sven schloss die Tür auf, der Rest trat ein. Als sie in Svens Wohnzimmer wieder im Kreis auf ihren Sitzkissen saßen und Bier tranken, reichte Martin Dave die CD. Sven kommentierte: „Drei erledigt. Das ist die Ausbeute. Morgen Nazi-Treffen in Carinhall. Wir sind dabei." Dave hatte schon ihren Laptop hochgefahren und schob die CD ins Laufwerk: „Der Rechner von Malkowski hat nicht viel hergegeben", hauchte sie: „Er hat wohl auch über das morgige Treffen Bescheid gewusst und Maria darüber berichtet. Dass die NVP die NSF finanziert hat, kann man aus dem Material, das er Maria geschickt hat, belegen. Allerdings kannte Malkowski nicht die Klarnamen, also die Identitäten, die hinter den Verantwortlichen der NSF stecken. Malkowski vermutet gegenüber Maria allerdings, dass ein gewisser 'Führer', der den Anschlag koordiniert, aus der bürgerlichen Ecke kommt und kein NVP-Funktionär oder Mitglied ist." Für ihre Verhältnisse redete sich Dave gerade in einen wahren Rausch. „Das Geld für die NSF wird ganz banal auf NVP-Konten eingezahlt und bar über EC-Karten und Partner-EC-Karten abgehoben, die an die NSF weitergegeben wurden – früher persönlich, später dann anonym über tote Briefkästen. Malkowski wusste nicht, ob es heute noch persönliche Kontakte zwischen NVP und NSF gibt. Die beiden Organisationen könnten also heute auch völlig getrennt voneinander existieren." Martin staunte über den unerwarteten Redefluss der ansonsten so einsilbigen Dave, die aber angestrengt und gut vorbereitet fortsetzte: „Zig Ortsgruppen der NVP könnten also anonym der NSF EC-Karten zur Verfügung gestellt haben und so den Untergrund finanzieren, ohne persönlichen Kontakt mit den NSF-Leuten aufnehmen zu müssen. Wie die EC-Karten weitergegeben wurden, weiß Malkowski nicht. Logischerweise muss es aber auf höchster Ebene dennoch Verbindungen zwischen beiden Organisationen geben, wobei diese Personen nicht Mitglied der beiden sein müssen, sondern wohl als 'nationale Sympathisanten' ganz unauffällige Mitglieder der Gesellschaft sind." Dave blickte Martin an. Ihre Augen waren graublau. Ihre Nase eigentlich ganz hübsch, spitz, aber nicht zu lang, das Gesicht jungenhaft. „Der 'Führer' könnte also sowohl die Bundeskanzlerin als auch irgendein Rentner in Castrop-Rauxel sein. Bereits vor oder seit der Wende bestehen Kontakte in den Nahen Osten, wo die militärische Ausbildung der NSF-Rekruten stattfindet. Die Rekrutierung selbst läuft über NSF-Leute, die sich unauffällig in der Szene bewegen und auf Nazi-Konzerten oder NVP-Treffen mögliche Kandidaten sichten, ohne dass die NVP explizit davon Bescheid weiß. Es gäbe innerhalb der NVP Vermutungen, wer NSF-Kontakte unterhält, aber es sei ungeschriebenes Gesetz, dass diejenigen keine NVP-Mitglieder sein dürfen. Das System hat sich über die Jahre verselbständigt und keiner weiß mehr, wer eigentlich die Fäden in der Hand hat."

Sven starrte Dave ziemlich dümmlich mit offenem Mund an, Martin hatte die Augen geschlossen und dachte wohl an Maria (oder Daves Nase?), Ziggy blies Rauch aus und hob die Hand: „Hä!? Versteh nur Bahnhof..." Dave rollte mit den Augen und schaute kurz an die Decke, um Apollon um Nachsicht für ihre vertrottelten Freunde zu bitten: „Also: Biste jung, kräftig, nicht total bescheuert, inner NVP, warst mal aufm Ideologie-Seminar oder beim Schieß-Training mit den Genossen. Mit der Zeit spricht sich rum, dasste n super Jung-Nazi bist und schon mal n paar Ausländer und Linke beim Fußballspiel verkloppt hast. Das kriegen auch die Führer der NSF oder die Verbindungsleute des Inner-Circle's des

NVP-Vorstands mit oder frühere Vorständler, die aber immer noch NSF-Kontakte haben", fuhr sie entnervt fort, wobei ihre Stimme von heiser zu heiser-krächzend changierte: „Irgendwann spricht dich einer inner Kneipe oder vor der Haustür an und fragt dich, obste nich Lust hättest mal bei nem Spezial-Training mitzumachen. Das organisieren wohl die Zellen-Führer. Erst biste dann beim Gotcha-Schießen im Wald irgendwo in Meck-Pomm, und dann biste schon irgendwo in Syrien oder im Iran und schießt auf jüdische Pappkameraden. Kommst zurück, führst n Doppelleben oder tauchst innen Untergrund ab." Martin: „Was heißt Untergrund? So wie die RAF früher?" Dave schob sich die Brille auf die für Martin immer hübscher werdende Nase: „Ja. In etwa. Wurden ja auch von der SED-DDR unterstützt. Hauptsache Anti-Bundesrepublik, anti-jüdisch und so weiter... Die Gründer der NSF waren wohl auch Ex-DDR-Geheimdienstler, die die Kontakte in den Nahen Osten weiter gepflegt haben."

„Puhhh!" entfuhr es Sven: „Meine schlimmsten Verschwörungstheorien haben sich soeben wieder einmal bestätigt. Cool!" Martin öffnete seine Augen und blickte Dave an, die schon wieder auf ihrem Laptop herumhackte: „Erwähnt Malkowski irgendwo den Tagesanzeiger, deren Chefredaktion oder Verlagsleitung in Zusammenhang mit der NSF?" Dave: „Nein. Aber Malkowski hat Maria gewarnt, dass sowohl NVP als auch NSF von ihren Recherchen Wind bekommen hätten. Sie hatte wohl lange gegraben, bis sie auf einen redefreudigen Top-Funktionär wie Malkowski gestoßen ist. Das blieb nicht geheim." Martin: „Ja, das Thema NVP hat sie schon seit Jahren behandelt. Und wenn Du als Journalist im NVP-Milieu recherchierst oder nur auf einem ihrer Parteitage warst, bist du schon auf der schwarzen Liste." Dave: „So isses. Aber Maria war wohl die erste Journalistin, die nicht nur an der Oberfläche gekratzt hat, sondern tiefer nach innen vorgedrungen ist. Laut Malkowski hat der Verfassungsschutz über seine V-Leute in die NVP nur Ahnungen und Gerüchte aufgeschnappt, während er Maria handfeste Beweise an die Hand gegeben hätte – alten Brief- und Email-Verkehr. Leider sind die Absender der NVP zwar noch auffindbar oder am Leben, aber die Adressaten nicht mehr identifizierbar. Aber diese Belege würden ein NVP-Verbot unausweichlich machen und somit den über die Jahre organisch gewachsenen Geldfluss zur NSF stoppen. Das Nazi-System wäre auf lange Zeit erst mal gelähmt."

Organisch gewachsen... Martin nahm einen Schluck Bier. Das wäre ein perfektes System. Möglicherweise hatte nur der Kopf des Systems den Überblick über alle personellen und finanziellen Verästelungen, die über die Jahre zwischen NVP und NSF gewachsen waren. Ein aus Gewohnheit eingespieltes System der Organisation, Rekrutierung und Finanzierung, das nach Jahren der Anonymität für gewöhnliche Teilnehmer des Spiels nicht mehr zu durchschauen war. Nur das Master-Mind an der Spitze hielt noch alle Fäden in der Hand und konnte sich im Labyrinth des Nazi-Terrors zielstrebig bewegen.

Ziggy setzte seine Bierflasche ab und spannte zum Beweis seiner Entschlossenheit die Muskeln seines Oberkörpers an, was sein Körpervolumen schlagartig um ca. 33 Prozent vergrößerte: „OK. Wir gehen da morgen hin und holen uns diesen 'Führer'!" „OK!" „OK!" „Moment!" kam es von Dave: „Das ist kein Mega-Auflauf oder irgend son Nazi-Konzert, wo ihr unter n paar Hundert Leuten untertauchen könnt, sondern ein kleines Treffen zwischen NSF-Führung und einigen ausgewählten NSF-Zellen, die den Anschlag – die Operation Göring – ausführen sollen. So ne Art Motivationstreffen, Ehrung der Auserwählten, und Übergabe des Einsatzplans unter Hochsicherheit. Die werden alle bis an die Zähne bewaffnet sein. Also: höchste Vorsicht!" Ziggy: „Coole Sache!" Sven: „Super Cool!" Martin: „Mhhh!"

Als die anderen sich zurückgezogen hatten und sich Martin die Sitzkissen für sein Nachtlager zurecht gelegt hatte, senkte sich bei ihm auch der Testosteron-Pegel und das Adrenalin-Niveau des frisch geborenen Killers. Der heutige Tag war noch glimpflich für ihn verlaufen. Ziggy hatte alle Probleme aus dem Weg geräumt. Morgen würde er nicht mehr in Deckung gehen können. Martin löschte das Licht und legte sich auf sein Nachtlager.

Es war dunkel. Durch das Fenster drang etwas gelbliches Licht von den Straßenlaternen hoch und warf sich an die stuckverzierte Zimmerdecke. Leise öffnete sich die Tür. „Sven?" Die Tür schloss sich wieder leise. Er hörte drei, vier Schritte und drehte sich um. Jemand stand über ihm. „Was..." „Schhh...", krächzte es leise, „halt die Fresse und leg dich wieder hin. Ich mach schon." Dave! Hatte sie bemerkt, dass er sie dauernd angeglotzt hatte, ihre Nase hübsch fand, sie gerne sprechen hörte? Schnell und leise warf sie ihre Sachen ab und öffnete den Reißverschluss von Martins Schlafsack. Sanft legte sie sich auf ihn um dort regungslos zu verharren. Kopf an Kopf, Bauch an Bauch. Fünf Sekunden, zehn Sekunden… Martin überlegte: OK, das fühlt sich immerhin warm an. Es ist Dave, nicht Maria, Dave, nicht Maria… Nicht mehr. Nicht mehr alleine. Ein anderes menschliches Wesen ist mir nahe. Toll! Aber etwas Bewegung würde nicht schaden… Zumal er eine außergewöhnliche Erektion spürte. Vorsichtig nahm er Daves Kopf in die Hände und küsste sie. Langsam, sehr zögerlich erwiderte sie seinen Kuss. Ein langer Kuss. Intensiv. Katzenzunge – rau und trocken. Dann wollte er sie unter sich bringen, doch Dave ließ es nicht geschehen. Sie entwand sich seiner Umklammerung, warf die Oberseite des Schlafsacks zur Seite und kroch tiefer, hin zu seiner wunderbaren Erektion. Martin wähnte sich im Traum. Wie schön: Eine anorektisch-androgyne Antifa-Nerd wollte ihm einen blasen. Mit Zähnen, dann ohne Zähne, mit Zähnen, dann ohne, sanft, dann härter, sanft, dann wieder härter… Warum nicht… und ließ es geschehen. Langsam, dann schneller begann das laute Atmen, er stöhnte, explodierte. Es funkelte hinter seinen Augenlidern. „Und jetzt Du", hauchte sie und spuckte sein Sperma im gleichen Atemzug auf Svens Parkettboden, oder seinen Schlafsack? Martin brauchte einige Sekunden bis er runterkam, das Funkeln nachließ und begriff, was sie wollte. Dave ließ sich nun leicht wie eine Feder auf den Rücken drehen und Martin legte sich zärtlich zwischen ihre Schenkel, um sie zu lecken. Daves Klitoris war angeschwollen, seine Zunge fühlte, sie schmeckte angenehm, es roch gut, es war weich, warm und feucht, sie wand sich, drückte seinen Kopf, krallte sich in seine Schultern, stöhnte leise. Martin streichelte, fühlte ihren Körper, Rippen, kleine feste Brüste, dünne Arme, Schenkel, knochiger Körper, er bekam eine weitere Erektion, sie atmete schneller – aber leise, heißer natürlich, aber unmerklich. Sie spürte den sanften Druck seiner Zunge, das Pulsieren, das immer stärker wurde, langsam krampfte sich in ihr alles zusammen, langsam, langsam wogte es in ihrem Körper, dann langsam immer schneller, dann brach es los, wie eine riesige Welle, der immer kleinere Wellen folgten. Sie krallte sich in seine Oberarme. Alle zufrieden. Glücklich. Seelig. Ausatmend.

Gelassen. Erholt. Schön. Wunderbar. Göttlich. Schweigend hielten sie sich umklammert, auch noch lange nachdem sie eingeschlafen waren. Dann war sie weg. So lautlos wie sie gekommen war. In einer Wachphase besann sie sich. Aber er wusste, dass er mit ihr verbunden war. Einmal zumindest. Sex. Banal. Aber inniger ging es nicht. Noch als Martin sich in seinen Schlafsack kuschelte und den nassen Sperma-Spucke-Fleck an seinem Rücken spürte, wusste er, dass es noch einen Menschen gab, der mit ihm fühlte. Die Trauer um Maria blieb. Doch die Einsamkeit war verschwunden. Sein Hass war pur. Wahnsinn, was ein nasser Fleck bewirken kann...

XXXVI

Sonntag, 18. März 2012, 11 Uhr 23 zeigte Martins neues Handy an. Türenschlagen, Küchengeräusche und der Duft von frisch gebrühtem Kaffee hatten ihn aus einem tiefen Schlaf geweckt, der voller wilder Verfolgungsjagden, fremder und bekannter Gesichter, sonderbaren Gefühlen und merkwürdiger Farben gewesen war. Was blieb war eine Erektion. Morgenlatte. Dave hatte ihm etwas gegeben. Etwas Schönes. Sex. Nähe. Ablenkung von der Trauer, der Einsamkeit. Mehr nicht. Oder doch? Wieder etwas Hoffnung. Leben – als ein Entlanghangeln von Hoffnungsschimmer zu Hoffnungsschimmer. Eine etwas anstrengende Lebensstrategie...

Martin träumte immer intensiv, konnte sich aber morgens nie an seine nächtlichen Erlebnisse im Detail erinnern. Zwei Welten. Den Schlaf mit seiner Traumwelt liebte er. Er freute sich nachts aufs Schlafen. Auf das Eintauchen in die andere Welt. Die surrealen Bilder. Die intensiven Visionen und Gefühle. Das Haarsträuben und unterbewusste Wundern über die Wendungen des Geschehens, die abrupt wie in einem David Lynch-Film einsetzten. Vorbei. Aber Dave war wahr gewesen. Martin blickte an die Decke. Er starrte die Stuck-Verzierungen der Altbau-Decke an, von der eine nackte Energiesparlampe baumelte. Der verstümmelte Körper Marias kam ihm in den Sinn. Die kopflose Leiche des jungen Nazis. Die von Ziggys Schlägen verschwollene Fresse Kalles. Martin schloss die Augen. Bislang waren rüde Blutgrätschen, ausgefahrene Ellbogen oder der Kopfstoß von Zidane die gewalttätigsten Erlebnisse seines Sportjournalisten-Daseins gewesen. Innerhalb weniger Tage hatte er nun einen Gewalt-Exzess nach dem anderen erlebt. Und überraschend gut weggesteckt. Na, denn... Die Morgenlatte war komplett erschlafft.

Martin rappelte sich auf und schlurfte in die Küche, um den Kaffee-Duft auf den Grund zu gehen. Mama Sven war wieder in Aktion und wirbelte unaufhaltsam zwischen Herd, Anrichte, Kühlschrank und Küchentisch hin und her. Heute wieder in seinem The-Clash-T-Shirt. „Moin, Marty! Na? Gut geschlafen?" „Ja. Tief und fest." Martin ging zum Herd und griff nach der Mokka-Kanne. „Moment, Marty. Ich schäum nur schnell die Milch auf." „Danke, nicht nötig." Doch Sven war schon mit dem Bialetti-Milchaufschäumer zur Stelle. „Na, komm: Wenn schon, denn schon!" Martin lachte verlegen, als ihm Sven ein perfektes Milchhäubchen auf seinen Mokka setzte. „Küche macht Dir Spaß, hmm?" „Ja, wollte auch mal Koch werden, hab dann aber doch Geschichte studiert. Humboldt-Uni." „Fertig?" „Nö. Außer Essen mach ich nie was fertig. Kein Bock drauf. Hätte eben doch Koch werden sollen." „Mhh..."

Martin und Sven setzten sich mit ihren Kaffee-Tassen an den Küchentisch. Martin beschloss Sven auszufragen, so konnte er sich die Lektüre der frisch gekauften Geschichtsbücher sparen. Alter Journalisten-Trick: profitiere vom Wissen anderer, um dir schnell und effizient ein solides Viertelwissen anzueignen. Martin fing an, seinen Interview-Partner zu locken: „Das System, dass die Nazis aufgebaut haben, ist ziemlich clever. Wenn es wirklich 'organisch gewachsen' ist, wie Dave es gestern formuliert hat, dann ist es nach der jahrelangen Anonymisierung kaum mehr zu durchschauen." Sven war ein dankbarer Interview-Partner: „Ja, das hat der Nationalsozialismus in sich. Aber auch andere totalitäre Systeme. Aber niemand hat das Führer-Prinzip so perfektioniert wie Hitler." „Das Führer-Prinzip?" Sven genoss die Aufmerksamkeit, die ihm Martin zuteilwerden ließ und strich sich genüsslich seinen Bob-Marley-Bart: „Ja. Das Führer-Prinzip. Hitler hatte alle Aufgaben mehrfach delegiert, alle Funktionen auf verschiedenen Positionen mehrfach besetzt. Staatsbeamte, Partei-Apparatschiks und Uniformierte aus SA, SS und Wehrmacht kamen sich so ständig in die Quere. Auf den unteren Ebenen herrschte so ein ständiger Kompetenz- und Machtkampf, der Hitlers Macht und Unantastbarkeit immer stärker beförderte." „Wie das?

Das muss ja das reinste Chaos gewesen sein?" „War es auch. Aber es hat funktioniert. Die Energie, die für die täglichen Reibungsverluste untereinander draufging, konnten seine Untergebenen nicht gegen ihn einsetzen. Dafür waren sie zu sehr mit sich und untereinander beschäftigt. Hitler schwebte über den Chaoten und trat allenfalls als Schlichter zwischen den konkurrierenden Parteien auf. Somit stärkte er seine Macht als letzte Entscheidungsinstanz, als Führer eben." „Beispiel?" Sven trank mit etwas manierierter Fingerhaltung von seinem Kaffee: „Propaganda: Joseph Goebbels war Propaganda-Minister – Staatsamt, Alfred Rosenberg war für Partei-Ideologie zuständig – Partei-Amt, für die Kommunikation im Heer war die Wehrmacht zuständig. Aber die Wehrmacht unterstand wiederum nicht nur dem Kriegsminister Wilhelm Keitel, sondern auch dem Reichluftfahrtminister Hermann Göring. Göring wiederum kam Goebbels bei Theater und dem Rundfunk in die Quere. Aber auch Außenminister Joachim von Ribbentrop war angearscht: Einerseits schickte Hitler Göring auf heikle außenpolitische Missionen, was die Autorität Ribbentrops untergrub, andererseits mischte sich Goebbels auch gehörig in die Auslandspropaganda ein. In jedem Ressort das gleiche Chaos. Kannste in deinen Büchern bei Martin Broszat oder Norbert Frei nachlesen. Oder in Goebbels Tagebüchern: Da beschwert er sich fast täglich über irgendjemanden, der ihm wieder bei irgendwas in die Quere gekommen ist. Wer sollte etwa in den besetzten Gebieten für die NS-Propaganda zuständig sein? Ein ewiger Machtkampf unter Hitlers Schergen..."

Sven nahm wieder einen Schluck und zündete sich eine Zigarette an. Martin war zufrieden. Wer gefragt wird und sein Wissen mitteilen kann, tut dies doppelt gern – aus Mitteilungsbedürfnis und aus Eitelkeit. „Das bedeutet, dass auch bei NSF und NVP das Führer-Prinzip herrscht?" „Ja, aber nicht so offen wie im NS. In der demokratischen Bundesrepublik müssen sie es anonym und intransparent gestalten. Geht ja nicht anders. Dem NVP-Parteivorstand kommt jedoch nur eine untergeordnete Rolle zu. Das sind wahrscheinlich nur Strohmänner irgendwelcher Nazi-Kapitalisten, die sich ab und an beim Rotwein in der Villa-Soundso zusammensetzen, von Opas Zeiten schwadronieren und nebenher Gelder aus ihren Unternehmen in die NVP pumpen. Hat deine Maria ja beschrieben, wie das läuft. Da gibt es Konten, die nicht der NVP gehören, aber von denen sie sich bedient, wie die NSF. Und sicher werden die meisten Kampagnen, Seminare, Schulungen, Wehrsport-Ausflüge von irgendjemandem bezahlt, aber nicht von der NSF. Würde mich nicht wundern, wenn der alte Adel, der damals schon Wehrmacht, DNVP und NSDAP bevölkerte, auch heute noch aktiv antidemokratisch unterwegs ist. Zeig mir doch mal heute einen ʼvon-Irgendwasʻ, dessen Opa zwischen 33 und 45 nicht Dreck am Stecken hatte. Bähhh…" Martin zündete sich auch eine Kippe an, lehnte sich zurück und blies nachdenklich den Rauch aus: „Na, gut, aber das ist nicht nur beim Adel so. Jeder kleine Beamte war NSDAP-Mitglied, jeder, der beruflich ein paar Schritte nach oben machen wollte. Mein Opa war als Finanzbeamter auch in der NSDAP. Vor 33 hat er SPD gewählt, nach 45 auch wieder." „Typisch – außen rot, innen braun. Wie die Kommunisten. Hat Jürgen Falter schon früh beschrieben, die Wählerwanderungen in der Weimarer Republik. An der Wahlurne sind die Leute mal zur SPD zur KPD und dann zur NSDAP gehopst. 1949 hammse im Westen dann wieder alle brav demokratisch gewählt. Und, dass Adenauer alle NSDAP-Mitglieder und Mitläufer wieder so schön integriert hat, hat die CDU dann 20 Jahre lang an der Macht gehalten." „Also doch nicht nur der Adel?" „Nein, nicht nur der Adel hat NSDAP gewählt. Aber der Adel konnte durch seinen Opportunismus und vorauseilenden Gehorsam sein Kapital und seine Großgrund sichern, seine Fabriken und Ländereien. Die Unterstützung brauchte Hitler einerseits, um eine gewisse Kontinuität in der Wirtschaft beizubehalten, und um andererseits die Industrie auf die Kriegswirtschaft umzupolen. Und davon haben Adel und Großkapital am meisten profitiert. Die Großaktionäre der Stahl- und Waffenschmieden haben alle ein ʼvonʻ im Namen – zumindest die meisten." „Also ist das adlige Großkapital am NS-Staat, am Holocaust und am 2. Weltkrieg Schuld?" Sven lachte laut und verächtlich auf: „Nein! Das ist billige Kommunisten-Rhetorik. Keine monokausalen Lösungen: Der Versailler Vertrag hat Schuld. Die Weltwirtschaftskrise hat Schuld. Der latente und immer offener zu Tage tretende Antisemitismus hat Schuld. Die Kommunisten haben Schuld, weil sie die Weimarer Demokratie zusammen mit der NSDAP boykottiert haben. Das Großkapital hat auch Schuld. Die deutsche Obrigkeitshörigkeit hat Schuld. Die Konservativen um Hindenburg, Schleicher und von Papen haben Schuld, weil sie Hitler unterschätzt haben. Und Hitler, Goebbels, Göring und die SA hatten Schuld, weil sie über diese schwarze, dämonische Genialität verfügten, denen der Schweinehund im Deutschen nicht widerstehen konnte. Die SPD hat Schuld, weil sie nach 1918 nicht autoritärer durchgegriffen hat. Die Generäle haben Schuld, weil ihnen die Demokratie und die SPD verhasst waren." Sven kam jetzt richtig in Fahrt und Martin genoss den Geschichtsunterricht. „Die Alliierten haben Schuld, weil sie sich zu lange nicht um Hitler-Deutschland, sondern um sich selbst gekümmert haben. Spätestens nach dem Anschluss Österreichs und dem Ende der Tschechoslowakei 1938, den die Alliierten noch als pazifistischen Erfolg feierten, war klar, dass Hitler seine Expansionsbestrebungen rücksichtslos fortsetzen würde. Die Briten haben das Winston Churchill damals nicht geglaubt und sind lieber dem rührseligen Neville Chamberlain hinterhergetrottelt. Hätte Hitler nicht so für die nordischen Brüder aus England geschwärmt, hätte er die bereits geschlagene britische Armee auf ihrem Rückzug in Dünkirchen 1940 vernichten können. Die Insel wäre schutzlos gewesen. Die Nazis hatten zum Glück keinen Plan zur Invasion in Großbritannien vorbereitet und so hatte Churchill etwas Zeit gewonnen, um sein Heer zu verstärken. – Alle haben Schuld, aber am meisten die Ober-Nazis. In Nürnberg hätte man noch viel mehr Arschlöcher hinrichten sollen. Ach, was für eine Scheiße…" Sven stand auf um für sich und Martin neuen Kaffee zu machen.

XXXVII

14:01 Uhr. Es klingelte. Eine Minute später saßen Dave und Ziggy mit am Tisch. "Hi!" "Hi!" "Hi!" "Hi!" Die vier sahen sich wissend und verschwörerisch an. „Und nu?" fragte Martin. Ziggy blies den Rauch aus seinen Lungen: „Nu? Nu müssen wa in den Nazi-Modus umschalten!" „Bitte?" „Na, Glatze machen und so…" „Wie Glatze machen und so?" wollte Martin wissen. Sven schaltete sich ein: „Wenn ihr zwei auf nen Nazi-Treff wollt, müsst ihr auch so aussehen wie Nazis und nicht wie linke Schwuchteln – also Haare ab unsoweiter…" Martin hatte begriffen: „Aber wieso 'ihr zwei'? Was mit Dir und Dave?" Sven räusperte sich: „Erstens sind wir euer Back-Office, während ihr euch an der Front vergnügen dürft, zweitens sind meine Rastas tabu." Martin: „Aha…"

Dave: „Pahhh!" Ziggy: „Selber linke Schwuchtel…" Sven: „Na los, Jungs! Ab ins Bad! Haareschneiden! Huschhusch!"

Martin saß auf dem Rand der Badewanne, während Sven den Langhaar-Rasierer in Gang brachte. Scheiße! Vor ihm fielen die Haarbüschel auf die Fließen, während das Röhren des Rasierers in seinen Ohren dröhnte. „Gleich haben wirs, Marty!" Sven schien sichtlich Freuden an seinem Job zu haben. Schadenfreude. „So. Und nun machen wir aus deinem Zehn-? Zwanzig-?-Tage-Bart eine Art Spitzbart – ohne Spitze – aber so ums Kinn rum. Das müsste reichen. Dave hat noch n Abzieh-Tattoo, keltisches Sonnenrad fürn Hals, wie unser Kalle – Gott hab ihn selig. Wirst sehn: Haste mal ne Glatze, siehste nich mehr wie du selbst aus." Rrrrrr… Rrrrrr… „Fertig!" Sven wischte mit dem Handtuch noch ein paar Haare von Martins nackten Schultern. Martin erhob sich und trat vor den Spiegel. „Ahhh! Verfickte Scheiße!" Martin sah auf eine kantigen glatzköpfigen Schädel. Auf ein brutal wirkendes Gesicht. Auf seinen Piratenbart, der ihm etwas Verschlagenes ins Gesicht zauberte. „Uahhh!" So leicht konnte man Brutalität herstellen. „Sieht echt scheiße aus, aber ziemlich gefährlich", konstatierte Dave: „Geh mal unter die Dusche und wasch dir alle Haare ab. Unser lustiges Fun-Tattoo soll schließlich makellos sein, du kleiner Nazi-Arsch."

Als Martin aus Svens Dusche stieg, sah er einen bulligen Glatzkopf vor dem Spiegel stehen, der gerade seinen nackten tätowierten Oberkörper aufpumpte, als ginge es ums 80er-Jahre-Schaulaufen mit Arnie, Dolph und Sylvester. „Na, Martin? Wie sehe ich aus?" grunzte Ziggy. „Wahnsinn!" Ziggys Zopf war ab. Zlatan-Samson seiner Kraft beraubt?! Nein. Ziggy sah nun aus wie eine etwas kleinere Version von Hulk, nur weiß, tätowiert und kahlköpfig. Martin trocknete sich ab, ohne den Blick von Ziggy lassen zu können. „So, Martin. Und nun: Tätowierung für Weicheier." Dave schob sich die Brille mit dem Stinkefinger nach oben und näherte sich mit chirurgischer Präzision Martins Hals. „Rechts? Links? Wahrscheinlich rechts…" Dave presste das Abziehbildchen an Martins Schlagader. Ziggy wankte derweil Gorilla-Gegrunze nachahmend seinerseits in die Dusche, rempelte dabei die anderen zur Seite, um sich als raumgreifender Menschenaffe in Svens kleinem Badezimmer Platz zu machen. „So…" Dave entfernte das Papier: An Martins Hals prangte nun ein keltisches Sonnenrand. So ähnlich wie Kalles eines hatte. Dave war zufrieden: „Da muss man schon genau hinschauen, um zu erkennen, dass das kein echtes Tattoo ist. Zieh am besten nen Rollkragen an, damit man es nicht voll sieht." Sven: „Wenn man Kalle nur ein- oder zweimal persönlich gesehen hat, dann könntest Du auch als Kalle durchgehen. Das macht die Glatze. Hatte er irgendwelche weiteren unverwechselbaren Merkmale? Lemmy-Warze auf der Backe? Ribery-Schnitte im Gesicht? Pocken-Narben? Reptilien-Iris? Gorbatschow-Feuermale?" „Nein, nein…" Martin schaute wie gebannt in den Spiegel und sah sich an. Widerlich. Aber es hatte was. Er wirkte tierischer, brutaler, archaischer. Wie ein Soldat der US-Marines, oder eben ein kaltblütiger Nazi-Schläger. Obwohl er nicht mehr die durchtrainierte Figur früherer Zeiten hatte, jagte ihm sein Anblick Angst ein. Als Ziggy aus der Dusche stieg, betrat allerdings ein anderes Kaliber die Bühne. Der Typ sah gemeingefährlich aus. Bodyguard von Mike Tyson, Türsteher vor der Super-VIP-Disse, Hero eines Conan-Remakes. Betretenes Schweigen erfüllte Svens Badezimmer. Die vier standen sich drei Sekunden mucksmäuschenstill in dem engen Sechs-Quadratmeter-Raum zwischen Badewanne, Waschbecken, Klo und Dusche gegenüber und sahen einander an. Um dann in schalendes Gelächter auszubrechen und sich dabei die Köpfe bzw. die Glatzen anzustoßen. „Au! Scheiße! Jetzt aber raus hier. Ich krieg Platzangst!" fluchte Dave und rückte ihre Brille zurecht.

Die vier trippelten aus dem Bad, um sich in Svens Schlafzimmer die angemessene Kostümierung für Martin und Ziggy zurechtzulegen. Sven: „Also Ziggy braucht was klassisch Nazi-mäßiges und Marty eher was Bürgerliches – für den Kontrast, hab ich mir überlegt." „Aha…" „Aha…" „Also für Marty dunkle Jeans, schwarzer Rolli und Salt n Pepper-Tweed-Sakko. Ziggy – schwarze Cargo-Hose, weißes Tank-Top und schwarze Bomber-Jacke. Also fast wie immer. Dave?" Dave, der Butler, huschte zur Tür hinaus und kam sogleich mit zwei großen Plastik-Tüten zurück: eine von H&M – für Martin, eine weiße vom Military-Shop für Ziggy. „Hab ich gestern noch schnell besorgt. Zeit war knapp. Hoffe, es passt einigermaßen – M und XL." Die beiden schlüpften in ihre Kostüme: Martin sah aus wie ein Nazi-Schläger, getarnt als Theater-Gänger, Ziggy wie Arnie bei Top-Gun. Beide betrachteten sich in Svens Spiegel: „OK…

Sakko, warum nicht... Die Hose ist zu eng oben..." „Naja... Die Jacke spannt n bisschen." Maître Sven wurde ungehalten und klatschte zwei-, dreimal in die Hände: „Kinder! Wir haben keine Zeit für Schnickschnack. Sieht wunderbar aus. Marty, kannst den oberen Knopf ja auf lassen. Ziggy, da spannt gar nix, wennste dein Bizeps beruhigst. Perfekt!"

XXXVIII

18:30 Uhr. Martin und Ziggy nahmen im Miet-BMW Platz. In der Mittel-Ablage Zigaretten-Schachteln und Wasser-Flaschen. Im Kofferraum Ziggys Arsenal. In ihren Jackentaschen die CZ82. An ihren Waden die Bowie-Messer. Martin atmete tief und laut aus. „Ruhig, Martin..." Ziggy drehte sich zum Fahrersitz und legte Martin die Hand auf die Schulter: „Wir ziehen das durch, weil wir keine andere Wahl haben. Siehs einfach fatalistisch. Wir sind schon zu weit gegangen. Umkehren können wir nicht mehr." Martin dachte kurz über das Gesagte nach, schaute Ziggy in die Augen, lange, ein, zwei, drei Sekunden: „OK. Motörhead?" „Motörhead!" Martin stöpselte sein altes Offline-Smartphone in den BMW-Verstärker und Lemmy durfte „Ace of Spades" zum Besten geben:

"If you like to gamble, I tell you I'm your man

You win some, lose some, it's all the same to me

The pleasure is to play, it makes no difference what you say

I don't share your greed

The only card I need is

The Ace of Spades

The Ace of Spades

Playing for the high one, dicing with the devil

Going with the flow, it's all a game to me

Seven or eleven, snake eyes watchin' you

Double up or quit, double stakes or split

The Ace of Spades

The Ace of Spades

You know I'm born to lose, and gambling's for fools

But that's the way I like it baby, I don't wanna live forever

And don't forget the Joker. "

Mit Lemmy als weiteren Beifahrer wurde es Martin immer leichter ums Herz. Dazu noch Ziggy, the Killer. Perfekt! Was konnte ihm noch passieren? Ziggy: „Wir gehen da hin und sagen nichts. Geben uns bedeckt. Tun so, als würden wir keinem vertrauen. Und zeigen unser Misstrauen jedem, der uns in die Quere kommt. Das Passwort stimmt. Der Typ, dieser Kalle war nicht auf Folter trainiert. Dazu hätte er ne längere Ausbildung gebraucht, nicht nur Ferienlager in Somalia. Pahh!" Hoffentlich, dachte Martin. Den linken Spontan-Terroristen vertraute er noch immer nicht voll. Obwohl: Nachdem, was Ziggy gestern abgezogen hatte, fühlte er sich an seiner Seite sicher. Ziemlich sicher. Relativ sicher. Immerhin einigermaßen sicher. In Anbetracht der Umstände... Martin hielt ein. Schluss! Denk an Maria! Denk an deinen langweiligen Job! An dein Scheiß-Leben! Moment? Was hatte sein Job damit zu tun? Warum eigentlich Scheiß-Leben? Er lebte doch gemütlich vor sich hin. Verdiente gut. Hatte geregelte Arbeitszeiten. Verlässliche Kollegen. Die Basis war gut. Nur ich selbst mach nichts daraus. Meine Freizeit verbringe ich in ner Sports-Bar. Mann... Na, gut. Is echt ne klasse Sports-Bar. Doris – tolle Bar-Frau. Pefekter Service. Gutes Bier. Leinwand, mehrere Bildschirme. Und sonst? Ja, gut... Ich hab einiges vermasselt. Ehe... Sport... Hobbies... Moment! Welche Hobbies? Was habe ich denn für Hobbies? Lesen. Spazieren gehen. Natur und so. Ja, Natur ist gut. Grün, Seen, Berge, kein Beton, keine Menschen, oder nur wenige. Einkaufen. Ab und an Kochen. Frauen. Frauen? Ist das ein Hobby? Die Schönheit der Frau. Ästhetik... Quatsch! Das ist Trieb. Sex. Ästhetik... Humbug. Euphemismus für das schnöde Wort Sex. Trieb. Pfui. Triebhaftigkeit ausleben? Könnte das ein Hobby sein? Hmm... Eher ein Grundbedürfnis wie Essen, Schlafen, Dach überm Kopf. Ein wichtiges Grundbedürfnis. So wichtig wie die anderen Grundbedürfnisse. Sex – tierisch. Haha... Essen – wie tierisch. Höhle suchen. Alle Grundbedürfnisse sind tierisch, lediglich in den letzten 100.000 Jahren kultiviert worden. Die Vertreibung aus dem Paradies. Wir empfinden

Scham. Grundbedürfnisse werden zu einem Kulturgut. Wir essen vegetarisch, makrobiotisch. Wir wohnen und kleiden uns stylish. Wir haben nur Sex mit Menschen, die in unseren persönlichen Wunschzettel passen – muss Neo Rauch kennen und mögen, mindestens Abitur haben, im sanierten Altbau wohnen, darf anal und Bondage nicht abgeneigt sein, zumindest ab und an im Bio-Laden einkaufen gehen. Uahhh… Na ja… Sex auch mal mit anderen Menschen. Möglicherweise auch mal Swingerclub oder mit Kollegen nen lustigen Puff-Besuch. Aber Partnerschaft nicht unter diesen Mindest-Kriterien! Statt anal gerne auch Tantra oder mit Spielzeugen. Statt Rauch auch Georg Baselitz – den findet ja auch mittlerweile Michael Ballack toll, statt Altbau auch Designer-Bungalow… Zurück: Hobbies?! Origami? Bonsai? Briefmarken? Altbabylonische Münzkunde? Lateinische Dichtung? Nein, Hobbies habe ich nicht mehr seit ich 15 bin. Wäre irgendwie peinlich, noch Modellbau-Flugzeuge zu basteln. Verfickte Scheiße! Ich kann nicht mal mehr meine Grundbedürfnisse befriedigen. Maria? Maria! Dave? Vertrauen? Liebe? Hoffnung? Eins sein… Scheiß-Nazis! Zurück: Warum eigentlich Scheiß-Leben? Mach ich das hier deshalb? Weil ich mich langweile? „Hey, Martin! Da müssen wir raus!" Ziggy holte Martin wieder zurück auf die Autobahn.

19:34 Uhr. Martin setzte schnell den Blinker und scherte mit 160 auf die Ausfahrt Finowfurt der A11 ab. Abbremsen. Jetzt auf der B 167, dann auf der L100 weiter und in Klein Dölln auf den Waldweg…

XXXIX

Der Waldweg war eher eine schmale Straße, asphaltiert. Carinhall war auf einem Wegweiser ausgeschildert. Scheinbar neben dem Wildtierpark eine weitere Touristen-Attraktion des Landkreises. Sie fuhren etwa zwei Kilometer langsam durch die Dunkelheit. Ziggy: „Fahr mal hier rechts in den Forstweg, damit wir n bisschen abseits sind." Martin steuerte den BMW in den Forstweg. Nach 50 Metern endete dieser. Vor sich sahen sie dunkles Wasser glitzern. „OK. Das ist der Wucker See", erklärte Ziggy. Auf der anderen Seite der asphaltierten Straße liegt der Großdöllner See, dort ist Carinhall. Hier am Wucker See hatte Göring die Gruft für seine Carin gebaut. Carinhall wurde gegen Kriegsende von Göring gesprengt." Und von der Roten Armee, ergänzte Martin in Gedanken. Ziggy, der anscheinend auch in Wikipedia recherchiert hatte, fuhr fort: „Da sind nur noch n paar überwucherte Trümmer. Anfangs fand ich es idiotisch, dass die Typen sich an einem bekannten Nazi-Wallfahrtsort treffen. Klischeehaft. Dann hab ich mir mal die Gegend auf Google-Maps angeschaut: Hier sind zig Waldwege, die alle aus dem Gebiet herausführen. Auch die beiden Seen bieten per Boot gute Fluchtwege. Falls die Bullen den Treffpunkt herausbekommen sollten, haben die hier bessere Fluchtmöglichkeiten als sonst wo." Ziggy und Martin stecken sich Zigaretten an. Die Uhr am Armaturenbrett zeigte 20:34. „Warum treffen sich die überhaupt?" fragte Martin und blies den Rauch durch das geöffnete Seitenfenster: „Das ist doch ein Risiko. Die können sich doch per E-Mail, SMS, was-weiß-ich-wie verständigen." „Das schon. Außer es findet eine Übergabe oder so was statt. Alles kannste halt nicht digital-virtuell machen. Zum Würstchen-Grillen treffen sich die bestimmt nicht."

Ziggy überprüfte die Pistolen und schraubte einen Schalldämpfer auf seine CZ82. „Messer dabei?" Martin nickte. „Pssst!" Ziggy legte Martin die Hand auf den Oberschenkel. Beide erstarrten. Das Motorengeräusch eines Autos war zu hören. „Scheinbar kommen die ersten schon", vermutete Ziggy. Martin: „Hoffentlich parken die nicht alle in unserem Waldweg!" Ziggy schüttelte den Kopf: „Carinhall ist noch ein Stückchen weiter. Da ist ein Parkplatz." „Sollen wir da auch hin?" „Ja. Lass uns mal langsam hinfahren. Lage checken." Martin ließ den Motor an und fuhr rückwärts aus dem Forstweg heraus. Gemächlich fuhren sie die Straße weiter. Hinter einer Biegung lag ein kleiner Parkplatz. Drei Autos standen dort. Martin stellte den BMW zwischen einem dunklen VW Passat und einem roten Peugeot 307ab. Das andere Auto irgendwas Asiatisches. Martin stellte den Motor aus. Seine Hände zitterten. Angst und Adrenalin.

„Hier!" Ziggy warf Martin eine kleine Stablampe in den Schoß. „Ist zappenduster da draußen..." Zehn vor neun. Martin und Ziggy stiegen aus. Ein weiteres Auto näherte sich. Sie knipsten ihre LED-Laternen an und schlugen sich ins Gebüsch. Dahinter war eine von Büschen überwucherte Wiese, die ehemalige Auffahrt zu Görings Anwesen. Ziggy leuchtete ins Dunkel: „Dahinten rechts ist der Großdöllner See." Ein Trampelpfad führte sie weiter durch Carinhalls Trümmer. Moosbewachsene Beton-Brocken, rostige Metall-Überreste, ein löchriger

Kochtopf hing an einer Astgabel. „Irgendwo muss auch noch ein intakter Luftschutz-Bunker sein", bemerkte Ziggy. Martin blickte zurück und sah Taschenlampen aufblitzen. Weitere NSF-Leute. Ziggy: „Da vorne!" Martin sah in etwa 20 Metern Entfernung ebenfalls Taschenlampen durch die Bäume blitzen.

Langsam näherten sie sich dem Licht. Auf einer kleinen Lichtung standen schweigend sechs Männer. Zwei Taschenlampen leuchteten Ziggy und Martin ins Gesicht. „Abend! Unsere Ehre heißt Treue", murmelte Ziggy. Keiner antwortete. Die Taschenlampen wandten sich wieder ab und leuchteten auf den Boden. Ziggy und Martin richteten ihre Lampen ebenfalls auf den Boden. Schweigend musterten sich die Männer argwöhnisch. Nur zwei von ihnen hatten Glatzen. Die anderen sahen angepasst bürgerlich aus. Hoffentlich haben wir nicht zu dick mit unserer Glatzen-Maske aufgetragen, dachte Martin. NSF-Leute sollten logischerweise nicht auffallen. Martin strich sich über sein H&M-Tweed-Sakko. Einer der Männer blickte auf seine Uhr: „Neun."

Zwei weitere NSF-Leute kamen aus dem Gebüsch und traten hinzu. Auch deren Ehre hieß Treue. Insgesamt zehn. Fünf Zellen. Ein Motorengeräusch war zu hören. Kein Auto. Ziggy trat an den Rand der Lichtung. Ein Abhang. Fünf Meter. Das Ufer des Großdöllner Sees. Das Motorengeräusch schwoll an. Motorboot. Der Führer kam über den See gewandelt. Der Motor wurde abgestellt. Das Boot glitt lautlos die letzten Meter ans Ufer heran. Der Führer saß am Bug. Ein weiterer Mann hielt den Außenborder im Griff.

Die zehn Männer drängten sich zu Ziggy, blickten und leuchteten hinab. Der Führer stieg aus einem schwarzen Motor-Schlauchboot. Schwarze Windjacke, schwarze Sturmhaube. „Unsere Ehre heißt Treue, Kameraden! Bitte kommt runter." Der Führer hob die rechte Hand lässig halbhoch zum Hitlergruß, wie seinerzeit der echte Führer es gemacht hatte. Die Stimme war voll und kräftig. Akzentfrei. Die 14 Männer stiegen den Abhang zum Ufer hinab und umringten den Führer. Die Sturmhaube erlaubte nur den Blick auf die Augen des Mannes. Martin hielt sich im Hintergrund. Der Steuermann war ebenfalls vermummt. Blieb sitzen. Hielt sich im Dunkeln. Die Stimme des Führers kam ihm bekannt vor. Er konnte sie jedoch nicht einordnen. Er sah auf den anderen Mann im Boot. Regungslos. Er hatte den Außenborder auf Leerlauf gestellt. Der Yamaha-Motor tuckerte sanft vor sich hin. Der Führer blickte sich um und stolzierte kurz ein, zwei Meter auf und ab. Die Linke Hand auf dem Rücken. „Operation Göring beginnt in den nächsten Tagen. Den genauen Einsatzbefehl erhaltet ihr rechtzeitig. Die Operation Göring wird diesen Staat in seinen Grundfesten erschüttern. Nichts wird danach so sein, wie es vorher war. Ihr werdet in die Geschichte eingehen, ihr werdet Geschichte schreiben. In Deutschlands Geschichte wird ein neues Kapitel aufgeschlagen. Es liegt in eurer Hand, wieder ein nationales Deutschland zu errichten!"

Gebannt starrten die Männer auf ihren Führer. Und der ließ den Blick über ihre Gesichter schweifen. Martin versteckte sich hinter Ziggy. In der Dunkelheit war er sicher. Die drei, vier Taschenlampen würden nicht ausreichen, um ihn zu enttarnen. „Ich habe für jede Zelle einen Koffer mit äußerst explosivem Inhalt. Zudem befinden sich darin das erforderliche Material und der Einsatzplan für jede Zelle. Zwölf Stunden vor Einsatzbeginn öffnet ihr die Koffer. Die Kombination für das Zahlenschloss erhaltet ihr mit dem Einsatzbefehl. Mit dem Öffnen des Koffers ist die Bombe scharf. Versucht also nicht, den Koffer vorher zu öffnen. Zwölf Stunden nach Öffnen des Koffers gehen die Dinger hoch."

Eine Taschenlampe leuchtete das Motorboot an. Bis auf den Steuermann war es leer. Der Führer erhob wieder die Stimme: „Die Koffer befinden sich hier in einem Bunker. Zehn Meter am Ufer entlang" - er leuchtete rechts am Abhang entlang - „befindet sich eine etwa 50 Zentimeter große Öffnung, die von Trümmern verdeckt ist. Dahinter ist einer der Ausgänge von Görings Luftschutzbunker. Bedient Euch! Und jetzt: Sieg Heil, Kameraden!" Der Führer schwang sich ins Boot. Drei NSF-Leute schoben das Boot zurück ins Wasser. Der Steuermann startete den Außenborder und verschwand mit dem Führer knatternd in der Dunkelheit des Großdöllner Sees. Die Männer stapften schweigend am Ufer entlang, bis sie den beschriebenen Bunkerausgang entdeckt hatten. Zwei der NSF-Leute machten sich bereits daran, das Geröll zur Seite zu schieben, die anderen standen dicht gedrängt um sie herum. Ziggy blieb hinter ihnen am Wasser stehen und bedeutet Martin mit einer Handbewegung, sich neben ihn zu stellen.

Ziggy feuerte schnell hintereinander acht Schuss aus seiner CZ82 ab. Die NSF-Leute hatten keine Chance. Bevor sie die Situation begreifen, sich orientieren, umdrehen oder selbst die Waffen ziehen konnten, lagen sie bereits am Boden. Ziggy hatte sie aus kürzester Distanz niedergestreckt. Zuletzt die beiden, die am Bunker-Ausgang gearbeitet hatten. Martin war geschockt und starrte reglos auf das etwa 15 Quadratmeter große Schlachtfeld am Ufer. Ziggy leuchte in die Runde. Drei der am Boden liegenden gab er einen Kopfschuss. „Puhhh... Erledigt!" „Wa... was... was war das denn!?" stammelte Martin. Ziggy lud elf Patronen nach, schraubte den Schalldämpfer von seiner CZ82 ab und verstaute beides in der Innentasche seiner neuen Bomberjacke. „Die Gelegenheit war einmalig. Meinste, ich lass die mit diesen Koffern durch die Weltgeschichte ziehen!? Jetzt oder nie." Wa... warum haste mir denn nichts von deinem Plan gesagt?!" „Erstens war das kein Plan, sondern eine Gelegenheit. Zweitens warst du eh schon so nervös. Hätte ich dir noch gesagt, dass wir hier zum Schlachtfest gehen, wärste vor diesem Führer da aus den Latschen gekippt. Sorry. Kurz und schmerzlos war in diesem Fall das Beste. Hoffentlich hat deren Führer nix gehört auf seinem Motorboot. Wenn er noch unterwegs ans andere Ufer war, wird der Motor wohl die Schüsse übertönt haben. Ansonsten müssen wir abwarten. Überm offenen See hörste bei ruhiger Nacht auch Schallgedämpftes." „Aha!"

Martin ging in die Hocke, sonst wäre er nachträglich aus den Latschen gekippt. Ziggy schleifte währenddessen die Leichen der acht Männer zur Seite. „Nur gut, dass die beiden Idioten schon die Steine beiseite geschafft haben", ächzte er, während er den letzten der acht an den Rand des Abhangs lehnte. Ziggy besah sich sein Werk: „Nette Truppe! So gefallen mir die Nazi-Wichser am besten. Ha!" Ziggy durchwühlte die Taschen der Toten. Martin sah angewidert, aber fasziniert zu. „Die waren auf alle Fälle professioneller als unser Spitzbart – keine Brieftaschen, keine Dokumente, nur Handys." Ziggy drückte Martin acht Handys in die Hände. „So jetzt der Koffer..." Ziggy robbte durch den schmalen Spalt des verschütteten Bunkerausgangs, während sich Martin die acht Handys in die Taschen stopfte. „Tatsache! Fünf Koffer! Scheiße!" keuchte Ziggy aus dem Bunker heraus. „Einen nehmen wir mit!" Martin sah wie ein silberner Rimowa-Trolley aus dem Bunker-Loch geschoben wurde. Kurz darauf schob sich Ziggy hinterher. Ziggy stand auf und klopfte sich den Dreck von seinen Klamotten. Dann nahm er den silbernen Rimowa-Trolley in die Rechte und schwenkte ihn wie eine Bowling-Kugel vor dem Wurf. Eine schmutzige Bombe hatte er noch nie in den Fingern gehabt.

xxxx

Martin leuchtete mit seiner Stablampe den Trolley an. „Seine Stimme kam mir bekannt vor. Ich kriegs aber nicht hin." Ziggy: „Schöne Scheiße. Möchte nicht wissen, ob ich jetzt schon radioaktiv verseucht bin. Haste nen Geigerzähler dabei?" Martin: „Fünf Bomben! Fünf Detonationen! Verdammte Scheiße! Damit hätte er fünf Großstädte ins Chaos stürzen können!" Ziggy schwenkte den Trolley: „Diese Bomben werden auf alle Fälle nicht hochgehen..." Martin leuchtete Ziggy ins Gesicht: „Wir müssen den Scheißkoffer öffnen, wenn wir wissen wollen, was er vorhat. Der hat sicher noch was von dem Zeug zu Hause." Ziggy leuchtete Martin ins Gesicht: „Ich bin schon auf den Mechanismus der Bombe gespannt. Und Dave sicherlich auch. Ich hab so Spielzeug gerne, und Dave erst. Ha!" Ziggy lachte laut auf den See hinaus, auf dem der Führer entschwunden war. „Kannste mal die Lampe woanders hinhalten?!" „Selber!"

Die beiden stiegen die Anhöhe hinauf und gingen eilig den Trampelpfad zum Parkplatz zurück. „Meinst du, alle fünf Bomben sollten in Berlin hoch gehen?" fragte Martin. Ziggy: „Keine Ahnung. Innerhalb von zwölf Stunden kannst Du auch von Freiburg nach Flensburg kommen. Wär allerdings einfacher, ein Zielobjekt zu bearbeiten als fünf verschiedene. Keine Ahnung, wie viel Mühe sich unser Führer gemacht hat." Martin ging voraus. Ziggy murmelte von hinten: „Wenn der Typ tatsächlich bei der Militärischen Aufklärung war, ist er gut. Aber er ist als oberstes Glied in der Kette alleine. Und alleine kannste nur sehr schwer fünf Städte, also fünf Objekte planen. Fünf verseuchte Großstädte wäre zwar das totale Chaos. Aber Berlin ist für ihn wohl die wichtigste Stadt. Ich tippe auf Berlin." „Was, wenn er spitzkriegt, dass vier Zellen nicht mehr im Spiel sind?" „Hmm... Die dritte Person jeder Zelle sitzt zu Hause und wird brav bleiben. Möglicherweise hat der Führer totale Funkstille befohlen. Die Zuhause-Gebliebenen werden nicht Alarm schlagen, sie werden sich verpissen, wenn sie Angst bekommen. Und wir haben alle restlichen Handys. Wir sind im Vorteil."

Auf dem Parkplatz standen einträchtig die nun Fahrerlosen Autos der NSF-Leute neben Martins Miet-BMW. Ein Nummernschild aus Hannover. Zweimal München für Sixt. Einmal Düren – Hertz, einmal Hamburg für Europcar. Professionell war das nicht – Mietwagen. Auch wenn Karten, Ausweise oder Führerscheine gefälscht waren. Ziggy legte den Trolley vorsichtig in den Kofferraum. „Ziggy, kannst Du bitte zurückfahren? Ich hab grad nen toten Punkt." „Ich bin aber nicht als Fahrer des Mietwagens eingetragen", entgegnete Ziggy. Martin leuchtete ihm ins Gesicht: „Mann! Was soll das!? Du nietest acht, nein! elf Nazis um. Wir sind mit ner schmutzigen Bombe unterwegs und du machst dir Sorgen wegen des Auto-Mietvertrags!?" Ziggy grinste. „War nur n Scherz." Sie stiegen ein, und Ziggy steuerte den Wagen auf dem Waldweg Richtung Landstraße. Dabei zündete er zwei Zigaretten an und reichte eine davon Martin: „Unser Führer muss so oder so damit rechnen, dass die eine oder andere Bombe nicht hochgeht. Sei es, dass die Technik versagt, oder eine der NSF-Zellen. Was er sich nicht erlauben kann, ist, dass die Hauptstadt leer ausgeht. Ich glaube, dass alle fünf Einsatzpläne auf Berlin hinauslaufen." Schweigen. „Martin?" Martin zog genüsslich an seiner Zigarette und dachte an Maria und Dave. Dann an die acht Nazis, die vor seinen Augen tot wie die Fliegen umfielen. Abwechselnd. Gleichzeitig. An die Kopfschüsse, die Ziggy den Überlebenden verpasste. Beide Frauen verschwammen in seinen Gedanken miteinander. So unterschiedlich sie auch waren. Was er letztlich von einer Frau wollte, war Nähe. Nähe, um die Einsamkeit zu überbrücken, zu vertuschen. Oder doch Vertrauen? War es Maria gewesen, die er liebte? Oder nur die Nähe eines Menschen? Mit Dave hatte er kein persönliches Wort gewechselt. Sex. Er fühlte sich gut. Zumindest besser. War das alles, was er brauchte? Das war nicht schlecht, aber gesellschaftlich-moralisch nicht tragbar. War er ein psychopatisch-asoziales Wesen? Höchst wahrscheinlich…

„Martin!?" Martin zuckte hoch. „Ja? Sorry. War grad woanders… Ja, Berlin. Hört sich logisch an. Dann wohl Mitte. Regierungsviertel. Was sonst." „Ja, was sonst…" Martin grübelte kurz und dann: „Hey, Ziggy: Bist Du eigentlich mit Dave zusammen?" „Hä?" „Na, du und Dave." „Ne,

Mann. Das is ne totale Kampf-Lesbe. Super-Typ. Top und zuverlässig. Aber als Frau? Ne. Nix für mich. Wollte mich später noch um Conny kümmern." „Conny?" „Na, die Süße von unserem Spitzbart-Kalle. Irgendjemand muss sie doch trösten." „Ah, Conny… Ja, die war niedlich. Meinste, die is auch bei den Nazis?" „Ach was. Total unschuldig. Und wenn se fehlgeleitet ist: Die is formbar. Nach heute Nacht gehört sie zur Antifa. Ha!" Martin grinste in sich hinein. Ziggy, der Antifa-Macho, und Conny, die Nazi-Schlampe – was für ein Paar. Er stellte den Beifahrersitz in Bequem-Position und übertrug Ziggy die alleinige Verantwortung für die Rückfahrt nach Berlin. Was war Ziggy nur für ein Typ!? Ein kaltblütiger Killer – ein fürsorglicher Kumpel – ein engagierter Linker – ein Macho, der auf Barby-Püppchen stand. Merkwürdig… Der Blutrausch hatte ihn gepackt, trotzdem blieb er ansonsten normal… Ziggy. Conny. Dave. Der Führer. Eine schmutzige Bombe im Kofferraum. Martin döste den Halbschlaf der Gerechten.

XXXXI

„Hey! Aufwachen! Wir sind da!" Ziggy schüttelte sanft Martins Schulter. Martin öffnete die Augen und blickte auf die mit Graffitis besprühte Fassade von Svens Haus, dann auf die Uhr am Armaturenbrett: 22 Uhr 49. „OK. Was jetzt?" „Hab Sven und Dave schon Bescheid gegeben, dass wir kommen und etwas Gepäck dabei haben." Martin und Ziggy öffneten die Autotüren und stiegen aus. Ziggy nahm den Koffer und gab Martin die Autoschlüssel. Ziggy wählte Svens Nummer: „Sind da! Mach auf!" Der Türöffner summte und sie stiegen die Treppen hoch zu Svens Wohnung. Dave und Sven standen im Flur. Sven war aufgeregt: „Los kommt rein. Tür zu und Koffer her!" Sven krallte sich den Koffer und stellte ihn auf den Boden. „Los Dave! Ran mit dem Geigerzähler!" Dave kam mit ihrem Geigerzähler an und hielt ein Art Saugrohr an den Koffer. Das Gerät begann wie verrückt zu knacken, die Männer wichen ängstlich zwei Schritte zurück, doch Dave blieb cool: „Pahh… Knapp 260 Millisievert. In Fukushima lag der Grenzwert für die Arbeiter an den Ruinen bei 250. Und das war nur n Grenzwert… Der Müll da im Koffer scheint einigermaßen ummantelt zu sein. Aber wenn das Zeug offen durch die Landschaft fliegt – gute Nacht…" Martin: „Was heißt das: 260

Millisievert?" Dave sah in Martins Augen, betrachtete kurz sein Gesicht und sagte langsam in ihrem gekrächzten Tonfall: „Das ist eine sehr hohe Strahlung, der man nicht lange ausgesetzt sein sollte. Man bräuchte mindestens einen fünf Zentimeter dicken Bleibehälter, um die Gamma-Strahlung einigermaßen zu absorbieren. Länger als einen Tag möchte ich den Koffer nicht mit mir herumtragen."

Alle vier starrten schweigend auf den silbernen Rimowa-Trolley. Martin stellte sich vor, wie die Gamma-Strahlen gerade seinen Körper durchbohrten. Seine Eingeweide zerstörten, seine weitere Zeugungsfähigkeit enorm herabsetzten… Dave dachte hingegen an Martins Zunge. Ziggy an Conny. Sven an seine Wohnung, die den Strahlen nun erbarmungslos ausgesetzt war, und unterbrach als erster die Stille: „Komm Ziggy, lass uns erst mal beim Späti Bier holen." Ziggy: „Mach mal. Ich, äh, hab dann noch was vor. Dave sollte sich die Bombe erst mal ansehen. Unser Führer hat gesagt, dass in den nächsten Tagen die Sache steigen soll. Wir werden per SMS benachrichtigt. Im Koffer liegt der Einsatzplan. Wenn der Koffer dann geöffnet wird, ist die Bombe scharf. Die Detonation erfolgt zwölf Stunden später. So sollten alle fünf Bomben etwa gleichzeitig hochgehen." Martin ergänzte: „Ziggy hat die anderen vier Zellen erledigt. Die anderen Koffer befinden sich in einem alten Bunker in Carinhall." Sven: „Sehr gut! Mann, Ziggy! Alter Frontkämpfer! OK… Aber meinst Du nicht, Du solltest Dave helfen? Du kennst Dich doch auch mit so was aus, oder?" Ziggy sah etwas verlegen zu Boden und dachte an Conny, die sich so gefreut hatte, als er sie in Spitzbarts Bude durch die Luft gewirbelt hatte. Hoffentlich war sie noch da. Wahrscheinlich würde sie eben auf Kalle wartend, an Ziggy denkend, sehnsüchtig auf der Couch liegen und irgendeine langweilige Doku auf Arte glotzen. Eher Vox oder RTLII… Dave: „Lass mal, Sven. Ziggy, los hau mal ab. Ich werd erst mal n bisschen recherchieren. Jetzt haben wir kurz nach elf. Vor drei, vier Uhr mach ich das Ding bestimmt nicht auf. Das heißt, wir haben bis morgen Nachmittag Zeit das Ding zu entschärfen. Falls es nicht klappt, fahren wir den Koffer Richtung Polen und werfen ihn irgendwo im Nirgendwo in nen Wald."

Ziggy trabte also mit Martins Autoschlüssel bewaffnet zu Conny in den Plattenbau und Sven ging Bier holen. Als er die Tür hinter sich zugezogen hatte, ging Martin auf Dave zu und streichelte ihr unbeholfen den Arm: „Das war gut gestern Nacht." „Ja, das war es. Ich hatte ein ganz starkes Bedürfnis und kein Bock, es mir selbst zu machen." „Hab ich gemerkt. Warum bist du nachts gegangen?" „Ich weiß nicht. Bin mir nicht sicher, ob es nur ein Bedürfnis war. So wie Hunger oder aufs Klo gehen oder…" „Oder?" „Na, weißt schon…" „OK. Aber wir wollen doch nicht morgen heiraten und ne Familie gründen. Also: ganz locker." Dave sah Martin misstrauisch an: „Weder morgen, noch übermorgen oder sonst wann." „Genau." „Cool bleiben." „Genau." „Deine Freundin wurde eben ermordet und du bist noch lange nicht nicht zurechnungsfähig." „Genau. Aber das war ich nie in den letzten Jahren." „Aber das war das einzige, was ich in den letzten Jahren war!" „Respekt." „Du bist komisch." „Ja, zum Totlachen." „Nein. Ich meine, du bist so sonderbar. Nie richtig anwesend. Fatalistisch. Lethargisch." „Aha. Du kommst mir auch seltsam verschlossen vor. Weltabgewandt. Brauchst Du die Brille? Oder ist die nur Tarnung?" „Beides." „Du bist ein Soziopath und ich bin depressiv. Können wir uns darauf einigen?" „OK." „Klasse, wir wären doch ein nettes Pärchen?" Dave lachte. Martin auch. Er küsste sie. Sie wich erst zurück, so als müsse sie kurz nachdenken, ob das gefährlich für sie werden könnte. Kam wohl zu dem Ergebnis, dass keine Gefahr drohte und erwiderte dann seinen Kuss. Ziemlich lange. Sehr lange. Bis sie Svens Schlüssel in der Tür hörten.

„So, Kinder! Das sollte für heute Abend reichen!" Sven schleppte einen Träger Augustiner über die Schwelle. „Bier beugt sicherlich der Strahlenkrankheit vor! Gamma-Strahlen sind total angewidert, wenn sie auf Hopfen, Wasser und Alkohol treffen." Sven brachte das Bier in die Küche und öffnete fürsorglich drei Flaschen. „So! Kommt rein! Aber lasst den Koffer erst mal draußen!" Martin und Dave setzten sich an den Küchentisch. Sven: „Prost!" „Prost!" „Prost!" Sie stießen an und ließen das Bier laufen. „Was nun?" fragte Sven in die Runde. Martin räusperte sich: „Ich muss erst mal was essen und an deinen Kühlschrank." Sven: „It's yours!" Martin holte sich einen Pack mit vier Wiener-Würstchen aus Svens Vorräten und fuhr fort: „Unsere Aufgabe: Wir sollten den Koffer öffnen und entschärfen, bevor der Typ die SMS mit dem Startsignal schickt." Sven überlegte: „Was, wenn wir den Koffer mit nem Zettel den Bullen vor die Tür stellen – 'Bitte entschärfen!'?" Martin: „Nein. Die kennen die Zusammenhänge nicht. Dieser Führer hat vielleicht noch selbst ne Bombe. Wir müssen den Einsatzplan kennen und das Ding allein zu Ende bringen. Außerdem kenne ich die Stimme dieses Typen. Ich kann sie nur noch nicht einordnen."

Dave schob sich wieder ihre verrutschte Brille mit dem Mittelfinger den Nasenrücken hoch: „Grundsätzlich kannst Du Dir alles online bestellen – Zünder, Zeitzünder und Fernsteuerung im Pyrotechnik-Shop. Um Sprengstoff herzustellen, gehst Du in den Baumarkt und in die Apotheke. Anleitungen zum Bomben basteln gibt's im Internet haufenweise. Der Typ hat jedoch sicherlich noch andere Reservoirs, wenn er früher für den militärischen Geheimdienst der DDR gearbeitet hat, und braucht daher auch keine Anleitung für AlQuaida-Amateure. Wenn er ein Handy als Zeitzünder benutzt, kann man die Funkmasten in der Gegend lahmlegen – vorausgesetzt man kennt den Ort des Anschlags. Wenn er eine programmierbare Fernsteuerung mit eigenem Sender verwendet, wird es schwieriger die richtige Frequenz zu orten. Solche Funkzünder gibt's in jedem besseren Feuerwerksladen. Störsender könnten da helfen, garantieren aber keine 100%ige Störung. Wenn in diesem Koffer aber ein komplizierter digitaler Wecker ist, hilft es nur sie zu entschärfen. Die Schwierigkeit ist, dass es im Aufbau der Elektrik und mittlerweile Elektronik Fallen gibt."

Dave nahm einen Schluck von ihrem Augustiner. Die beiden anderen zogen reflexartig nach. Dave zündete sich eine Zigarette an – Martin und Sven folgten ihr scheinbar willenlos, gebannt wartend auf Daves weitere Ausführungen. Dave: „Also, das ist nicht wie im Fernsehen, dass es da drei Drähte gibt und ich ne Drittel-Chance hab, den richtigen zu ziehen. Bei digitaler Technik brauche ich die richtige Software, um das System zu hacken. Hier liegt unsere Chance, da der Typ vielleicht schöne Bomben basteln kann, aber sicher kein CCC-Mitglied ist." Dave trank einen Schluck. Die anderen auch. „Ein weiterer Faktor ist die Strahlung: Je nach Höhe der Strahlung sind die Halbleiter sehr schnell im Arsch. In Tschernobyl musste man per Hand arbeiten, weil die Roboter ausgefallen sind. Das war in den 80ern. Aber auch heute müssen die Inspektionskameras im Reaktor eines Atomkraftwerks nach wenigen Stunden ausgewechselt werden, weil die Bildwandler nach ner Zeit ausfallen – also direkt im Reaktor. Auch bei 260 Milli-Sievert darf man nicht allzu empfindliche Technik verwenden, wenn das Ding einige Zeit funktionsfähig bleiben soll. Es ist ein Risiko. Daher wollte er wahrscheinlich mehrere Bomben platzieren, falls einige ausfallen. Also: Aufmachen, nachschauen, mehr wissen…"

Martin zündete sich eine neue Zigarette an: „Warum startet der Countdown, wenn man den Koffer öffnet?" Dave: „Entweder ist das nur ein Bluff von dem Typen, damit alle brav im Zeitplan bleiben, oder das Kofferschloss schließt beim Öffnen einen elektronischen Schaltkreis." Sven: „Dann lass uns doch den Scheißkoffer oben aufschneiden und das Ding rausholen." Dave: „Das Risiko ist zu groß, dass er dafür Sicherheitsvorkehrungen getroffen hat. Nein: Wir machen den Scheißkoffer nach seinen Anweisungen auf und schauen uns das Ding erst mal an."

Dave sah Sven an, sah Martin an. Die beiden saßen stumm und ergeben da. Dave war die Expertin. Martin: „Jetzt?!" Dave: „Von mir aus…" Sven: „Aber wolltest Du nicht noch was recherchieren?" Dave: „Hab ich nur gesagt, damit Ziggy zu seiner Conny kann." Sven: „Wie?! Zu Conny!?" Dave: „Na, meinste ich bin doof!? Nachdem er heute so von der Kleinen geschwärmt hat, ist doch klar, dass er sich die nicht entgehen lässt! Ich kenn doch meinen Ziggy…" Sven: „Aha…" Martin: „Ja. Das hat er sich verdient. Acht Nazis erschießt man nicht jeden Abend. Ich weiß eh nicht, wie der Typ das verarbeitet…" Sven: „Nerven wie Drahtseile, der Typ…" Dave: „Nein. Er weiß nur, was er tun möchte und was nicht. Er hat ein reines Gewissen, weil er konsequent ist. Sehr konsequent." Martin: „Aber er hat mir nichts dir nichts die Typen umgelegt! Das muss einem doch auf den Magen schlagen!" Dave: „Nicht jeder ist Raskolnikow und geht an Gewissensbissen zu Grunde." Sven: „Ja. Ziggy ist ein Killer-Typ, der trotzdem Spaß haben kann." Martin: „Aha… OK…" Sven: „Das können wir uns im hyperkultivierten post-post-post-materialistischem Zeitalter des 21. Jahrhunderts kaum mehr vorstellen, aber es gab diese Typen immer schon. Denk ans Altertum, ans Mittelalter, ach weit ins 19. Jahrhundert hinein: Menschen töten und bekriegen sich und müssen nach der Schlacht wieder lieb zu Frau und Kindern sein. Wir in Europa haben uns vom alltäglichen Grauen des Mordens abgeschottet. Aber, was rede ich:

Denk an den Jugoslawien-Krieg in den 90ern: Massenmord und Vergewaltigungen wie im 30jährigen Krieg!" Dave: „Ziggy ist gelernter Soldat. Töten ist immerhin seine Berufsausbildung." Martin: „Dass man das lernen kann…" Dave und Sven: „Ja, kann man." 0 Uhr 17. Sven erhob sich vom Tisch: „Ich muss noch n bisschen arbeiten. Ich lass euch zwei beiden mal alleine." „OK." „OK."

XXXXII

Dave und Martin saßen sich gegenüber und starrten auf ihre fast leeren Augustiner-Bierflaschen. Martin sah zu Dave, die angefangen hatte, das Papier von der Flasche zu kratzen. „Und was jetzt?" Dave sah hoch, hörte auf die Flasche zu bearbeiten und fixierte Martins Nase, dann die frisch geschorene Glatze. Martin musste husten. „Wenn ich alleine bin neige ich zu Exzess, manischen Depressionen und Alkoholismus. In meiner letzten Beziehung war ich ruhiger und ausgeglichen." „Dann möchte ich lieber, dass du alleine bleibst. Hört sich interessanter an." „Haha." „Ja. Spießerscheiß will ich nicht." „Nein. Wollte dich nur vorwarnen, dass ich etwas sonderbar bin." „Fein. Gut gemacht. Wie viele Kinder willst du von mir?" „Hä?" „Scherz. Mann, Martin, ich will dich nicht heiraten oder mit dir zusammenziehen. Wir haben einmal miteinander rumgemacht. Krieg dich mal wieder ein!" „Is ja gut. Wollt dich nur abchecken. Erwartungen dämpfen und so…" „Ich erwarte gar nix. Da würde ich ja wahnsinnig werden bei." „Dave, du alter Zyniker." „Realistin und Misanthropin!" „Prost!" „Prost!" Beide ließen die Flaschen klingeln und tranken ohne den Blick voneinander abzuwenden.

„Wir haben Zeit, Martin. Lass uns erst mal duschen. Deine Glatze nass machen…" Dave stand auf, ging zu Martin hinüber und nahm ihn bei der Hand. Willig ließ sich Martin in Svens Bad führen. Dort ging Dave zum Angriff über. Umschlang Martin, küsste ihn, zerrte an seinen Kleidern. Martin ließ es genüsslich geschehen und empfand angenehme Gefühle jenseits des Kopfes. Dave gefiel ihm immer besser. Sie war androgyn-anorektisch aber hübsch. Ihre Nerd-Maskerade war Tarnung. Darunter war sie außerordentlich sexy. Fein geschnittenes Gesicht, markante Augenpartie, auch ohne Brille, sehr schlank, kleine Brüste, klasse Hintern. Martin war mittlerweile nackt. Dave: „Ab in die Dusche!" Martin stieg in die Dusche und wärmte vor. Dave zog sich aus und kam nach. Ohne Umschweife fing sie an ihm einen zu blasen. Nachdem er gekommen war, war Martin weiter extrem erregt. Schöne Erektion. Dave stellte sich an die Wand der Duschkabine und ließ sich von hinten nehmen. Martin kam zum zweiten Mal. Dave: „Und jetzt streng dich an." Martin kniete im warmen Regen und leckte Dave, bis auch sie kam. Und zwar ziemlich schnell. Wohlig erschöpft kauerten sie in Svens Duschkabine. „Äh, verhütest Du eigentlich?" „Ne. Egal. Hab meine Tage. Da." Martin sah zum Abfluss. Das Wasser war rot gefärbt. „Ich liebe dein Blut." „Recht so. Ich find deinen Schwanz ok." „Na, dann passt doch alles." „Jepp!"

Abgetrocknet und angezogen verließen sie das Bad, sahen den Alu-Rimowa im Flur aus den Augenwinkeln und setzten sich wieder an den Küchentisch. Martin und Dave zündeten sich ihre Zigaretten an und bliesen Rauch in Svens Küche. Martin: „Hey, ich find dich echt klasse." „Danke. Geht mir ähnlich." „Echt?" „Ja, ich find mich auch ganz ok." „Ha!" „Ja, Schatz, Du bist der Größte, Stärkste und Schönste. Mann, Martin, bislang hatten wir nur Sex, ok?" „Ja. Ist doch fein." „Ja. Aber wir kennen uns doch gar nicht." „Nein, nein, keine Sorge. Ich neige nicht zum Überschwang. Wollte dir keine euphorisierte Liebeserklärung machen. Ich nehms so, wie es kommt. Und es kam ganz gut. Und das, was ich von dir kenne, find ich echt klasse. So. Punkt." „OK. Bevor wir in die kognitiv-psycho-emotionale Ebene einsteigen, Martin, sollten wir noch eben mal das lästige Problemchen in dem Köfferchen aus der Welt schaffen, hmm? Was meinste?" „Klar. Mach mal. Ich schau zu." „OK! Gleich wieder da!"

Dave stand auf, um den Koffer zu holen. Der Alu-Rimowa landete sanft auf Svens Küchentisch. „OK. Wir werden jetzt ne ordentliche Dosis Strahlung abbekommen, aber das überleben wir. Wir müssten tagelang hier sitzen, um abzunippeln. Also los geht's!" Dave machte sich daran, das dreistellige Nummernschloss zu öffnen. 1.000 Möglichkeiten. „Sicher hat er ne Nummer im hinteren Bereich genommen. Ich fang bei 999 an. Falls er nen Sicherheitsmechanismus eingebaut hat und wir gleich die Engel singen hören – Tschüssikowski!" Martin glaubte sich zu verhören und wollte Dave in den Arm fallen, doch sie hatte die erste Kombination schon ausprobiert. Nicht geschah – keine Explosion, kein Giftgas, nichts. Dave: „Glück gehabt! No risk, no fun! Ha!" Martin stand immer noch atemlos hinter ihr, als Dave schon bei Nummer 900 angekommen war. Wie ein Roboter drehte sich die Zahlenräder des Schlosses weiter. Martin zündete sich zwischenzeitlich drei Zigaretten an und öffnete für sich und Dave noch zwei Bier, bis Dave Erfolg hatte. „Ha! 880. Hätte ich mir denken können…" „Warum?" „Die acht steht für den achten Buchstaben im Alphabet. Also H. HH heißt Heil Hitler." „Und die Null?" „Bleibt ne Null…" „Aha…" „Ja, meine Güte…" Martin stand auf und ging zu Dave hinüber, als die den Koffer öffnete. Der Rimowa war mit grauem Schaumstoff ausgelegt. Darin lagen eingebettet: eine etwa 30 Zentimeter lange Bleiröhre mit etwa zehn Zentimeter Durchmesser, ein in Zellophan eingewickeltes Irgendwas – wahrscheinlich der Sprengstoff, ein Handy, ein kleines Schaltkästchen, alles mit allen möglichen Kabel verbunden. Dave machte ihr „Pahhh!" Zog die linke Augenbraue hoch: „Wahrscheinlich C4. Leicht formbar. Unempfindlich gegen Erschütterungen. Militärischer Bereich." „Aha…" „Ja… Er verwendet ein Handy. Der Auslöser kann nun der voreingestellte Wecker sein, oder ein Anruf. Welche Fallen er eingebaut hat … das ist jetzt die nächste Frage." Dave stand auf und ging kurz in den Flur, um mit ihrer roten Adidas-Tasche wieder zu kommen. „Die Strahlung ist hoch. Der Rechner könnte den Geist aufgeben… Ich hab auch Kabel dabei. Verlängerungskabel. Ich steck die mal da rein und dann lass uns nach nebenan gehen. Geh schon mal vor." „OK." Martin blieb neben Dave stehen und bewegte sich keinen Millimeter. „Geh schon! Die Strahlung ist hier am höchsten!" „Nein. Ich bleib hier. Muss auch Fotos machen. Mensch! Was für ne Story! Warte!" „Halt!" rief Dave: „Was ist das?!" Dave zog ein Briefkuvert hervor, das zwischen Schaumstoff und Koffer gesteckt hatte. „Hier! Wahrscheinlich der Einsatzbefehl."

In Martin erwachte der Journalist. Er steckte sich das Kuvert in die Hosentasche, lief zu seiner Schlafstätte im Wohnzimmer und holte sich sein Smartphone. Zurück in der Küche schoss er sofort einige Fotos von dem Sprengsatz. Dave klinkte sich mittlerweile in den Mechanismus der Koffer-Bombe ein, indem sie mit einer Klemme eine Verbindung zu dem Schaltkasten und eine zur Schnittstelle des Handys herstellte, ein billiges Samsung-Handy, aber immerhin mit einem Eingang für ein Datenkabel.

„OK! Ich habs. Raus hier!" Dave stand auf, schulterte ihre Adidas-Tasche und wickelte vorsichtig rückwärts aus der Küche gehend die Kabel ab. Fünf Meter. Sie kamen nicht bis ins Wohnzimmer. „Das wärs." Dave setzte sich im Flur auf den Boden und klappte ihr Laptop auf, holte allerlei Gerätschaften aus ihrer Tasche und klinkte die beiden Kabel ein. „Los geht's!" Dave hämmerte auf ihr Laptop ein. Martin stellte den Bierträger hinter sich ab, setzte sich neben sie und merkte, dass Dave sich nun völlig von der Außenwelt abgekoppelt hatte. Dave befand sich nun im digitalen Universum des Hackers. Auf ihrem Bildschirm war nicht mehr das gewohnte Windows-Design zu sehen, sondern Programme, die auf Farbe verzichten konnten und an die 80er erinnerten, als man noch Befehle auf der DOS-Oberfläche eingab.

Martin sah sich das fünf Minuten an, dann erlahmte seine Anteilnahme und er ließ sich auf das Parkett fallen, um sich eine Zigarette anzuzünden. Dann zog er den Briefumschlag aus der Hosentasche und öffnete ihn. Zuerst fiel eine Plastikkarte von der Größe einer Kreditkarte heraus. Martin hob es auf. Hausausweis, Deutscher Bundestag, Gültig bis Ende Februar 2013, ausgestellt für einen Sven Becker. Das Foto war etwa zwei mal zwei Zentimeter groß. Martin hatte als Journalist auch einen Hausausweis. Nicht für die politische Berichterstattung. Nein, Martin spielte immer mittwochs mit einigen Kollegen, Lobbyisten und Mitarbeitern des Bundestags in der Sporthalle des Bundestags Fußball. Früher musste er immer mit seinem Bekannten, der im Bundestag bei einem Abgeordneten arbeitete, zusammen das Gebäude betreten oder wurde von ihm als Gast abgeholt, wobei er jedes Mal seinen Personalausweis hinterlegen musste. Weil es auf Dauer praktischer war, mit einem eigenen Ausweis das Gebäude zu betreten, hatte ihm sein Bekannter die nötige Unterschrift des Sicherheitsbeauftragten seiner Fraktion für seinen Antrag besorgt und war erleichtert, dass er nun nicht mehr Babysitter für Martin spielen musste. Dass er nur Sport-Journalist war, hatte den Sicherheitsbeauftragten nicht weiter gestört. So konnte Martin seit ein paar Jahren unbehelligt vom Sicherheitspersonal zur Sporthalle des Marie-Elisabeth-Lüders-Haus kommen und sich frei im gesamten Bereich des Bundestags bewegen. Noch nie hatte sich einer der Wachleute an den Pforten der zahlreichen Bundestagsgebäude das Foto genauer angesehen. Das Foto auf seinem Hausausweis hätte auch von seinem Kumpel aus der Lokal-Redaktion sein können und der war türkischstämmig. Türkischstämmiger ging es gar nicht. Von seiner ausladenden Sporttasche hatte über die Jahre hin auch noch niemand Notiz genommen. Wer einen Hausausweis besaß, musste sich nicht durchchecken lassen und seine Mitbringsel unter dem Röntgenschirm begutachten lassen. Er hätte seine Tasche mit Kalaschnikows füllen können und wäre beiläufig durchgewunken worden, auch wenn er noch einen Schrankkoffer mit einer Boden-Luft-Rakete darin hinter sich hergezogen hätte.

Martin legte den Ausweis neben den Aschenbecher auf den Boden und faltete den Einsatzplan auf: „Ablageort: Bundestag – Jakob-Kaiser-Haus – Dorotheenstraße 101 – 5. Etage – Herren-Toilette. Zündung erfolgt 12:00 Stunden nach Startsignal." Martin tat einen tiefen Zug von seiner Zigarette. „Hey, Dave. Der Bundestag ist das Ziel. Soweit ich weiß, ist diese Woche auch noch Sitzungswoche. Das heißt, alle Abgeordneten sind anwesend!" Dave sah kurz hoch und pustete aus: „Pahhh! Um die meisten wäre es sowieso nicht schade…" „Ach, Dave…" „Jaja, schon gut. War ja nur n Witz… Ich habs hier gleich… Vielleicht hätten wir den verdammten Koffer in den Keller und nicht in Svens Küche legen sollen. Seine Rühreier esse ich sicher die nächsten Tage nicht mehr." „Du ist ja eh keine Rühreier." „Stimmt. Egal… Wenigstens ist das Bier in Sicherheit. Gib mir mal eins, bitte." Martin öffnete mit seinem Feuerzeug die Flasche und reichte Dave das Augustiner. Danach öffnete er sich selbst eins, nahm einen Schluck und begann sich das Tweed-Sakko auszuziehen. Die acht Handys von Ziggys jüngsten Opfern wogen schwer. Martin überprüfte die Displays: Alle acht Akkus waren voll, keine SMS war eingegangen, keines hatte die Lautlos-Funktion aktiviert. 19. März 2012, 1 Uhr 39. Die zuhause gebliebenen Zellen-Mitglieder waren wohl angewiesen worden, keinen Funkkontakt herzustellen. Aber das konnte vielleicht noch kommen. Martin stand auf und legte alle acht Handys nebeneinander auf das Parket in Svens Wohnzimmer. Ziggy hatte das Telefon von Kalle Spitzbart.

XXXXIII

Martin nahm sich seine Tasche und griff eines der Bücher heraus. Ein Taschenbuch, Norbert Frei, „Der Führerstaat". Martin studierte erst das Inhaltsverzeichnis und blätterte dann ans Ende des Büchleins zur Zeittafel, die auf wenigen Seiten die wichtigsten Ereignisse von 1933 bis 1945 auflistete. Meine Güte! Verschüttetes Wissen aus dem Schulunterricht stieg wieder in ihm auf: 7.2.1933 Reichstagsbrand – 23.3.1933 nur die SPD stimmt gegen das Ermächtigungsgesetz – 30.6.1934 die SA-Führung um Röhm wird ermordet – 2.8.1934 die Reichswehr legt den Eid auf Hitler ab – 10.9.1935 Nürnberger Rassengesetze – 17.6.1936 Himmler wird als SS-Chef auch Oberhaupt der Polizei – 15.7.1937 KZ Buchenwald errichtet - 12.3.1938 Anschluss Österreichs – 14.3.1939 Überfall auf die Tschechoslowakei – 23.8.1939 Hitler-Stalin-Pakt - 1.9.1939 Überfall auf Polen – 22.6.1940 Frankreich kapituliert – 6.4.1941 Überfall auf Griechenland und Jugoslawien – 22.6.1941 Vernichtungskrieg gegen die Sowjetunion beginnt – 11.12.1941 Hitler erklärt den USA den Krieg – 20.1.1942 Wannsee-Konferenz zur „Endlösung der Judenfrage" – Juni 1942 Beginn der Massenvergasungen in Auschwitz – 31.1.1943 Hitlers 6. Armee kapituliert in Stalingrad – 6.6.1944 D-Day in der Normandie – 16.12.1944 Ardennenoffensive von Hitlers Wehrmacht – 19.3.1944 „Nero-Befehl" Hitlers - 30.4.1945 Selbstmord Hitlers – 7.5.1945 Kapitulation der Wehrmacht.

Martin legte das Buch weg und blickte auf eines der acht vor ihm liegenden Handys: 19.3.2012. „Fuck! Dave! Beeil Dich! Der Typ will die Bomben noch heute losgehen lassen!" Dave nahm von Martins Aufschrei keinerlei Notiz und arbeitete stoisch an ihrem Laptop weiter. Martin nahm sein Handy und rief Sven an: „Hey Sven! Das Ganze soll heute steigen! Am 19.3.1945 hatte Hitler seinen Nero-Befehl ausgegeben – Zerstörung der deutschen Infrastruktur, um dem Feind nur noch verbrannte Erde zu hinterlassen. Seit zwei Stunden haben wir den 19.3.! Wenn der Typ auf Carinhall und Nazi-Symbolik steht, dann passt das Datum haargenau!" Martin nahm einen Schluck Bier. Sven: „OK! Ich werd Ziggy Bescheid geben. Wie weit ist Dave?" Martin wandte sich an Dave: „Hey Dave! Wie kommst Du voran?" Dave murmelte etwas

Unverständliches. „Sven? Dave sitzt dran. Dauert aber noch." „OK, Marty. Zu deiner Beruhigung: Der Nero-Befehl wurde nie ausgeführt. Speer und die anderen verbliebenen Minister haben das einfach ignoriert." „Mag ja sein. Aber unser NSF-Führer will das jetzt offensichtlich nachholen. Ziel ist übrigens laut Einsatzplan der Bundestag. Aller Wahrscheinlichkeit nach sollten die anderen Bomben auch dort hochgehen. Wir vermuten, dass der Führer auch noch nen Koffer deponiert." „Alles klar. Bin inner halben Stunde da. Ziggy sag ich Bescheid."

Dave stand auf und zündete sich eine Zigarette an: „Fertig. Hochgehen kann die Scheiße nicht mehr. Hab den Mist mit nem Virus infiziert und lahm gelegt. Overload. Systemabsturz. Aus die Maus. Kannst das Ding auseinandernehmen. Sven soll den Scheißkoffer besser mal in den Keller stellen." Dave nahm einen tiefen Zug und lies den Rauch langsam wieder aus ihren Lungen entweichen. Martin kratzte sich an der Glatze: „Fein. Aber was ist mit den anderen vier Koffern? Kannst du die auch entschärfen?" Auch Dave kratzte sich am Kopf: „Hmmm… Theoretisch schon. Zeit genug is ja noch. Weiß nur noch nicht, ob mich über zwei Stunden der vierfachen Strahlenbelastung aussetzen möchte. Das hat hier jetzt etwa ne halbe Stunde gedauert. Könnten auch die Bullen oder sonst wer machen. Man kann die Koffer schnell oben aufschneiden. Ne Sicherheitsvorrichtung hat er dagegen nicht eingebaut. Das würde Zeit sparen. Hmm…" „OK. Lass uns das gleich mit Sven und Ziggy besprechen." Martin und Dave gingen in die Küche. Dave entfernte das Handy, den Schaltkasten und den Zünder, schloss den Koffer und stellte ihn vor die Wohnungstür. Sie warf die Tür ins Schloss und packte Martin bei den Eiern: „Los, Kleiner: Lass uns noch mal duschen – hilft gegen die Strahlenkrankheit…"

XXXXIV

19.3.2012 – 2 Uhr 24: Sven und Ziggy betraten die Küche. 2 Uhr 26: Martin und Dave stießen frisch geduscht dazu. „Hi!" Hi!" Hi!" Hi!" Hi!" Ziggy, Martin und Dave grinsten. Sven sah die drei der Reihe nach an: „Außer mir haben heute scheinbar schon alle gevögelt. Mann, irgendwas mach ich immer falsch… Wie war die Kleine, Ziggy?" Ziggy ließ sich unter

Einsatz all seiner Muskeln schwerfällig und aufgepumpt auf einen Küchenstuhl nieder: „Conny ist großartig! Mann, ey: Wir haben es in der ganzen Wohnung getrieben. Sie hat mir erst so was von einm geblasen, bevor ich ihr die…" „Hey, hey!!! So genau wollte ich es gar nich wissen, Mann!!!" schrie Sven gespielt hysterisch und an Dave und Martin gewandt: „Und bei euch wars wohl ähnlich nett, was? Ha! Sozusagen bombige Stimmung! Sorry für den Kalauer… Was is nun mit dem Koffer?" Dave: „Ist entschärft. Per Virus. Bring ihn bitte gleich in den Keller. Haben überlegt, ob wir die anderen vier Koffer auch entschärfen sollen. Sind ohne Sicherheitsvorrichtungen. Er vertraut anscheinend seinen Leuten oder vielmehr deren Unterwürfigkeit." Ziggy zündete sich eine Zigarette an, was zur Folge hatte, das dies alle anderen auch machten, und eine zehnsekündige Gesprächspause entstand.

Als alle selig an ihren Kippen nuckelten, fasste Martin zusammen: „Problem eins: Dieser Führer könnte ebenfalls einen Koffer abliefern, um 100 Prozent sicher zu gehen, dass wenigstens eine Bombe deponiert ist und detoniert. Deponiert, detoniert… Problem zwo: Entschärfen wir die anderen vier Koffer nicht, ist die Schorfheide – inklusive Carinhall – für sehr, sehr lange Zeit verstrahlt. Problem drei: Beziehen wir die Polizei mit ein? Problem vier: Ich muss in die Redaktion, um meinen Hausausweis für den Bundestag zu holen." Ziggy: „Ad eins: Glaub ich auch. Ad zwo: Sollten wir machen. Ad drei: Keine Bullen, weil es Tote gab und ich nich im Knast versauern will, sondern erst mal bei Conny. Ad vier: Geh dahin. Wird Zeit, dass wir mal rausfinden, wer die Guten und wer die Bösen sind." Sven: „Dito." Dave: „Yep! Sven, wir nehmen Martins Golf und fahren nach Carinhall. Die beiden Glatzen übernehmen den Bundestag." Martin: „Neues Problem eins: Der Bundestag besteht nicht nur aus dem Reichstag, der für sich schon recht unübersichtlich ist, sondern aus ner Menge verstreut liegender Gebäude – der Typ könnte überall seinen Koffer abstellen. Neues Problem zwo: Ziggy und ich haben Glatzen, was doch eher auffällig ist." Sven: „Ad zwo: An Perücken habe ich nun nicht gedacht, aber Mützen würden wohl auch reichen. Ad eins: Entweder wir finden schnellst möglich raus, wer dieser Fuck-Führer ist und können das auf eigene Faust lösen, oder wir müssen doch die Bullen alarmieren oder die Türsteher im Bundestag oder sonst wen." Dave: „Martin muss auf den Busch klopfen – Chefredaktion aushorchen, bei den

Bullen nachfragen. Da muss irgendwo ne undichte Stelle sein. Die führt uns zum NSF-Führer. Den müssen wir aufscheuchen. Wir sind im Vorteil: Haben seine Zellen und seine Fuck-Koffer ausgeschaltet. Der ist hintendran. Zu selbstsicher. Daher zu unvorsichtig." Ziggy: „Hätt ich nich besser psychologisieren können, Dave. Frage: Wenn der Einsatzbefehl kommt, kannst du den Absender orten?" Dave: „Hab so n Programm. Kein Problem. Man braucht Zugang zum Mobilfunkbetreiber und zu den Sendemasten. In ner Großstadt wie Berlin kannste ein Handy auf etwa 150 Meter Genauigkeit orten. Funktioniert auch, wennste dich bei einem dieser Ortungsdienste einhackst – spart Zeit." Martin: „Ortungsdienste?" Dave: „Ja. Gibt x Dienstleister, die dir die Überwachung von Schatzis Handy anbieten, wennste Angst hast, dass se fremdgeht oder so." Martin: „Aha…" „Ja, Süßer. Alles kein Problem mehr heutzutage, Dich ausfindig zu machen. Wenn du deine Karte wieder in dein Handy einlegst, wird es für den Führer kein Problem ein, dich ausfindig zu machen. Kannste Lockvogel spielen…" Sven: „Wie? 'Süßer'? Was is denn mit euch passiert?!" Ziggy: „Sags ja immer: Sex is ne Wunderwaffe! Da wird sogar so n Klotz wie die olle Dave weich! Ha!" Dave: „Blödmann!" Ziggy: „Grrr…" Dave: „Ach halts Maul!" Sven: „Ich lach mich schlapp: Ne verliebte Nerd, und n weich gewordner Frontkämpfer! Ha!" Ziggy: „Klappe, Arsch!" Dave: „Genau, Sven: Halt einfach mal deine Fuck-Schnauze!"

Martin blickte milde lächelnd von einem zum anderen. Nette Menschen. Harte Menschen. Aber alle gut. Unterschiedlicher hätten sie kaum sein können. Aber etwas hielt sie zusammen. Vertrauen. Vertraute Gewohnheit. Er profitierte von dieser merkwürdigen Melange. Seine Trauer um Maria, seine chronische Depression waren wie weggeblasen. Und er hatte dadurch weder ein schlechtes Gewissen noch Identitätsprobleme. Die letzten Tage hatten ihn aufgerüttelt. Maria hatte für ihn ein Riesenopfer gebracht. Sie hatte ihn letztlich unter Beschuss gesetzt. Er hatte ihretwegen dem Tod ins Auge geblickt. Sie hatte ihm neue Freunde beschert –vor allem Dave – und einen Haufen Leichen, dazu schmutzige Bomben. Zudem war er wegen Maria nun Jäger und Gejagter. Konnte es etwas Geileres geben?! Er war trotz Alkohol, Müdigkeit und Schock die letzten drei Tage hellwach. Sein Blick war geschärft, fokussiert. Seine Lebenseinstellung hatte sich in der kurzen

Zeit komplett verändert. Wozu die pubertierenden Romanfiguren Hermann Hesses ein Leben lang gebraucht hatten, war ihm binnen des 26. Bundesliga-Spieltags der Saison 2011/2012 gelungen – perfekt! Martin fühlte sich nun wie in der 75. Minute beim Spielstand von eins zu eins. Er war nun bereit, die Initiative zu übernehmen. Der Wille zum Sieg brach bei ihm durch. Wenn ihn etwas fasziniert hatte, dann der unbedingte Wille zu gewinnen – so wie Liverpool gegen Milan 2005 nach einem 0:3 Rückstand...

XXXXV

Martin nahm sein neues Handy zur Hand. 2 Uhr 42 zeigte das Display an. Martin wählte die Mobil-Nummer seines Chefredakteurs Tim Schumann. Nach zweimaligem Läuten ging der auch ran: „Ja!?" „Ich bin's. Martin." „Martin!? Was los, Junge!? Wo steckst Du!? Wir versuchen Dich schon seit Tagen zu erreichen! Urlaub machen sollte nicht abtauchen heißen! Mann! Bei uns brennt die Hütte! Die Kacke ist am Dampfen! Uns steht das Wasser bis zum Hals! Die NVP-Anwälte machen uns die Hölle heiß! Das Material, das uns Maria gezeigt hat, findet sich nicht auf ihrem beschissenen Rechner! Wir sind am Arsch! Wir müssen im morgigen Blatt 42 Gegendarstellungen abdrucken! Scheiß-Landespressegesetz! Dann wollen uns die zivilrechtlich mit Widerrufen überziehen, mit Schadenersatzklagen eindecken! Wir stehen vor dem Ruin! Die machen uns fertig! Wir haben keine Beweise, keine Belege, keine eidesstattlichen Erklärungen! Nichts! Wir haben nichts! Verfickte Scheiße! Martin! Nichts!!! Maria wollte uns nichts geben! Sagte Rosenberg, sie habe alles sicher verwahrt! Scheiße!" Martin hustete, um den Redeschwall seines Chefs zu unterbrechen: „Tim! Halt mal kurz die Klappe! Ich habe alles!" Fünf Sekunden Schweigen. Dann Schumann: „Wie? Alles?" Martin: „Ich habe Marias Material. Alle Interviews, alle Dokumente, alle eidesstattlichen Erklärungen und so weiter und so weiter..." „Verdammte Scheiße! Du gottverdammter Hurensohn! Warum sagst du das erst jetzt! Du reitest uns in die tiefste Scheiße seit Zusammenbruch der New Economy! Martin!? Was soll das, verdammt noch mal!?" „Ich weiß nicht wem ich trauen soll." „Wie?" „Nachdem ich am Freitag Abend deine externe Festplatte mit Marias Daten in der Redaktion durchsucht hatte, stand ich vor deinem Büro und konnte dich und Rosenberg reden hören. Mir war das nicht geheuer. Ihr sagtet was von 'Sie hat der ganzen Sache geschadet' ich hätte mir was 'unter den Nagel gerissen'. Der Parteivorstand würde das alles nicht so schlimm sehen und so was. Ich dachte erst, ihr steckt mit den Nazis unter einer Decke…" „Mann, Martin, hast du n Arsch offen!? Wärst du jetzt hier, würde ich dir eins in die Fresse zimmern! Ich war früher aktives DKP-Mitglied und Rosenberg ist Jude, verfickte Scheiße! Nach den Nürnberger Rassegesetzen von 1935 wäre ich übrigens auch Jude, Vierteljude, um genau zu sein. Meine Mutter war Halb-Jüdin. Unsere Familie hatte nur Glück, weil der Großvater als Beamter in der Partei war. Natürlich haben wir gehofft, dass der NVP-Parteivorstand mit uns verhandeln will und nicht gleich mit Panzern anrollt. Als deren Anwälte dann hier am Sonntag aufkreuzten, haben wir geglaubt, dass die oder die NSF-Killer sich alles Material bei Maria beschafft hätten, dass sie sicher seien, dass wir keine Belege mehr hätten. Die haben im Gespräch mit mir und Rosenberg schnell gemerkt, dass wir blank waren. Half alles Bluffen nichts…" Schumann atmete schwer und schnell: „Und was wenn du mit dem Material verduftet wärst!? Hmm? So abgefuckt wie du die letzten Monate hier herumgeschlichen bist, hätten wir auch geglaubt, dass du das Zeug zu Geld machst und dich mit nem Bumsbomber nach Thailand absetzt. – Genau: Was wäre, wenn du dir das Zeug unter den Nagel gerissen hättest? " Martin lachte: „Hab ich nicht." „Haste nich, haste nich. Können wir ja nich wissen: Du tauchst ab, und dann tauchen hier die Nazi-Anwälte auf und machen einen auf dicke Hose!" „Und was hat nun 'der Sache' geschadet?" „Das kann ich dir am Telefon nicht erzählen. Auch so nicht. Habe ne Verschwiegenheitserklärung abgegeben." „Aha… Verfassungsschutz?" „Ich dementiere ganz und äußerst entschiedenst!" „Verstanden." „Möchte ich hoffen." „OK. Wo ist das Leck? Wer ist der Kopf der NSF? Wer hat Maria erledigt? Wer wollte mich umbringen? Wer plant wann einen Anschlag mit dem Namen 'Operation Göring'?" „Was? Mal langsam, mein Junge… Wer wollte dich umbringen? Was für ein Anschlag?"

Martin überlegte kurz, wie weit er Schumann nun vertrauen konnte, entschied sich dann jedoch dafür relativ weit zu gehen: „Ich wollte in Leipzig mit einem von Marias Informanten sprechen. Am Leipziger

Flughafen wurde der erschossen, als er neben mir saß. Ich habe Glück gehabt. Ich wurde beschattet, meine Wohnung wurde verwüstet. Ich habe Hinweise, dass mit schmutzigen Bomben Anschläge in Deutschland verübt werden sollen – und zwar bald. Sehr bald." „Mein Goldjunge! Damit sind wir aus dem Schneider! Ach was! Das ist die Mega-Story! Mein Blatt wird Weltruhm einfahren!" „Unser Blatt." „Klar! Unser Blatt! Pass auf, Martin: Die Gegendarstellungen morgen sind gut. Sehr gut sogar. Die fördern bundesweit und international die Aufmerksamkeit. Wir werden tagelang im Fokus der Medien stehen. Wenn wir das ausreizen und dann die Belege für Marias Geschichte präsentieren, haben wir maximale Auflage und Publicity. Yes! Die Geschichte mit den schmutzigen Bomben legen wir nach. Das wird das allgemeine Interesse nochmals potenzieren. Die NVP ist damit endgültig erledigt! Und wir haben das gemacht! Wir machen Politik! Wir schreiben Geschichte! Wir sind die Guten!" „Mhhh..." „Martin, wenn das so läuft, wie ich mir das vorstelle, mach ich dich zum bestbezahlten Chefreporter Deutschlands! Die Themen kannste Dir nach Lust und Laune aussuchen. Scheiß-Fußball von mir aus, oder Politik, oder Gesellschaft, Wirtschaft, was du willst." „Hört sich gut an." „Das hört sich alles wunderbar an! Nun pass auf: Du mailst mir, Rosenberg und unserem Politik-Chef sofort das Material, damit es sicher ist. Außerdem legst Du verschiedene Email-Adressen bei Yahoo, GMX, Google sonst wo an und lädst das Zeug da hoch, damit es breit gestreut, aber sicher ist. Verstanden." „Aye-aye! Einstweilen kannst du Marias Material auf meinem Rechner in der Redaktion finden. Weiteres internes NVP-Material liefere ich nach" „Sehr gut! Wunderbar! Auf deinem Rechner?! Nun, gut. Man kann nicht misstrauisch genug sein... Aber nun zacki-zacki. Wir dürfen keine Zeit verlieren. Ich klingle jetzt die Mannschaft zusammen. Ha! Spürst du auch diesen geilen Adrenalin-Schub!? Ha! Spürst du ihn!? Hast du so was schon mal gespürt!?" „Seit Freitag ununterbrochen..." „Ist das nicht geil!?" „Etwas anstrengend auf Dauer, aber ja..." „Ich fühl mich wieder jung! Ich weiß, warum ich diesen Scheißjob damals machen wollte! Ha! ... OK! Genug geredet. An die Arbeit, mein Junge!"

Schumann hatte das Gespräch beendet, ohne Martins Verabschiedung abzuwarten. Schumann schien es egal zu sein, ob ein paar Kilometer neben dem Redaktionsgebäude des Tagesanzeigers schmutzige Bomben explodierten. Die Story war ihm wichtiger und so oder so sicher, egal, ob da was explodierte oder nicht. Martin war sich sicher, dass der Enthusiasmus seines Chefs echt war. Er war erleichtert, ihm vertrauen zu können. Ziggy, Sven und Dave hatten das Gespräch über den Lautsprecher des Handys mitgehört. Sven: „Sympathischer Typ, dein Chef. Die DKPler waren zwar Weicheier und am Gängelband der SED, aber sonst…" Dave: „OK. Und jetzt den Bullen." Martin: „Dietrich?" „Yep!" Martin kramte die Visitenkarte Dietrichs aus seinem Geldbeutel und wählte dessen Handy-Nummer. Es tutete fünfmal, dann sprang die Mailbox an: „Hier Dietrich, Nachrichten hinterlassene bitte ma nachm Piep." „Hallo, Herr Dietrich. Hier Martin Schmidt. Ich bin da noch auf interessantes Material meiner Kollegin gestoßen. Bitte rufen Sie mich unbedingt zurück. Egal wann. Tschüss!"

Es war Punkt 3 Uhr. Dave stieß ihre Kippe in den Aschenbecher: „OK. Sven. Abmarsch. Ziggy und Martin: Ihr gebt Bescheid, wenn sich was tut." Stille. Dave wollte gerade aufstehen, als hektisches Piepen und lustige Signal-Töne sich bemerkbar machten. Die beiden erbeuteten Handys in Ziggys tiefen Hosentaschen gaben sowohl einfache Pieps-Geräusche als auch eine Art kosmischen Choral zu besten. Aus Svens Wohnzimmer tönte sanft achtstimmige Kakophonie der anderen Handys. „Dietrich!" schrie Martin. „Ich wusste, dass ich die Stimme dieses Führers kannte. Nur ohne diesen Berliner Dialekt konnte ich sie nicht zuordnen!" Ziggy: „N Bulle! Perfekte Tarnung, optimale Informationsversorgung, immer auf dem neuesten Stand, Zugang zu Waffen und sonstigem Material – Respekt!" Sven: „Kein Wunder, warum ich den Bullen nie getraut habe – alles Faschisten!" Dave: „Pahhh…" Martin: „Nun hör aber auf!" Sven: „Jaja…" Martin: „OK. Dietrich hat nach Abhören der Mailbox Bammel bekommen. Er dachte, ich sei längst tot. Sah seine Operation Göring gefährdet und hat unmittelbar den Einsatzbefehl erteilt. Er ist der NSF-Führer. Wir haben also bis 15 Uhr Zeit. An wen können wir uns wenden? Verfassungsschutz? BKA?" Ziggy: „Habs schon mal gesagt: Ich geh nicht inn Knast. Keine Bullen!" Sven: „OK. Martin ist Journalist. Hat n Zeugnisverweigerungsrecht. Er kann den Bullen alles erzählen. Nur: Wer wird ihm glauben, dass Dietrich der Ober-Nazi-Killer ist? Na? Genau: Niemand. Bis die deutsche Bürokratie den richtigen Gang einschaltet, sind wir alle verhaftet, und Dietrich kann sein Bömbchen in aller

Seelenruhe zünden und sich aus dem Staub machen. Wer weiß, wie viele Identitäten der auf Lager hat."

Sven und Dave machten sich mit Martins altem Golf auf den Weg nach Carinhall. Sie sollten sich beeilen und sich zeitig wieder in der Nähe des Bundestags einfinden, um die letzte Bombe zu entschärfen – wobei sie alle davon ausgingen, dass sie diese auch finden würden. Martin und Ziggy wollten noch ein paar Minuten schlafen. Um sechs Uhr würden sie in der Redaktion Martins Hausausweis für den Bundestag holen, um dann die Nadel im Heuhaufen zu suchen. Sven würde den gefälschten nehmen. Früher als halb sieben wäre es verdächtig im Bundestag aufzutauchen. Was sollten Externe um diese Uhrzeit im Bundestag wollen? Martin war zwar noch nie kontrolliert worden, aber er wollte kein Risiko eingehen und nicht allzu verdächtig erscheinen. Gegen halb sieben würde es so aussehen, als würden die beiden zum Frühsport in den Kraftraum oder die Bundestagsturnhalle gehen. Dass in ihren Sporttaschen keine Turnschuhe und Trainingsanzüge sein würden, sondern Ziggys Waffenarsenal, sollte der besondere Reiz an der Sache sein.

XXXXVI

Er starrte auf sein Handy. Dieser Schmidt war zäher als erwartet. Der Berliner Zellenführer hatte versagt oder noch keine Gelegenheit gehabt. Egal. Schmidt war eine Randfigur in seinem Spiel. In Carinhall hatte er nur die Personen-Anzahl überprüft. Alles korrekt. Er kannte die Gesichter der Zellen-Mitglieder nicht. Jeder hätte der Berliner Zellenführer sein können. Das System war weitestgehend auf Anonymität aufgebaut. Nur die Mitglieder einer Zelle kannten sich. Die Rekrutierung verlief über Ultra-Gruppen, NVP-nahe oder halb legale Organisationen, diverse Wehrsportgruppen oder rechte Bundeswehr-Soldaten. Quartalsweise fragte er dann, über tote Briefkästen ab, ob es geeignete NSF-Kandidaten gebe. Mit der Zeit gelangten die Kandidaten an die richtigen Leute, wurden mehrfach getestet und kamen schließlich auf Umwegen zur Grundausbildung in den Nahen Osten oder nach Nordafrika, wo er noch über einige Kontakte verfügte. Alles ging sehr langsam, aber daher sehr sicher von statten. Nicht alle Kandidaten waren letztlich geeignet, wechselten ihr Gedankengut wie andere ihre Socken, oder wurden nach einer fahrlässigen Unbeherrschtheit von Polizei, Staats- oder Verfassungsschutz ausgehoben. Ganz langsam hatte er daher nur die NSF-Zellen entwickeln können. Die Zellen-Mitglieder waren dafür absolut zuverlässig.

Er kannte bundesweit etwa 30 tote Briefkästen. Gartenlauben, Spülkästen in öffentlichen oder Restaurant-Toiletten, Hohlräume im Fundament von Parkbänken etc. Diese wurden regelmäßig geleert oder befüllt. Anweisungen, Material, Geld – alles gelangte so in den Kreislauf des nationalen Widerstands. Wer diese Briefkästen jeweils betreute, wusste er nicht. Die Organisation war über die Jahrzehnte gewuchert. Manche Äste waren verdorrt, andere hatten neu getrieben. Personen verschwanden, neue kamen hinzu. Was auf regionaler Basis entstanden war, wusste er nicht, organisierte sich mit Hilfe einzelner NVP-Ortsgruppen und deren Verbündeter selbst. Er hatte nur über Handy sporadischen Kontakt mit den Zellen. Mittlerweile waren es 22 Zellen, die über das gesamte Bundesgebiet verstreut waren. Er hatte vor langer Zeit eine Kontakt-Nummer abgelegt. Diese hatte sich über die Jahre immer wieder verändert. Geheime Websiten waren dazugekommen, virtuelle tote Briefkästen, die regelmäßig wechselten, um den deutschen Behörden und angelsächsischen Diensten keine Chance zu lassen. Elektronische Kommunikation war gefährlich. Sicher, das System war nicht perfekt, sehr träge, aber es war zu unübersichtlich und zufällig, um enttarnt zu werden.

Die Journalistin hatte ebenfalls nichts über die Details der Organisation erfahren, aber sie hatte die Schwachstelle ausfindig gemacht: den Geldfluss. Würde die NVP wegen erwiesener Kontakte zur NSF verboten werden, würde auch der gesamte unternehmerische Background der Partei in die Brüche gehen und damit der finanzielle Nachschub für die NSF. Es war höchst wahrscheinlich, dass das Material, das Malkowski weitergegeben hatte, bereits digital vervielfältigt, gestreut und damit nicht mehr rückholbar war. Das Ende war nah. Aber am Ende sollte ein angemessen großes Ausrufezeichen stehen. Dafür würde er sorgen.

XXXXVII

Ziggy rüttelte um 5 Uhr 15 an Martins Schulter: „Hey! Aufstehen! Lass uns abhauen und n Kaffee-to-go kaufen. In Svens radioaktiv verseuchter Küche rühr ich nichts an." Martin rappelte sich auf. Rieb sich die Augen, streckte sich, gähnte und trottete erst mal zum Pinkeln in Svens Bad. Fünf Minuten später wuchteten sie ihre schweren Sporttaschen in den Kofferraum des Mietwagens – Ziggy hatte sie gepackt – und fuhren vor zum nächsten Spätkauf-Kiosk, um sich ihr Frühstück zu besorgen. Dann starteten sie durch Richtung Breitscheidplatz. Die Dämmerung war schon zu erahnen. Ziggy schlürfte seinen Kaffee: „Dave hat gesimmst, dass Dietrich sein Dienst-Handy runtergefahren hat. Nicht mehr zu orten. Wo glaubst du, will er seine Bombe zünden?" Martin kaute gerade lustlos auf einem Schinken-Baguette herum: „Wenn er selbst den finalen Schlag setzen will, dann wird seine Bombe nicht in einem Nebengebäude des Bundestags zünden, sondern direkt im Reichstag. Mit dem Hausausweis für Externe kommt man zwar nicht in den Plenarsaal, aber auf die Fraktionsebenen. Und die liegen direkt über dem Plenarsaal." Ziggy zündete sich eine Zigarette an: „OK. Klingt logisch. Wenn er sicher gehen will, dass wenigstens eine Bombe hochgeht, dann muss er sie zünden. Und dann sollte die sicherste Bombe auch den größten Schaden anrichten – zumindest symbolisch." Martin warf sein angeknabbertes Schinken-Baguette aus dem Fenster, um sich dann ebenfalls eine Kippe anzustecken: „Ja. Heute, am Montag, sind zwar keine Plenardebatten, sondern interne Fraktionssitzungen, aber da können auch noch etliche Abgeordnete im Reichstagsgebäude sein. Im Plenum sind ja eh die wenigsten. Aber: Es befinden sich immer hunderte von Touristen in der Reichstagskuppel, und hunderte stehen immer in der Warteschlange vor dem Reichstag. Meine Güte…" Ziggy musste husten, rauchte aber gleich darauf tapfer weiter: „Wenn das Ding um drei hochgeht, will er schon im Flugzeug sitzen, oder im Zug oder sonst wo – Hauptsache weit weg. An seiner Stelle würde ich das Ding am späten Vormittag deponieren. Einerseits hätte ich dann genug Zeit um abzuhauen, andererseits: je weniger Zeit bis zur Detonation desto geringer das Risiko, dass die Bombe zufällig gefunden wird. Also: besser um elf Uhr das Ding ablegen als um acht Uhr."

Martin hielt direkt vor dem Redaktionsgebäude, sprang aus dem Wagen und lief dem Pförtner winkend zum Fahrstuhl. Der Pförtner, älteres Semester, hob wie Winnetou zwei Finger zum Gruß, um sich dann weiter auf seine Zeitung zu konzentrieren, die wegen der großen Buchstaben und der vielen Bilder eindeutig kein redaktionelles Produkt aus diesem Hause war. Die Fahrstuhltüren öffneten sich, Martin stieg ein und drückte den Knopf zum sechsten Stock, dann den Türschließ-Knopf, über den er einmal gelesen hatte, dass er nur eine psychologische und keine mechanische Funktion besaß. Als sich die Fahrstuhltüren schlossen und der Lift nach oben fuhr, summte in Martins Kopf wieder einmal „A girl from Ipanema", das nicht nur Sven in einem Fahrstuhl in den Sinn kam. Im sechsten Stock angekommen rannte er quer durch die noch verwaiste Sportredaktion zu seinem Schreibtisch, öffnete die oberste Schublade und zog seinen Hausausweis für den Bundestag heraus. Von dem glotzte ihn sein südländisch aussehendes Alter-Ego an. Martin steckte ihn in die Hosentasche und lief wieder zum Lift.

Der Pförtner verabschiedete sich wieder nonverbal und Martin stieg wieder in den BMW, der mit Ziggy auf der Straße wartete. „OK. Abmarsch!" rief Martin, als er sich auf den Fahrersitz fallen ließ und den Motor startete. „Abmarsch!" attestierte Ziggy. Sie fuhren zurück, bogen zum Lützowplatz ab und fuhren Richtung Siegessäule zum Stern, um dann auf der Straße zum 17. Juni. 17. Juni 1953 - Volksaufstand in der DDR, zumindest Arbeiteraufstand, überhöhte Arbeitsnormen, Versorgungsengpässe, erste anti-stalinistische Regung im Ostblock, bis 1990 „Tag der deutschen Einheit" in der Bundesrepublik – langsam stieg bei Martin verschüttet geglaubtes Wissen wieder aus den Tiefen seines Langzeitgedächtnisses auf. Sie bogen in die Yitzhak-Rabin-Straße ein, vorbei am Bundeskanzleramt, zum Paul-Löbe-Haus, dann über die Calatrava-Brücke. Vor der Bundespressekonferenz bog Martin rechts ein in die Sackgasse zum Marie-Elisabeth-Lüders-Haus. Am Spreeufer waren um diese Uhrzeit noch genügend Parkplätze frei. Martin stellte den Motor aus

„OK. Lass uns noch etwas warten", sagte Martin und zündete sich eine Zigarette an. „Wir haben kurz nach sieben. Wenn wir jetzt antanzen, fallen wir vielleicht auf. Ich wurde zwar noch nie mit einem Hausausweis durchsucht, aber sicher ist sicher." Martin öffnete das Fenster einen Spalt und blies den Rauch Richtung MEL. „Pass auf: Neben dem Reichstag gibt es drei große Abgeordneten-Gebäude: links neben dem Reichstag das Paul-Löbe-Haus, PLH, hinter dem Reichstag das Jakob-Kaiser-Haus, JKH, links dahinter über der Spree das Marie-Elisabeth-Lüders-Haus, MEL. Sie sind alle unterirdisch miteinander verbunden - einerseits aus Versorgungsgründen, andererseits wegen der problemlosen Erreichbarkeit des Plenarsaals für die Abgeordneten. Wenn Du einmal drin bist, kannst du dich überall frei bewegen. Drehscheibe ist die Tiefgarage, die unter der Spree liegt. Von dort aus führen Zugänge in jedes Abgeordnetenhaus." „Cool. Weiß ich aber schon." Ziggy faltete ein Blatt Papier auseinander und zeigte es Martin. „Hier der Lageplan. Hab ich auf www.bundestag.de gefunden."

Zentrale Bedarfsdeckung und
Logistik – Referat ZT 5   Deutscher Bundestag

Unterirdisches Erschließungssystem (UES)
Zufahrtsbereich

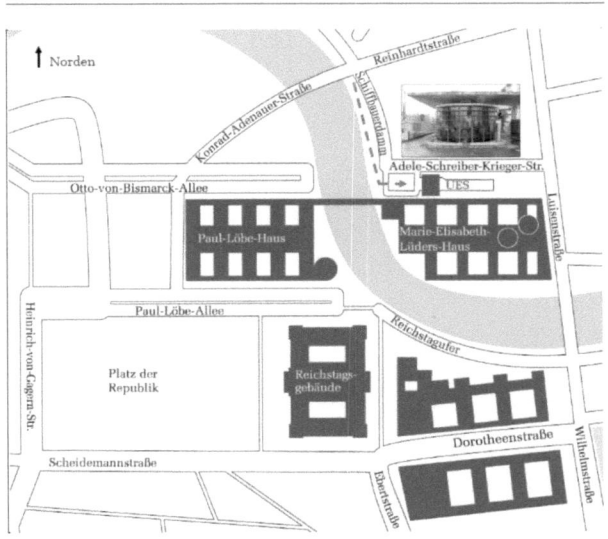

Ziggy: „Wir sind jetzt sozusagen auf der rosa gestrichelten Linie – haha! Wenn das hier wirklich so leicht geht, wie wir uns das vorstellen, wäre das doch schon lang ein gefundenes Fressen für jede Terror-Gruppe gewesen. Warum kommt da jetzt erst die NSF drauf?! Mannomann…" Martin zuckte die Schultern: „Keine Ahnung. Es gibt etwa 25.000 Hausausweise für Externe. Die Wahrscheinlichkeit, dass sich da ein paar Fehlgeleitete darunter befinden, ist ziemlich hoch. Die Bundestagsverwaltung scheint ziemlich naiv zu sein, und das Sicherheitsbedürfnis der Abgeordneten ziemlich gering." Ziggy schüttelte den Kopf: „Und dann stellen die auch noch alle wichtigen Infos ins Netz. Wie doof sind die denn…"

19. März, 7 Uhr 45. Blauer Himmel. Das Thermostat des BMW zeigte vier Grad Celsius an. Noch. Es würde heute ein heißer Vorfrühlingstag in Berlin werden. Vielleicht der heißeste seit der Wende. Ziggy und Martin glotzten schweigend aus dem Fenster. Berlin Mitte war zu großen Teilen ein architektonischer Fremdkörper in der Stadt, aber das Regierungsviertel toppte das Ganze nochmals wie eine Art Raumschiff im Elektronikmarkt. Stahl, Glas, weißer Beton. Vom MEL spannte sich ein sanft gebogener Steg über die Spree hin zum PLH. Beide Häuser wurden auch im der obersten sechsten Etage von einer etwa 100 Meter langen Brücke aus weißem Beton miteinander verbunden. Martin hatte dort oben schon einige Male die Spree überquert, wenn er vom PLH, wo der Lampenladen zum Essen einlud, zum MEL wechselte, wo sich die Sporthalle des Bundestags befand. Windig war es dort oben. Im Winter war man dort wohl am gefühlt kältesten Ort in Berlin. Die nasse Kälte der Hauptstadt bohrte sich hier dem Passanten wie mit einem Presslufthammer in die Knochen. Brrr… Martin wandte sich fröstelnd ab und dachte an Maria und Dave, Ziggy an Conny. Ziggy sah das Gleiche wie Martin und fühlte anders dabei. Während er das Leben nahm, wie es kam, und dabei lachte, konnte Martin bislang nur Frustration anhäufen. Auch Ziggy sah die Brücke über den Steg und assoziierte Kälte, doch ihm kam dabei Sex mit einer Bekannten oder nach einer Schneeballschlacht im Volkspark in den Sinn. Martin ergriff bei diesem bibbernden Anblick die Sehnsucht, dachte an den Verlust von Wärme und Sex, an Gefühlskälte, an die Vergänglichkeit von körperlicher und emotionaler Nähe. Eine Ansicht Wege, zwei Interpretationen, zwei Konsequenzen.

Martin hatte eine Freundin verloren, sich frisch verliebt und fürchtete den erneuten Verlust. Ziggy wusste noch nicht recht, ob er aus Spaß ernst machen sollte, und ob er die Chance, die sich ihm bot, ergreifen sollte. Beide fühlten sich in diesem Augenblick nahe. Wohl auch, weil sie wussten, was noch kommen würde. Sie waren und sie wären aufeinander angewiesen. Sie dachten und sie fühlten vor sich hin... 8 Uhr – Zeit, sich und ihr Waffenarsenal in den Bundestag zu schleusen. Martin und Ziggy streiften sich die Ketten mit dem Hausausweis über.

XXXXVIII

Munter plaudernd gingen sie auf den Eingang des MEL zu, der den Hausausweis-Besitzern vorbehalten war. Der Pförtner sah den roten Hausausweis um Martins und einen gelben um Ziggys Hals baumeln. Rot wies Martin als Pressevertreter aus. Gelb war für andere Behörden und Diplomaten bestimmt, grün Lobbyisten vorbehalten. Blau den Mitarbeitern des Bundestags. Orange Handwerkern, Dienstleistern etc. Der Pförtner öffnete die gläserne Schiebetür und ließ die beiden mit einem kurzen Nicken ein. Die beiden erwiderten das Nicken, ohne aber ihr Gespräch zu unterbrechen. Beide erweckten den Eindruck, als würden sie täglich mehrmals durch diese Tür gehen und als wäre dies das Normalste der Welt. Ihre sehr schweren, mit Waffen vollgepackten Sporttaschen schulterten sie so lässig, als wären sie nur mit ein paar Turnschuhen gefüllt. Der Pförtner öffnete die zweite Schiebtür, nachdem sich die erste wieder hinter ihnen geschlossen hatte. Beide schlenderten unbedarft nach links und bogen wiederum rechts in den Flur ein, der zum Treppenhaus führte. Martin, der sich im Gebäude auskannte, ging einen halben Schritt voran. Am Ende des Flurs öffnete er die graue Stahltür des Treppenhauses: „Sporthalle, Umkleide..." sagte er leise. Ziggy erwiderte nur ein kurzes „Hm!"

Sie stiegen zwei Treppen ins Untergeschoss hinab und betraten die Galerie der Sporthalle. Von dort führte wiederum eine Treppe aus glattgeschliffenem Beton zur Sporthalle und den Umkleidekabinen hinunter. Keine Lichter brannten. Die Halle lag im Dämmerlicht des Morgens. Die Sonne stand noch nicht hoch genug, um die Oberlichte der Halle zu erreichen, die selbst unter dem Wasserspiegel der Spree lag.

Martin drückte die Klinke und stieß die Tür zur Herren-Umkleide auf. Dunkel. Der Bewegungsmelder sprang an und damit das Licht in der Umkleide. Keine Taschen, keine Schuhe, alle Spinde waren offen, alle Schlüssel steckten – leer. „OK!" sagte Martin: „Wir können die Umkleide als Waffenlager nutzen, dann brauchen wir das Zeug nicht die ganze Zeit mit uns herumschleppen." „OK! Jeder eine Pistole, ein Messer und ich nehm die Barret in der Tasche mit." Ziggy begann alle möglichen Pistolen, Munition für einen mehrwöchigen Belagerungszustand, zehn Eier-Handgranaten und eine Unmenge Metallbauteile, deren Bestimmung Martin nur vermuten konnte, aus den Taschen zu räumen und in einem der Spinde zu verstauen. „Haste ma n Euro?" fragte Ziggy. „Hä?!" „Na, als Pfand für den Schlüssel! Hier muss man nen Euro einwerfen!" „Stimmt!" Martin öffnete seinen Geldbeutel: „Ne! Hab ich nicht. Ging für den Kaffee drauf. Scheiße!" „Scheiße!" „Warte mal…" Martin kramte in seinem Geldbeutel herum, gab Ziggy einen Plastik-Chip, den man für Einkaufswagen im Supermarkt benutzte: „Müsste ja auch gehen…" Ziggy nahm den Chip und warf ihn in den dafür vorgesehenen Schlitz auf der Innenseite der Spind-Tür Nr. 1, schloss diese und drehte den Schlüssel um. „Na, also…"

Die beiden verließen die Umkleide, stiegen die Treppe zur Galerie hoch und gingen nicht mehr links ins Treppenhaus, sondern betraten rechts einen dunklen Flur, der ins Innere des MEL führte. Die Schilder an den Türen wiesen die hier gelegenen Büros als der Verwaltung zugehörig aus. Nach etwa zwanzig Metern kamen sie zu einem Lift, der sie hinunter in die Tiefgarage brachte. Sie verließen den Lift und gingen durch einen kleineren Parkbereich hinüber zur abschüssigen Zubringerstraße der Tiefgarage. Ein Lkw donnerte an ihnen vorbei durch das riesige Schleusentor, das bei Gefahr oder Überschwemmung die beiden Hauptbereiche der Tiefgarage hermetisch voneinander abriegeln konnte. Direkt unter der Spree überquerten sie eine T-Kreuzung, deren Abzweigung in Richtung Reichstag und Paul-Löbe-Haus verlief. Sie gingen bergauf und schnellen Schritts an der großen Lade-Rampe vorbei, wo Bedienstete der Bundestagsverwaltung sich eben anschickten, den Lkw von mehreren Paletten mit Getränken und Lebensmittel-Vorräten zu befreien. Nun waren sie im Garagenbereich unter dem Jakob-Kaiser-Haus, das südlich der Spree lag. Martin führte sie in einer Links-rechtslinks-Kombination durch den Parkbereich hin zu einem der Ausgänge. Mit dem Lift fuhren sie dann nach oben. Im Erdgeschoss öffnete sich die gläserne Lift-Tür und Martin steuerte auf das Abgeordneten-Restaurant zu, um Kaffee zum Mitnehmen zu holen.

Martin bezahlte den Kaffee an der Kasse: „OK! Jetzt müssen wir nochmals unter die Erde, um rüber zum Reichstag zu kommen. Da gibt es auch nochmal ein nettes Restaurant für unsere Volksvertreter – und alle mit Hausausweis… Die Jungs mit Krawatte und gut geschnittenen Anzügen sind Mitarbeiter von Unions- und FDP-Abgeordneten, die Mädels mit Kostümchen auch. Diejenigen, die bei der SPD arbeiten, haben die offensichtlich billigere Kostümierung an – H&M, Kaufhof oder farblich völlig unabgestimmt. Personal der Grünen und Linken sind diejenigen, die Jeans und Schlabberklamotten anhaben", erklärte Martin, als ein etwa 30jähriges Männchen mit Fischgrät-Sakko, schwarzer ausgebeulter Bundfaltenhose, kanariengelbem Hemd, roter Krawatte und Gesundheitslatschen an ihnen vorbei geschlurft war. „Also SPD?" kombinierte Ziggy. „Würd ich mal schätzen", antwortete Martin. Mit ihren Pappbechern stiegen sie wieder in den Lift, nachdem zwei etwa 30jährige Frauen in schwarzem Hosenanzug und weißer Bluse ausgestiegen waren. „Union?" fragte Ziggy. „Ja, würd ich auch sagen. Die eine hatte einen Seidenschal. Das wär für die FDP zu konservativ", entgegnete Martin. „Abgeordnete erkennt man meist am fortgeschrittenen Alter oder daran, dass sie Köfferchen tragen oder im Gehen auf ihr Smartphone starren."

Sie schlenderten so unauffällig und unbeeindruckt wie möglich im breiten Gang des Untergeschosses in Richtung Reichstag. Wurden überholt von ein paar telefonierenden MdB-Mitarbeitern und Mitarbeiterinnen und stiegen mit einigen dieser jungen Polit-Karrieristen in den Fahrstuhl. Mit diesen stiegen sie im 3. Stock aus, der Fraktionsebene. Nur die FDPler hätten hoch in den sechsten Stock gemusst – wegen Platzmangels seit der Bundestagswahl 2009. In jedem der Ecktürme befand sich ein Fraktionssaal. Um 15 Uhr würden sich hier je nach Fraktion die Geschäftsführungen oder die Vorstände treffen. Auch wenn manche dieser Termine in den Abgeordneten-Häusern stattfinden würden, so wären tausende von Touristen im Haus. Ein Anschlag auf den deutschen Reichstag hätte so oder so eine ähnliche historische Bedeutung wie das

Attentat am 11.9.2001 auf World Trade Center und Pentagon in den USA – dort ins Mark der Superweltmacht, hier ins Herz der deutschen Demokratie.

XXXXIX

Martin und Ziggy standen an der Balustrade der Fraktionsebene und starrten hinunter auf die leeren Sitze des Plenarsaals. Deutschland hatte eine mustergültige Demokratie. Zumindest dem Grundgesetz nach. Ausbalanciert durch Gewaltenteilung, Gewaltenverschränkung, Föderalismus, Verhältniswahlrecht, Bundesverfassungsgericht – niemals würde eine radikale Politik Fuß fassen können, niemals würde das Grundgesetz wanken. Die deutsche Demokratie war auf kleine Schritte ausgerichtet – lieber einen Schritt zurück, als zu schnell nach vorne. Die ganze Welt beneidete Deutschland um diesen trägen Politikbetrieb. Die Verfassungsväter und -mütter hatten sich ein komplexes System ausgedacht, um eine Selbstaushebelung des Systems wie 1932/33 zu verhindern. Keine Weimarer Verfassung, kein Reichspräsident sollte mehr per Notverordnung die Demokratie abschaffen können, kein Reichskanzler mehr den Staat, eine Partei und die Gesellschaft gleichschalten können. Ungarn vollzog gerade diesen Weg zurück in die totalitäre Herrschaft. Deutschland war sich selbst gegenüber misstrauisch. Zu Recht. Die miese Geschichte war eindrucksvoll genug. Ziggy war dennoch misstrauisch gegenüber diesem Staat. Martin hatte das westdeutsche Urvertrauen in den Grundgesetzstaat. Ziggy neigte als Ostdeutscher zum Misstrauen gegenüber jeder Staatsform. Für ihn war auch die deutsche Demokratie nicht perfekt und deswegen abzulehnen – oder zumindest hochgradig verdächtig. Martin war an demokratische Unzulänglichkeiten gewöhnt. Aber er wusste: Früher oder später würde die Presse mit Hilfe ihrer beleidigten, gedemütigten oder rachsüchtigen Informanten jeden Skandal ans Licht bringen und so Fehlfunktionen des Systems reparieren helfen – zumindest hoffte er das, wenn er mal gut gelaunt und zuversichtlich war, was zwar nicht allzu oft, aber immerhin ab und an vorkam.

Ziggy strich sich über die noch geschmeidige Glatze: „OK. Wir sollten erst mal die Lage checken und schauen, welche Orte sich zum Bomben-

Verstecken besonders eignen – Toiletten, Wandschränke, Besenkammern – was weiß ich..." „OK. Aber wir sollten die Aufzüge oder Treppenhäuser im Blick haben: Er wird zwischen zehn und ein Uhr kommen. Wahrscheinlich schon vor zwölf, um genug Zeit zur Flucht zu haben. Falls wir ihn nicht sehen und verpassen, müssen wir die Bombe auf gut Glück suchen. Fuck! Wir hätten Daves Geigerzähler mitnehmen sollen... Besser, wir passen Dietrich ab." Ziggy führte Martin zu einer Fensterfront zum Innenhof. Hier konnten Raucher auf einen Balkon hinaustreten. Beide zündeten sich ihre Zigaretten an: „OK", sagte wiederum Ziggy und sah auf sein Handy: „Plan: Wir haben jetzt kurz vor neun. Wir verschaffen uns bis zehn Uhr einen Überblick über mögliche Verstecke. Dann beziehen wir Posten: einer im Untergeschoss beim Durchgang zum JKH, einer im Erdgeschoss." Martin schnaubte Rauch aus: „Nein, nicht im Erdgeschoss: Es gibt dort vier Zugänge: West, Ost, Süd, Nord – im Norden noch der unterirdische Zugang. Im Erdgeschoss können wir also nur einen von drei Zugängen absichern. Besser, einer wartet hier auf der Fraktionsebene auf ihn." „Warum hier? Warum nicht auf der höheren Ebene bei den Besuchern? Direkt in der Kuppel" „Zu viel los. Hier ist er ungestört. Er hat bedacht, dass der Tag des Nero-Befehls dieses Jahr nicht auf die Plenartage fällt, sonst wäre hier Hochbetrieb." „Was ist in der zweiten Etage?" „Die Präsidialebene. Bundestagspräsident, Büros etc. Da arbeiten Menschen. Hier wäre es auch riskanter als auf der Fraktionsebene."

Ziggy schnippte die Kippe in den Innenhof hinunter: „OK. Hört sich plausibel an. Untergeschoss und die Fraktionsebene hier in der dritten Etage also. Ich funk mal Dave und Sven an, wie es so steht da draußen." Ziggy wählte Svens Nummer. „Hi! Und? Wie steht's? -- Mhh... -- Cool -- OK... -- Alles klar. Dann kommt bitte so schnell wie möglich zum Reichstag. Parkt da in der Nähe und haltet euch bereit. Eine Bombe ist schließlich noch zu entschärfen. Hausausweise dabei? Zumindest einen für Dave? Mit deinen Dreadlocks wird schwierig... – Mhh... -- Selba, Du Weichei! -- Alles klar! Bis denne!" Ziggy steckte sein Handy wieder ein und wandte sich an Martin: „Dave hat alle anderen Dinger entschärft. Coole Braut haste Dir da an Land gezogen. Respekt! Sie hat alle vier Bomben in Reihe auf einen Satz lahm gelegt. Klasse Mädchen! Sie ist echt die Beste! Außerdem sind sie jetzt auf dem Weg hierher, um auch die letzte Bombe zu entschärfen." Martin schnippte auch seine Kippe nach unten: „Falls wir sie kriegen…"

L

Martin und Ziggy machten sich auf zu den Fraktionssälen – SPD abgesperrt. Die Toiletten davor nicht. Ebenso bei der Union und den anderen Fraktionsräumen. Hier in der Lobby gab es keine Versteckmöglichkeiten. Keine Mülleimer, keine Wandschränke – nichts. Vor dem Eingang zur Unionsfraktionssaal stand noch ein verlassenes Catering-Buffet – langer Tisch mit einer weiten Tischdecke bis zum Boden behangen. Ziggy blickte darunter. Nichts. „Das wäre ideal. Wer schaut hier schon nach? Und dat Ding bleibt hier auch noch die nächsten Tage stehen…" Martin sah sich um: „OK: Toiletten oder das Buffet. Lass uns vorsichtshalber runter in die Präsidialebene schauen."

9 Uhr 30 - Präsidialebene des Reichstags. Mäßiger Betrieb. Überwiegend geschlossene Bürotüren. Martin und Ziggy schlenderten die Flure entlang, inspizierten Herren-Toiletten und fragten sich, ob Dietrich sich wohl auch in eine Damen-Toilette vorwagen würde. „Was isn das mit dir und Dave?" fragte Ziggy unvermutet, als sie in einen leeren Besprechungsraum traten. Martin überlegte kurz: „Hoffnung. Das ist viel für mich…" „Mmmhhh…" Die Gänge waren mit trittfestem Büro-Teppichboden ausgelegt. Ihre Schritte wurden gedämpft. Martin machte sich wieder auf in die Fraktionsebene im dritten Stock, Ziggy fuhr mit dem Lift ins Untergeschoss. Martin setzte sich auf die Rundcouch, in deren Ring der Blick nach unten frei war auf den Plenarsaal. Er griff sich eine herumliegende Zeitung, die er aufschlug, aber nicht las. Seine Augen waren auf die Türen des Aufzugs geheftet. Ziggy postierte sich in der Lobby vor dem Übergang zum JKH so, dass ihn kein Wachpersonal und kein Pförtner sehen konnte. Passanten hielten ihn für jemanden, der auf seine Verabredung wartete. In seiner militärischen Aufmachung und der großen Tasche konnte er als Rundfunk-Techniker, Kameramann durchgehen. War man erst im Reichstagskomplex, schaute einen niemand mehr schräg an. Der Hausausweis, der über seiner Brust baumelte, verlieh ihm Legitimation und Integrität.

Kurz vor 10 Uhr: Ziggy stand seit einer halben Stunde an Ort und Stelle. Militärisch geübt, konnte er längere Zeit strammstehen. Nur geringfügige Gewichtsverlagerungen reichten aus, um Entspannung und eine gleichmäßige Blutzirkulation zu gewährleisten. Ziggy dachte an Conny. Sie war sexy, witzig, gar nicht mal so doof, wie er anfangs dachte und eine Granate im Bett. Mehr hatte er bei einer Frau nie gesucht. Bildung war ihm nicht so wichtig. Eine ausgewogene Mischung aus ansprechender Optik, sympathischem Charakter und erregender Sexualität. Ziggy hatte wenig Lust zu diskutieren. Er war ein Aktionsmensch. Er brauchte keinen intellektuellen Sparring-Partner, sondern einen Kumpel, der sich mit ihm auf den Weg machte, um ein möglichst weites Stück miteinander zu gehen. Conny war schwer in Ordnung, befand Ziggy. Ideologisch unvoreingenommen. Sie hatte wohl keinen Schimmer, was ihr gewaltsam aus dem Leben verschiedener Ex-Freund so in seiner Freizeit machte. Conny hatte eine Lehre als Büro-Kauffrau gemacht und arbeitete als Sekretärin in einer Werbe-Agentur. Sie würden sich wiedersehen. Heute Abend. Wenn hier alles glattlief.

10 Uhr 25. Martin sah auf die Uhr seines Handys. Dietrich müsste langsam antanzen. Martin hatte mit einem Auge den Sportteil durchgelesen. Dortmund war nun mit fünf Punkten vor den Bayern. Die Borussia hatte gute Chancen den Titel zu verteidigen – guter Sturm und eine ähnlich gute Defensive wie der FCB. Abwarten. Eine kleine Sensation, wenn die Bayern zwei Jahre in Folge nicht die Meisterschaft holen würden. Die Aufzugtür öffnete sich. Martin blickte auf. Zwei ältere Herren im dunkelblauen Anzug traten heraus. Abgeordnete. Martin dachte an Dave. An Sex. An Trauer. An Freude. An den Verlust eines Menschen. An den Gewinn eines Neuen. Konnte er sich darüber freuen? Durfte er sich freuen? War das herzlos? Waren Maria und Dave austauschbar? Ja, ja, nein, nein. Es waren zwei völlig unterschiedliche Menschen. Doch jeder offenbarte Martin menschliche Seiten, die er zu schätzen wusste, so unterschiedlich sie auch waren. Dave mit ihrer spröden unterkühlten Art, die aber so viel blindes Verständnis an den Tag legte und ein Quantum an Leidenschaft in sich trug, das jeden Mensch beim Anblick dieser dürren Nerd in Erstaunen versetzen musste. Maria mit ihrer ansteckenden Fröhlichkeit und ihrer ungezwungen optimistischen Art musste einfach ihr Gegenüber zum Lachen bringen

und die Schatten einer deformierten Psyche im Flutlicht ihrer guten Laune zerbröseln. Maria war Vergangenheit… Hoffentlich war Dave vorsichtig gewesen und hatte nicht zu viel Strahlung abbekommen.

11 Uhr 07. Ziggy ging nun doch ein wenig auf und ab. 23 Menschen waren nun in der Zwischenzeit an ihm vorbeigekommen. Bei der Zahl 23 waren ihm einige Filme und Verschwörungstheorien eingefallen. Einer – mit August Diehl in der Hauptrolle – spielte in den 80er Jahren zu Beginn des Internet-Zeitalters und in der Gründungszeit des CCC. Der andere Film – Number 23 – mit Jim Carrey war ähnlich verwirrend. Die Zahl 23 entwickelte sich immer und überall zum Symbol von Tod und Unglück – egal ob als Hausnummer, Quersumme von Geburtsdaten oder Anzahl von Hunden, Geldstücken oder sonst was… Für Ziggy das Zeichen, sich zu bewegen. Ziggy war nicht abergläubisch, aber die Zahl hatte sich ins Gedächtnis eingebrannt. Und wann er immer auf sie aufmerksam wurde, erhöhte sich sein Adrenalin-Spiegel leicht. Die Hände hinter dem Rücken gefaltet schritt er nun bedächtig wie ein Museumsbesucher durch die Lobby im Untergeschoss, ging ein Stück den Gang zum JKH entlang, kehrte andächtig zurück. Machte sich Gedanken über das Ende der DDR und seine Zeit bei der NVA. Die Jahre nach der Wende bei der Bundeswehr. Die Spezialeinsätze zusammen mit den Kameraden aus den USA und Großbritannien. Wie viele Menschen hatte er umgebracht? Er wusste es nicht genau. 23? Oder mehr? Oft hatte er nicht gesehen, wenn jemand durch seinen Schuss oder seine Granate umgekommen war. Es könnten auch 50 sein. Das erste Mal hatte er tagelang Gewissensbisse gehabt und konnte nicht mehr schlafen und essen. Hatte Fieberzustände und fühlte sich wie ausgekotzt. Beim zweiten Mal kam ihm danach nur das erste Mal kurz in den Sinn. Vor allem beeindruckte ihn damals aber der ultimative Adrenalin-Kick, den er hatte, als er dem Serben Auge in Auge eine Kugel in die Stirn verpasste, bevor der ihn selbst abknallen konnte. Die totale Aufregung in Lebensgefahr zu sein, schneller schießen zu müssen als das Gegenüber, auf Leben und Tod, und am Ende als Überlebender aus einem finalen Kampf hervorzugehen. Als Scharfschütze war das eher Scheibenschießen wie im Schützenverein. Der Nahkampf warf einen auf seine Existenz zurück. Das hatte er am Liepnitzsee wieder spüren dürfen. Er war dankbar. Fuck! Er war ein Killer…

11 Uhr 36 – Martin stand von der schwarzen Ledersitzbank auf und ging auf und ab. Ging hinaus auf die Balustrade zum Innenhof. Steckte sich eine Zigarette an. Ließ den Fahrstuhl nicht aus den Augen. Sah sich dennoch kurz um. Entdeckte eine junge Frau schräg gegenüber. Taxierte sie mit männlichem Blick. Sie gefiel ihm. Unter 30, 1,65 Meter, schlank, lange dunkle glatte Haare, Jeans, aufgekrempeltes Hemd, sich deutlich abzeichnende Brüste, wohlgeformte Hüften, Piercing in der Lippe – wahrscheinlich Mitarbeiterin bei den Grünen oder den Linken. Die Frau erwiderte seinen Blick und zog reflexartig an ihrer Zigarette. Martin schaute wieder zur Lift-Tür. Nicht ablenken lassen. Nicht jetzt. Zu oft in seinem Leben war er dem Reiz der Weiblichkeit erlegen gewesen. Konnte nie eindeutig sagen, ob es sich um Gefühls- oder Schwanzentscheidungen gehandelt hatte. Sein Lebensweg, seine Journalisten-Karriere wäre anders verlaufen, wären ihm nicht die Frauen in die Quere gekommen. Mit Frauen war er immer gescheitert. Schon im Studium hatte er es nie länger als ein paar Monate mit derselben ausgehalten. Mal waren sie zu dick, zu dünn, mal zu doof, zu psychopathisch, zu konservativ, zu freakig, mal konsumorientiert, zu intellektuell. Irgendeinen Grund hatte er damals immer gefunden, um seine Geliebten wieder abzuservieren. Bei Maria war das anders gewesen. Die richtige Mischung aus Nähe und Distanz hatte gestimmt. Wie bei Schopenhauers Stachelschweinen… Maria hatte ihm nie das Gefühl gegeben, eingeengt zu werden. Sie hatte ihren eigenen Weg, den sie sich nie hätte verengen lassen. Gleichzeitig hatte er Liebe gespürt. Durch ihre Vertrautheit, ihre Zärtlichkeit, ihr Verlangen, ihre Treue, ihre Fürsorge, ihr Verständnis. Martin spürte, wie seine Augen tränten. Verschämt blickte er zu der Grünen-/Linken-was-auch-immer-Mitarbeiterin hinüber. Sie hatte ihn angestarrt und schaute nun, als sich für Sekunden-Bruchteile ihre Blicke kreuzten, schnell zu Boden. Martin liebte diese Flirts auf Distanz. Das gegenseitige Abschätzen, Abwägen, diese intuitive tierische potenzielle Partnerwahl. Gleichzeitig verschaffte es ihm eine gewisse Befriedigung, dass er trotz fortgeschrittenen Alters für eine junge attraktive Frau offensichtlich immer noch einen Blick wert war. Die Vierziger näherten sich. Und ab 50 würde es immer schwerer werden. Haarausfall, Bierbauch, Bandscheiben, Prostata – die Degeneration würde unaufhaltsam sein…

Martin ging wieder hinein. Ließ die Dunkelhaarige zurück und ging einmal um die kreisförmige angeordnete Sitzgarnitur herum. Er schaute hinunter in den leeren Plenarsaal des Reichstags. Zentrum der Macht? Naja. Sitz der Volksvertretung? Ja. Klar. Das Zentrum der Macht saß 200 Meter westlich im Kanzleramt – parlamentarische Demokratie hin oder her. Deutschland hatte zwar ein ausgeklügeltes demokratisches System mit vielen Machtbeschränkungen und Machtverschränkungen, aber das Sagen hatte die Regierung, die Kanzlerin. Die Machtverhältnisse waren in Großbritannien durch das Mehrheitswahlrecht und den fehlenden Föderalismus klarer. In den USA hatte der Präsident wesentlich mehr Machtbefugnisse, doch der US-Präsident konnte auch nur eingeschränkt Macht ausüben, wenn Repräsentantenhaus und/oder Senat auf der anderen Seite waren. Die USA – die älteste Demokratie der Neuzeit – war seit der Unabhängigkeit von den Briten auf Kapitalismus und Eigentum fixiert, auf Individualismus und persönliche Freiheit. Der Staat – der Garant für Sicherheit – sollte immer zurückstecken zugunsten der Freiheit. Nach 9/11 wurde der Gesellschaftsvertrag der USA neu aufgesetzt… In Großbritannien wurden Regierungen abgewählt, wenn die Bevölkerung mit ihr unzufrieden war. Koalitionen waren durch das Mehrheitswahlrecht kaum möglich. Grüne, Liberale, Kommunisten waren weder in den USA noch in UK mehrheitsfähig. Mussten sich in den beiden Blockparteien durch die Institutionen kämpfen. Für den gesellschaftlichen Fortschritt war das dort im Gegensatz zu Deutschland ein Nachteil. Deutschland hatte etwa mit der Homo-Ehe, der legalen Abreibung, dem Elterngeld, den Arbeitsmarkt- und Sozial-Reformen, der Energiewende, dem Umwelt- und Naturschutz-Recht liberale und grüne Fortschritte gemacht, die USA oder Großbritannien hinkten hier mittelalterlich hinterher. Deutschland war modern, liberal, urban, tolerant, lässig. Die USA waren bigott und reaktionär, Großbritannien isoliert und abgewrackt. Allein die Skandinavier und Niederländer zeichneten sich durch noch mehr Lässigkeit aus – reich und sozial-liberal.

11 Uhr 59 – Ziggy betrachtete sich die kleine zeitgeschichtliche Ausstellung im Durchgang zwischen JKH und Reichstag. Geschichte des Reichstags – Geschichte Deutschlands. Zwiespältige Geschichte. Reichsgründung nach der Kleinstaaterei. Kaiserliche Großmacht-Phantasien, Weltkrieg Nummer 1, demokratisches Zwischenspiel, NS-

Diktatur – Holocaust und WK II, deutsche Teilung mit demokratischer BRD und DDR-Diktatur. Scheiße! Warum hatte er nicht in München oder Düsseldorf zu Welt kommen können, sondern musste ausgerechnet in fucking Magdeburg das Licht der Welt erblicken?! Schicksal. In Frankfurt, Hamburg oder Stuttgart hätte er vielleicht brav ne Schreinerlehre oder eine BWL-Studium absolviert. In der DDR war die NVA sein Ding. Ziggys Eltern waren nicht SED-Mitglieder, nicht politisch oder gesellschaftlich engagiert. Ziggy war nicht bei der FDJ. Abitur an einer Erweiterten Oberschule oder Studium kam also nicht in Frage. Bildungsrepression des DDR-Staats. Ziggy war immer sportlich gewesen und schaffte es auf die DDR-Kinder- und Jugendsportschule in Magdeburg. Boxen, Ringen und Schwimmen waren sein Ding. Mit Beginn der Pubertät orientierte er sich jedoch zusehends in Richtung Mädchen und Rockmusik aus dem Westen. Mit 16 hatte er keine Bock mehr auf Schule. Mit 17 hatte er lange Haare, eine Punkerin als Freundin, spielte in einer als subversiv eingeschätzten Punk-Rock-Band und schmiss die Schule. Mit 18 wurde er in die NVA zum Wehrdienst einberufen. Stichtag 31.12.1986.

Ziggy war Jahrgang 68. Das 1968 der westlichen Hemisphäre hatte mit Ziggy nicht das Geringste zu tun. Ziggy wurde in der NVA gedrillt, gedemütigt, hart gemacht. Er hatte nichts und gab alles. Was sollte er sonst tun? Ziggy war supersportlich, ein extrem guter Schütze und Nahkämpfer und noch dazu hochintelligent. Nach seinen anderthalb Jahren Grundwehrdienst verpflichtete er sich als Unteroffizier auf Zeit mit der Regeldienstzeit von drei Jahren. Ziggy war Berufssoldat und das sollte er auch nach der Wende bleiben. Er schaffte es ohne Abitur und Studium bereits vor der Wende zum Stabsfeldwebel und in der Bundeswehr zum Oberstabsfeldwebel – alles auf Grund seiner außerordentlichen Leistungen und Verdienste und schneller, als es laut Laufbahn-Verordnung vorgesehen wäre. Ziggy leitete Sondereinheiten, entwarf bereits für die NVA strategische Einsatzpläne, später für die Bundeswehr bzw. die NATO-Truppen oder die geheimen Kampfeinheiten, die zusammen mit den US-Streitkräften im Kosovo, in Afghanistan oder im Irak agierten und befehligte sie selbst im Einsatz vor Ort, weil er sich freiwillig für diese Spezial-Einsätze meldete. Eine Besonderheit, aber aufgrund seines Unteroffiziersrangs möglich.

Ziggy ging an die Grenzen seiner Existenz, riskierte sein Leben, weil er sonst nichts damit vorhatte. Er hatte sich auf effizientes Töten spezialisiert. Dann lernte er auf Urlaub im APFD-Café Sven kennen. Und alles wurde anders… Sven redete Ziggy ins Gewissen. Erklärte ihm die Zusammenhänge seiner Person, seiner Herkunft und der deutschen Geschichte. Machte ihm klar, dass er ein Produkt des Kalten Krieges war. Dass er sich dessen bewusst werden sollte, darüber nachdenken und Konsequenzen ziehen müsste. Überzeugte ihn. Ziggy dachte nach. Lange. Ein ganzes Jahr. Und traf sich unterdessen immer wieder mit Sven. Erinnerte sich seiner anarchistischen Wurzeln und quittierte den Dienst von heute auf morgen. Ohne Versorgungsansprüche zu stellen. Schloss sich dem chaotischen Antifa-Untergrund an. Lebte offiziell von der Stütze. Erledigte für Sven den ein oder anderen Botengang, jobbte als Türsteher für Discos, Leibwächter für B-Prominente, Security-Mann bei Veranstaltungen, als Inkasso-Mann fürs Grobe etc. Seit langem planten die Antifa-Chaoten einen Anschlag gegen Rechts, gegen den Kapitalismus im Allgemeinen oder auch den Polizei-Staat, aber durch die ausufernde direktdemokratische Diskussionskultur kam nichts voran. Doch dann kam Martin zu Sven, und Sven gab eigenmächtig den Einsatzbefehl an Ziggy und Dave raus. Ohne Wissen des Antifa-Rats. Sven war die lähmende Diskutiererei auf Dauer wohl auch zu blöd geworden und beorderte mit Dave und Ziggy zwei Gleichgesinnte zum Sondereinsatz. Martin war die Gelegenheit schlechthin. Endlich konnte Ziggy sinnvoll seine Vorzüge zur Geltung bringen: Nazis killen. Ziggy würde diesen Job zu Ende bringen. Und er hatte Verantwortung für den sympathischen Zivilisten. Seinen Freund. Martin.

LI

12 Uhr 25 – Martin wurde langsam schläfrig. Er setzte sich auf die Ledercouch. Wurde noch müder. Sah in Richtung der Fraktionssäle von SPD und Union. Drehte sich um: Schaute auf die Lift-Tür. Sackte zusammen. Das hatte er schon oft auf der Autobahn gehabt. Auf langen Strecken. Gerade bei Nachtfahrten. Diese bleierne Müdigkeit. Dieses Verlangen zu schlafen. Die Augen zu schließen. Nur für eine Minute. Um Kraft zu schöpfen. Um weiter machen zu können. Und dabei das Wissen,

dass auf der Autobahn der Tod lauert. Sekundenschlaf. Spurwechsel. Leitplanke, LKW – tot. Martin wusste um 12 Uhr 26, dass er sich nicht auf der Autobahn befand und schloss daher beruhigt und völlig übermüdet die Augen. Sekundenschlaf. Minutenschlaf...
Martin träumte wirr. Maria, Sven, im Auto, beide hinten, er vorne am Steuer, Autobahn, blinken, überholen, einscheren, Gelächter von hinten – Martin blickte nach hinten: Sven umarmte und küsste seine Maria, Maria sah ihm lächelnd ins Gesicht, ihr Gesicht wurde zu dem von Daves, Dave grinste höhnisch, während sie Sven die Zunge in den Hals schob. Sven betatschte ihren Busen, und Maria sah zu Martin und wieherte dabei herausfordernd... Matin schlug die Augen auf. Rappelte sich auf. Er hatte sich auf die Lederbank gelegt. Er schaute zur Fahrstuhltür. Nichts. Martin bewegte sich langsam von der Waagrechten in die Sitzposition, rückte seine Mütze zurecht und griff sich in die Brusttasche seines Hemdes, um an seine Zigaretten-Schachtel zu gelangen. Langsam, unter den Schmerzen seiner Bandscheiben stand er auf und räkelte und streckte sich. Langsam schlenderte er zur Balustrade, um eine kreative Rauchpause einzulegen. Doch als er hochblickte in sentimentaler Erwartung der dunkelhaarigen Schönheit, sah er Dietrichs Cowboy-Stiefel am Geländer des Innenhofs stehen.

Michael Dietrich, offiziell Hauptkommissar und inoffiziell Kopf der NSF, stand leger am Geländer und rauchte eine Zigarette. Starrte versonnen in den leicht bewölkten Himmel über Berlin und über dem Reichstag und blies nach dort den Rauch nach oben. Martin hielt inne. Ihn trennten noch fünf Meter von Dietrich. Vielleicht hatte Dietrich die Bewegung Martins schon aus den Augenwinkeln wahrgenommen. Martin verharrte in absoluter Ruhe. Seine Hand bewegte sich langsam zur Innentasche seines H&M-Sakkos. Dort lag die CZ82. Vorgewärmt an seiner Brust. Martin zog die Pistole in Zeitlupe heraus. Fixierte Dietrich, der die Asche seiner Kippe am Geländer des Rund-Balkons abschnippte.

Dietrich hatte im Hintergrund etwas wahrgenommen. Eine minimale Veränderung der Umstände. Eine kleine Bewegung im allerhintersten Sichtfeld. Zu lange war er Agent, Polizist, argwöhnischer Mitbürger gewesen, als dass er sich hätte einen Tunnelblick hätte leisten können. Langsam drehte er seine Kopf und erblickte, erkannte, fixierte Martin.

Ein Lächeln huschte über seinen Mund. Dann sah er die CZ82 in Martins Hand. Das Lächeln erstarb und Dietrich setzte sich augenblicklich in Bewegung. Er rannte zu einem der anderen Ein- bzw. Ausgänge der Innenhof-Balustrade. Dort, wo die dunkelhaarige Schönheit Ein- und Ausgang gefunden haben musste. Martin reflexartig hinterher. Ohne Deckung. Dietrich hätte ihn im Umdrehen sofort abknallen können. Martin rannte zwar geduckt, so, wie er es in zahlreichen Filmen gesehen hatte, aber jeder andere, der nicht so überrascht wie Dietrich gewesen wäre, hätte Martin sofort über den Haufen geschossen. Dietrich jedoch, der sich seiner Sache so sicher gewesen war, reagierte nicht wie gelernt automatisch, sondern ärgerte sich zuerst über die unerwartete Anwesenheit Martins. Fehler. Reaktion: Er lief weg. Instinktiv. Obwohl er einen Amateur wie Martin noch mit Zigarette in der Hand und Pistole hinter dem Rücken hätte erschießen können. Wenn... Ja wenn... Allerdings hätte er für zu viel Aufsehen gesorgt. In Null-Komma-Nichts wären Sicherheitskräfte hier, wären die Ausgänge des Reichstags verschlossen gewesen. Er hätte sich zwar als Hauptkommissar ausweisen können – Martin hätte den Kürzeren gezogen, doch er hatte die Zeit nicht, sich in langwierigen Diskussionen zu rechtfertigen. In zwei Stunden würde sein Flug gehen... Adiós Alémania! Dietrich hatte sich instinktiv doch richtig entschieden.

LII

Dietrich rannte den Flur entlang zum Treppenhaus. Martin in etwa zehn Metern hinterher. Er verlangsamte seinen Lauf, um sein Handy aus der Hosentasche zu fingern. Drückte die Wähltaste zweimal und hatte fünf Sekunden später die Tür zum Treppenhaus in der Hand und Sven am Ohr. „Hey! Dietrich entkommt. Er ist im Treppenhaus. Reichstag dritte Etage abwärts. Sag Ziggy Bescheid! Postiert euch!" Martin ließ das Handy in die Jackentasche gleiten und sprang die grauen Betonstufen – immer vier auf einmal nehmend – hinab. Ziggy könnte ihn unten abpassen. Verdammt! Ziggy wusste ja nicht, welches Treppenhaus er meinte. Wie viele Treppenhäuser gab es hier wohl? Zwei? Vier? Egal, dann musste er eben allein hinter Dietrich her. Martin wusste, dass er es mit einem Profi-Killer zu tun hatte. Sobald sich die Gelegenheit bot, ihn, ohne Aufsehen zu erregen, zu erschießen, würde Dietrich diese nutzen.

Martin rannte weiter die Stufen hinunter. Hielt kurz in der ersten Etage inne, hörte Dietrich weiter laufen und setzte seine Treppensprünge nach unten fort. Er will ins Tiefgeschoss und von dort entweder hinüber ins JKH oder ins PLH, dachte Martin. Er war im Tiefgeschoss angekommen. Riss die Tür auf und blieb sofort stehen. Vorsicht! Martin spähte nach rechts den Gang entlang. Nichts zu sehen. Nichts zu hören. Kein Dietrich. Kein Ziggy. Verdammt! War Dietrich bereits im Erdgeschoss aus dem Treppenhaus raus? Martin hastete die Treppen wieder nach oben. Riss die Tür auf und trat hinaus in das Foyer des Nord-Eingangs. Schnellen Schritts ging er zum Ausgang. Die beiden Pförtnerinnen ließen ihn durch die Schleuse. Gerade noch rechtzeitig genug, um Dietrich etwa 100 Meter weiter im Süd-Eingang des Paul-Löbe-Hauses verschwinden zu sehen.

Das PLH hatte noch den Haupteingang im Westen, die Brücke im 6. Stock auf der Ostseite zum MELH und den unterirdischen Fußgängerweg zum Reichstag. Martin rannte hinüber zum PLH und gab Sven seine Position durch. „Hallo, Martin!" Rief auf einmal Ziggy durchs Handy. Sven hatte wohl auf Konferenz-Schaltung umgestellt. „Ziggy! Er ist im PLH!" „Ja, Mann, ich seh Dich! Bin auch gerade draußen! Hab wohl das falsche Treppenhaus genommen! Dieser Wichser! Los, lauf weiter!" Martin war bereits am Eingang des PLH und rückte seinen roten Presse-Hausausweis zurecht. Sah sich kurz um, und sah Ziggy aus dem Nord-Eingang des Reichstags zu ihm herüber laufen. Er hatte keine Zeit zu warten, sondern durchschritt die Schleuse, die ihm anstandslos geöffnet wurde.

Im PLH war geschäftiges Treiben. Aber es war anders als während der Sitzungswochen nicht überfüllt. Martin blickte sich um. Die Architektur des PLH war beeindruckend: Im PLH gab es über 500 Büros für Abgeordnete, fast nochmals so viele Büros für die Verwaltung und etwa 20 Sitzungssäle. Dazu noch das Restaurant das wegen seiner intensiven Beleuchtung auch der Lampenladen genannt wurde, genauso wie Honeckers Asbest-verseuchter Palast der Republik. Das PLH war ein langes Rechtecke, das an seinen Längsseiten je vier große Rotunden aufwies, die sich wie Zylinder in einem Motor bis in die oberste Etage hochreckten. Darin waren Sitzungssäle verborgen. Zwischen den Zylindern konnte man auf die rundlaufenden Gänge sehen und die gläsernen Aufzüge.

Was würde nun ein erfahrener Agent wie Dietrich machen? Er würde versuchen, seinen Verfolger so lang wie möglich in diesem Labyrinth zu beschäftigen, um einen komfortablen Vorsprung herauszuschlagen. Also würde er sich zum weitest entfernten Ausgang hindurchschlagen, um Martin eine lange Suche zu ermöglichen. Der weitest entfernte Ausgang war die Brücke zum MELH im sechsten Stock an der Ostseite. Martin rannte die Halle in östlicher Richtung entlang. Oder würde Dietrich denken, dass man genauso denkt, und würde den kürzesten Weg aus dem PLH wählen? Das wäre der unterirdische Übergang zum Reichstag. Nein. Dietrich würde sich denken, dass Martin nicht so weit denken würde. Dietrich würde ihn für einen strategischen Pygmäen halten. Schließlich fühlte er sich immer noch überlegen. Oder hatte er mittlerweile Respekt vor Martin bekommen? Nein. Womöglich wusste Dietrich noch gar nicht, dass seine Schergen in der Hölle brutzelten. Er wusste es nicht. Er würde es jetzt vielleicht vermuten. Dass er Martin nicht zufällig im Reichstag begegnet sein könnte, war klar. Aber die Hintergründe konnte er sich allenfalls in verschiedenen Szenarien ausmalen. Martin beschleunigte und rannte zur letzten Rotunde auf der linken Seite. Dahinter waren die Fahrstühle. Er drückte den Knopf, ging einige Schritte zurück und sah nach oben. Einer der Fahrstühle fuhr nach oben, der andere kam nach unten. Beide fuhren in der dritten Etage aneinander vorbei. Wer in dem Aufwärts-Fahrstuhl stand, konnte Martin nicht erkennen, aber es war jemand darin. Das sah er.

„Hey!" Martin fuhr herum. Ziggy war auch da. Martin legte automatisch seinen Arm um Ziggys Schultern. „Er muss da drin sein, verfickte Scheiße!" Sie betraten den Fahrstuhl drückten den Knopf für die sechste Etage und dann den Knopf für das schnelle Türenschließen, egal ob es damit schneller ging oder nicht. Ziggy und Martin sahen sich an. „Falsches Treppenhaus…" sagte Ziggy. Martin nickte: „Dachte, er nimmt den Ausgang, der am weitesten entfernt ist. Das ist die Brücke zum MELH." „Mhh…" Ziggy öffnete seine Tasche und bastelte in Windeseile seine Barrett zusammen. Als die Fahrstuhl-Tür im sechsten Stock aufging, war Ziggys Waffe schussbereit. Sie stiegen aus und gingen vor zur Brücke. Als sie die Glastür öffneten, sahen sie schon Dietrich am Ende der Brücke. Ziggy kalkulierte in Sekunden-Bruchteilen: Die Brücke mochte wohl 70 Meter lang sein. Mit seiner Barrett kein Problem. Da brüllte Martin: „Dietrich, du Wichser!!!" Dietrich sah sich um, sah Martin und Ziggy. Sah das Gewehr. Zog blitzschnell seine Pistole aus dem Schulterhalfter und schoss.

LIII

Martin hörte erst den Schuss, sah dann Dietrich die Tür zum MELH öffnen. Blickte nach rechts und sah Ziggy kniend sich den linken Oberarm haltend. „Fuck! Los lauf dem Arsch hinterher! Der Sack hat nen Glückstreffer gelandet..." würgte Ziggy hervor. Martin hatte noch nie eine Schussverletzung gehabt. Konnte sich aber vorstellen, dass es höllische Schmerzen sein mussten, wenn einem ein Muskel zerfetzt wurde. Schon ein Muskelfaserriss beim Fußball war nicht angenehm. Nierenkoliken oder Geburtsschmerzen hatte er noch nie gehabt, auch ein zerschossener Oberarm musste ziemlich fies weh tun.

„Gib Sven und Dave Bescheid!" Und dann sprintete Martin die Brücke entlang. 70 Meter Vorsprung. Vielleicht zehn Sekunden. Martin war früher schnell gewesen. Dietrich hatte Cowboy-Stiefel an. Er flache Docs. Vorteil. Er würde nicht den Lift nehmen, sondern das Treppenhaus. Martin versuchte zu rennen, als wäre er 20. Gelangte zur Tür, sprang die Treppen, soweit er konnte, hinunter. Immer seine CZ82 in der Rechten umklammert. Wuchtete sich mit der Schulter gegen die Betonmauer und sprang die nächsten Treppen nach unten. In seiner Wade schmerzte es. Egal. Treppe um Treppe – Kämpfen, Beißen, Kratzen, Spucken. Wie früher in der A-Jugend – zehn Minuten vor Schluss – Rückstand aufholen – Ausgleich schießen – gewinnen wollen – weiter, immer weiter. Olli Kahn hatte wie immer Recht: Wer auch bei einem Rückstand von 0:3 in der 70 Minute nicht gewinnen will, wird entscheidende Spiele nie gewinnen. Die linke Schulter schmerzte empfindlich, doch Martin stieß sich nur noch heftiger vom Bundestagsbeton ab. Die letzte Etage... Endlich...

Martin landete gerade mit voller Wucht auf der Betonwand des letzten Treppenabsatzes, als er im Umdrehen unten Dietrich sah, wie er die Tür öffnete. Der drehte sich seinerseits irritiert von dem Geräusch um, das ein 80 Kilogramm schwerer Körper verursacht, wenn er im vollen Sprung gegen ein äußerst festes Hindernis trifft. Sah seinerseits Martin, wie er sich schmerzverzehrt, aber liebevoll gegen die Wand quetschte. Sah die CZ82. Führte seine Hand zum Schulterhalfter und nahm in einer jahrzehntelang geübten Bewegung seine entsicherte und durchgeladene SIG Sauer P6 heraus. Am Ende der Bewegung erfolgte der Schuss. Martin sah Dietrich, auf drei Meter 45 Grad unter sich, sah seinen abgeklärten Gesichtsausdruck, erkannte die Arroganz in den Augen des Profis gegenüber dem Amateur – und ließ sich fallen. Dietrichs Schuss schlug krachend und splitternd in den Beton. Martin lag bäuchlinks, streckte seine CZ82 nach vorne und drückte ab. Traf Dietrich in die Brust – Volltreffer, 100 Punkte. Dietrich fiel nach vorne um. Mausetoter Ober-Nazi.

Nachspielzeit

LIV

Die Schüsse waren für Martins Ohren extrem laut gewesen. Zudem hätte das Treppenhaus den Schall verstärken müssen. Doch die geräuschreduzierende Büro-Architektur des Bundestags hatte alles so dezent ertönen lassen, dass das Sicherheitspersonal am Haupteingang wohl gedacht hatte, ein Ausflugsboot auf der Spree hätte getutet, oder auf der Baustelle zur Erweiterung des MELH wären weitere Betonstelen in den Boden gerammt worden. Martin lag gefühlt tagelang auf seinem Treppenabsatz und starrte gebannt auf Dietrichs Körper, der reglos wie ein Leguan auf der Lauer bäuchlinks da lag. Doch Dietrich war kein Leguan. Und er lag auch nicht auf der Lauer. Er war tot. Martin hatte einen Menschen getötet. Ihm das Lebenslicht ausgeblasen. Seine biologischen Funktionen zum Erliegen gebracht. Ihn ausgelöscht. Seine Existenz beendet. Martin fühlte sich froh. Befreit. Glücklich. Kein Gewissensbiss, kein traumatischer Schock. Das Adrenalin raste durch seinen Körper wie beschissene Formel-1-Autos um den insolventen Nürburg-Ring. Martin nestelte das Handy aus seiner Tasche: „Erledigt! Der Arsch ist erledigt!" Sven: „Cool!" Ziggy: „Ja! Scheiße! Cool! Bin gleich bei Dir!"

Martin sah hinunter zu Dietrich. Dann sah er auf seine Uhr. Kurz nach eins. Er hörte Ziggy die Treppe hinunterkommen und ging ihm zwei Treppenabsätze entgegen. „Mann! Gut, dass du da bist!" keuchte Martin. „Ja, Scheiße! Mein Arm tut verdammt weh. Nix Schlimmes, aber höllischer Schmerz…" Ziggy hielt sich den linken Oberarm. "Hey, Mann. Wir müssen das abbinden. Blutüberströmt kannst Du nicht am Sicherheitspersonal vorbei hier raus." Martin zog Jacke und Hemd aus, zerriss sein T-Shirt und bastelte einen improvisierten Druckverband für Ziggy. Ziggy hatte einen Streifschuss abbekommen. Blut sickerte aus der Wunde. Ziggys Oberarm-Muskulatur fehlten nun einige Atome, aber er würde es überleben. Als der sich die Bomber-Jacke wieder überstreifte, sah er äußerlich wieder einigermaßen hergestellt aus. Das Loch im Ärmel der schwarzen Bomber-Jacke fiel nicht weiter auf. Martin zog sich wieder an. „OK! Ich schaff Dietrich ein Stockwerk tiefer. Muss ja nicht sofort entdeckt werden. Du suchst Dir ne Toilette und siehst zu, dass du möglichst unblutig und ohne Aufsehen zu erregen hier an den Pförtnern vorbei ins Freie kommst, ok?" „Yes. Das wird wohl das Beste sein. Dave wird gleich hier sein. An Hausausweisen mangelt es uns ja nicht…" Sie stiegen die Treppen hinab zu Dietrichs Leiche, doch die war nicht mehr da.

„Fuck! Was zur Hölle…" Martin blieb reglos stehen. Ziggy: „Kein Blut! Wo hast Du ihn getroffen?" „In die Brust!" „Hast Du ihn untersucht?" „Äh, Nein… Wieso?" „Tippe auf kugelsichere Weste. Scheiße!" Ziggy informierte Dave und Sven: „Dietrich ist entkommen. Sven, ich komm raus. Dave, Du kommst zum Entschärfen rein." Ziggy öffnete vorsichtig die Tür und spähte hinaus, ob die Luft rein war. Nickte Martin zu, der konsterniert auf der Treppe saß, und verschwand.

LV

Ziggy kam ohne Probleme mit seiner Sporttasche an den schwatzenden Wachleuten vorbei, die ihn nur aus den Augenwinkeln wahrnahmen. Draußen auf der Straße kam ihm Dave entgegen. Sie nickten sich kurz zu und gingen aneinander vorbei. Ziggy sah Martins Golf hinten an der Bundespressekonferenz parken. Sven saß hinterm Steuer und blies Zigarettenrauch aus dem offenen Fenster. Ziggy ließ sich erschöpft auf den Beifahrersitz fallen: „Wo will das Nazi-Schwein hin?" Sven: „Flughafen, Hauptbahnhof, Autobahn?" Ziggy: „Hauptbahnhof ist um die Ecke. An dir ist er nicht vorbei?" „Ne." „Dann ist er unterirdisch in eines der anderen Bundestagsgebäude, um dort wieder rauszukommen. Musste damit rechnen, dass er hier draußen abgepasst wird. Wenn er ins JKH läuft, kann über die Dorotheenstraße wieder raus, dann zwischen Reichstag und Bundeskanzleramt zum Hauptbahnhof rüber. Das geht die 500 Meter zu Fuß ohne Probleme. Los! Lass uns zum Hauptbahnhof fahren. Wir sind eher da. Er muss die kleine Fußgängerbrücke über die Spree nehmen. Da können wir ihn erwischen!"

Sven startete den Wagen, wendete und fuhr das Kapelle-Ufer entlang zum Hauptbahnhof. „Warum Hauptbahnhof und nicht Flughafen?" „Weil er mit dem Zug ohne Ausweis überall hinkommt und das Ticket sogar am

Schalter oder noch im Zug bar bezahlen kann. Über Bahnhöfe kann er seine Spur viel schneller verwischen, weil es an jedem Bahnhof wieder x Umsteigemöglichkeiten gibt. Weil es mehr Bahnhöfe als Flughäfen gibt, potenziert sich so die Chance, möglichst schnell unterzutauchen. Innerhalb der EU kein Problem. Und wenn er über Polen aus der EU raus will, noch leichter. Und jetzt muss er untertauchen, ob er es vorher wollte, oder nicht: Wir haben ihn identifiziert. Er ist aufgeflogen. Ihm fehlt die Zeit. Er kann nicht nächste Woche in aller Ruhe verschwinden." „Er könnte eine Art Notfall-Versteck haben, mit gefälschten Ausweisen, Bargeld und so. Vielleicht hat er perfekte Masken, so wie Tom Cruise in Mission Impossible und..." „Quatsch! Masken... Wenn er wirklich gut ist, dann hat er nicht nur eine sichere Wohnung, sondern auch welche im Ausland." Sven hielt an der Fußgängerbrücke und ließ Ziggy aussteigen, fuhr dann weiter, um einen Parkplatz zu suchen, fand auf die Schnelle keinen und parkte auf dem Gehweg. Egal...

Ziggy war bereits auf der anderen Seite der Brücke und blickte über die Wiese hinüber zu Kanzleramt und Reichstag. Er öffnete seine Tasche und nahm das Zielfernrohr der Barrett. Mit seinem Fernrohr nahm er nun jeden Passanten ins Visier. Dietrich in seiner grauen Schimanski-Jacke sah er jedoch nicht. Ziggy blickte auf die Uhr. 13 Uhr 21. Dietrich hatte etwa zehn Minuten Zeit gehabt. Bis zum JKH-Ausgang in der Dorotheenstraße hätte er über die unterirdischen Gänge des Bundestags fünf Minuten gebraucht. Er müsste jetzt hier auftauchen, wenn er tatsächlich den Weg zum Hauptbahnhof nehmen würde. Wenn, wenn, wenn. Außer er hatte sich ein Taxi geschnappt, um schneller voran zu kommen. Taxis gab es hier im Regierungsviertel zu Hauf. Dann würde er zum Washington-Platz auf der Südseite des Bahnhofs fahren. Ziggy spähte nochmals durch das Zielfernrohr. Kein Dietrich. Er packte seine Tasche und lief über die Brücke zurück auf Sven zu. „Los! Er muss sich ein Taxi geschnappt haben!" „Aha..." Ziggy und Sven joggten über den Washingtonplatz. Im Bahnhof würde es verdammt schwer werden, Dietrich zu entdecken. Unmöglich. Sie waren mitten auf dem Platz. Ziggy scannte im Laufen jede Person, jedes Taxi, jede Bewegung vor den Eingangstüren zum Bahnhof. Am Südeingang war die Taxi-Fluktuation enorm. Dietrich könnte schon längst hier sein. „Da!" ächzte Sven keuchend. „Ne Schimanski-Jacke!" Ziggy folgte Svens Finger, der zum

Eingang deutete. Hinter den auf und zu schwingenden Glastüren glaubte er einen Blick auf Dietrichs grau-beigen Parka zu erhaschen. Oder war das nur die Hoffnung, die ihm die gewünschte Optik vorspiegelte? Egal. Ziggys Arm schmerzte. Er spürte wie seine Bomberjacke vom Blut immer mehr durchnässte. Egal. Ansonsten fühlte er sich fit.

Sie hetzten zum Eingang, rissen eine Glastür auf und befanden sich in einem Ameisenhaufen wieder: Hunderte von Menschen liefen durcheinander. Rolltreppen führten nach oben, nach unten, Galerien, Einkaufspassagen, organisiertes Chaos... Keine Spur von Dietrich. Ziggy blickte zur Anzeigetafel hoch. Die nächsten Züge, die innerhalb der nächsten zehn Minuten abfahren würden, waren vier Regionalzüge – Ziel Brandenburger Umland, ein InterCity nach Rügen, ein EuroCity nach Warschau. Die ICE nach Köln bzw. Koblenz hatten noch über 20 Minuten Zeit. Der Zug nach Warschau würde um 13:37 auf Gleis 12 abfahren, der IC nach Rügen um 13:36 auf Gleis 7 im Tiefgeschoss. Sven stand schnaufend neben Ziggy: „Du Warschau, ich Rügen, ok?" „OK!" Sven machte sich auf den Weg zur Rolltreppe, die nach unten führte, Ziggy fuhr nach oben.

Ziggy wusste, dass sie nur noch eine minimale Chance hatten. Hatten er und Sven vorhin wirklich Dietrich gesehen? Dietrich hätte auch zum Bahnhof Friedrichstraße laufen können, dort mit der S-Bahn weiter, dann Auto. Oder doch zum Flughafen? Egal. Alles egal. Die naheliegendste Variante war der Hauptbahnhof. Dietrich hatte seine Verfolger nicht gesehen. Er musste denken, er wäre wieder einen Schritt voraus. Er würde sich wieder sicher fühlen und dadurch unvorsichtig werden. Warschau. Warum nicht? Er könnte in Frankfurt/Oder aussteigen, oder in Posen, oder bis Warschau durchfahren. Als ehemaliger Ostblock-Mensch würde er womöglich polnisch beherrschen und konnte sich in Polen gut durchschlagen. Ein Versuch war es wert. Ansonsten hätten sie immerhin einen Mega-Anschlag verhindert. Ziggy betrat den Bahnsteig an Gleis 12. Der weiß-blaue Berlin-Warszawa-Express EC 45 stand bereit. Ziggy stieg im ersten Waggon hinter der Lok ein.

LVI

Dave betrat das Treppenhaus des MELH. Sie hatte ein schwarzes Kostüm und eine weiße Bluse an und wollte wohl als CDU-Mitarbeiterin durchgehen. Martin erhob sich von der Treppe, zog sie zu sich heran und küsste sie. Sie sahen sich an. Dave strich Martin über die Glatze und blickte ihn fragen an. „Nochmal gut gegangen", erwiderte Martin: „Aber seine Bombe fehlt. Ich weiß nicht, wie viel Zeit wir noch haben." „Dave schlug ihre Faust in Martins Oberarm: „Na, denn mal los!" Martin beschloss den gleichen Weg zurückzugehen, auf dem er Dietrich aus dem Reichstag ins MELH gefolgt war. Die beiden stiegen die Treppen hoch. Martin schnaufte deutlich hörbar, aber nach ein paar Minuten überquerten sie bereits die Brücke zum PLH. Schweigend standen sie im Lift und fuhren zur Halle des PLH hinab. Dave hatte eine schwarze Umhängetasche dabei. Eine große Laptoptasche, in der sich ihr Werkzeug befand. Dave fing Martins Blick auf und sie sahen sich an. Beide hatten Angst. Sie sahen das in den Augen des anderen. Aber sie erkannten auch die Entschlossenheit des anderen. Und den Fatalismus, der diese Entschlossenheit nährte. Die Fahrstuhltür öffnete sich und sie durchquerten festen Schritts die Halle des weitläufigen Bundestagsgebäudes. Nach zwei Minuten betraten sie den Übergang zum Reichstag. Nach weiteren zwei Minuten standen sie im Lift, der sie zur Fraktionsebene brachte.

Dave öffnete ihre Tasche und holte den Geigerzähler heraus. „Haben wir gleich…" Sie schaltete das Gerät ein und hielt das Saugrohr in die Luft. „Yep! Erhöhte Strahlung. Jetzt machen wir Topfschlagen. Mal sehen, wo es wärmer wird…" Dave ging im Schneckentempo nach links zum hinteren Ende des Unionsfraktionssaals. Bei den Toiletten kehrte sie um. „Nein. Da wars kalt. Jetzt wird's wieder wärmer." Dave schlich an den Fahrstuhltüren vorbei hinüber zum SPD-Fraktionssaal. „Auch kalt!" Dave blieb vor dem leeren Catering-Buffet stehen und sah Martin an. Der ging hin und hob das weiße Tischtuch hoch: Unter dem Tisch stand Dietrichs Rimowa-Koffer. Dietrich hatte ihn abgestellt, während Martin auf der andere Seite des Sofa-Rondells vor sich hin gedämmert hatte. „Bingo!" „OK!" rief Dave: „Das ging schnell!" Sie nahm den Koffer und ging um den Buffet-Tisch herum, um sich dahinter nieder zu lassen. „Los! Komm! Muss ja nicht jeder gleich sehen…" Martin ging ebenfalls um den Tisch herum und setzte sich zu Dave auf den Boden. Sie öffnete den Koffer, stöpselte eines ihrer Kabel an das Handy. „Habs gleich…" Sie tippte etwas in ihr Laptop und starrte auf den Bildschirm.

Nach zehn Sekunden klappte sie den Laptop zu, stöpselte das Kabel aus und entfernte das Handy aus dem Koffer, um dann auch den zuzuklappen. „Erledigt." Martin schaute verdutzt: „Wie? Das wars schon?!" „Klar. Mach das ja jetzt nicht zum ersten Mal. Virus aufspielen und warten, bis das Ding den Geist aufgibt – fertig. Handys sind ziemlich schnell lahmzulegen. Kleine, doofe Mini-Rechner. Er hatte ja nicht erwartet, dass die Dinger gefunden und entschärft würden. Für seine Zwecke, war der Aufbau der Bombe völlig ausreichend. Das Risiko bestand für ihn darin, ob die Elektronik der Strahlung über die ganze Zeit standhalten würde. Seine Bombe wird er erst heute zusammengebastelt haben, in der Hoffnung, dass wenigstens seine hochgeht." Dave saß im Schneidersitz da und Martin konnte ihr unter den hochgerutschten Rock schauen. Er zog sie zu sich, küsste sie und griff ihr zwischen die Beine. Dave umschlang ihn, drückte ihn zu Boden und sie rollten unter den Buffet-Tisch. Während sie vögelten, trennte sie nur eine weiße Tischdecke von den Gamma-Strahlen des Rimowa-Koffers. Egal.

LVII

Sven war außer Atem in den IC nach Binz gefallen und musste erst mal verschnaufen. Fuck! Was würde er jetzt tun? Den Zug von vorne bis hinten absuchen und dabei möglichst unauffällig tun. Wenn er Dietrich entdecken würde, müsste er bis kurz zum nächsten Halt warten, ihn dann ausschalten und schnell aussteigen. Aha. Ausschalten… Kein Problem, ha! Fuck! Dietrich kannte ihn zwar nicht, aber das wars auch schon. Der Typ war Profi und er war nur Sven. Hmmm…

Ziggy machte sich zu selben Zeit ähnliche Gedanken. Natürlich ging er etwas selbstbewusster an die Sache ran als Sven. Einen Menschen zu erschießen, würde ihm kein Problem bereiten. Aber nach der Tat wieder unbehelligt aus dem Zug zu kommen, war ein viel größeres Problem. Der nächste Halt war um 14:40 in Frankfurt/Oder. 13 Uhr 37: Der EC fuhr fahrplanmäßig an. Ziggy ging langsam den ersten Waggon entlang. Dietrich hatte ihn nur aus einiger Entfernung auf der Brücke zwischen

PLH und MELH gesehen. Würde er ihn wieder erkennen? Mit seiner Sporttasche sah er wie ein Reisender aus. Seine CZ82 steckte entsichert und durchgeladen in der Innentasche seiner Bomberjacke. Kein Dietrich hier. Ziggy öffnete die Tür zum nächsten Wagen. Hier waren Abteile mit je sechs Sitzplätzen. Die ersten beiden Abteile waren leer. Im dritten saßen zwei Frauen. Im vierten waren die Vorhänge zugezogen. Ziggy blieb stehen, überlegte kurz, zog dann die Schiebetür auf, schob den Vorhang zur Seite – ein Liebespaar knutschte vor sich hin. Ziggy schloss das Abteil wieder und ging weiter.

Als der IC nach Binz losfuhr, schritt Sven langsam an den Sitzen des ersten Waggons vorbei und checkte beiläufig die Fahrgäste. Nichts. Auch er hatte seine Pistole griffbereit vorne in die Hose gesteckt und sein Clash-Shirt darüber gezogen. Nächster Wagon – Sitzreihen gegen die Fahrtrichtung. Erst mal Lage peilen. Ganz hinten bei einem der letzten Sitze hing eine graue Jacke am Haken. War das Dietrichs Parka? Zu weit weg, um das auszumachen. Sven ging langsam vorwärts, nicht ohne die Passagiere zu beäugen, an denen er vorbeiging. Der Sitz mit der grauen Jacke am Haken kam näher. Auch ein Platz gegen die Fahrtrichtung, so dass er den Besitzer der Jacke nicht sehen konnte. Vier Sitze davor setzte er sich. Erst mal die Lage checken... War das tatsächlich eine hellgraue Jacke? Oder doch eher eine dunkelgraue. Oder schmutzig hellblau? Sie war nicht vollständig zu sehen.

Ziggy war am letzten Abteil des zweiten Wagens angekommen und schaute unauffällig hinein. Leer. Ziggy überprüfte die Toilette – leer. Er schaute kurz nach seiner Wunde. Martins T-Shirt war durchnässt von Blut. Stopfte sich den Ärmel seiner Bomberjacke mit saugfähigen Papierhandtüchern voll. Der nächste Wagen war das Board-Restaurant. Ziggy besah sich die Gäste. Dietrich war nicht dabei. Er kaufte sich beim Schaffner eine Fahrkarte nach Frankfurt und ging an der Küche vorbei hinter zum Wagenende. Auch hier war die Toilette nicht verschlossen. Ziggy öffnete die Tür - leer. Der nächste Wagon bestand wieder aus fünf Abteilen zu je sechs Plätzen.

Sven stand auf, um über die Sitze vor ihm zu spähen. Er konnte nicht über die Rückenlehne des verdächtigen Passagiers schauen. Ahhh... Sven fasste sich ein Herz und ging vor. Möglichst unauffällig schlenderte er zu dem Sitz mit der grauen Jacke vor, da erhob sich der Verdächtige – ein junges Mädchen. Die Jacke war ein grauer Trenchcoat.

Das erste Abteil war leer gewesen. Ziggy war beim zweiten und schaute hinein: Da saß er. Dietrich. In Fahrtrichtung am Fenster und blickte hinaus. Ziggy entdeckte ein neues Adrenalin-Depot in seinem Körper und öffnete die Tür des Abteils. Dietrich sah kurz auf und dann wieder aus dem Fenster. Nicht erkannt. Oder doch? Vorsicht. Ziggy lege seine Tasche oben in die Gepäckhalterung und setzte sich an den Türplatz schräg gegenüber.

LVIII

Knapp. Sehr knapp. Er war unzufrieden. Gut, dass er übervorsichtig die leichte Kevlar-Weste angezogen hatte. Sonst hätte ihn dieses Journalisten-Würstchen noch über den Haufen geschossen. Wie hatte dieser Schmidt das alles herausfinden können? Malkowski hatte von keinen Details Kenntnis. Allenfalls, dass etwas am Laufen war, konnte er wissen. Die Zellen. Einer der Jungs hatte sich scheinbar wichtig gemacht und gegenüber NVP-Kameraden geplaudert. Malkowski hatte seit einigen Wochen zu viele Fragen gehabt, wurde ihm zugetragen. Auch das Treffen mit dieser Reporterin war ihm angekündigt worden. Aber er hatte allenfalls Ahnungen. Andere Insider-Kontakte hatte Maria Berger nicht gehabt. Er hatte Malkowski als Schwachstelle unterschätzt. Der Mann war immerhin seit Jahrzehnten mit dabei. Schon damals innerhalb der SED war er bestens informiert gewesen über die nationale Sache. Kalle hatte versagt. Kalle hatte seinen Bonus-Auftrag nicht erledigt. Kleiner Wichtigtuer. Der Junge war ihm damals bei der Rekrutierung immer der Liebste gewesen. Zuverlässig, psychisch gefestigt, aber weiter formbar. Er hatte Potenzial gehabt. Mit ihm würde auch die komplette Berliner Zelle versagt haben. Egal. Dann wären noch fünf Bomben deponiert. Es würde reichen, wenn eine davon hochging.

Die Abteiltür ging auf. Er blickte auf. Ein großer Typ kam herein – Glatze, Bomberjacke. Na wenigstens ne nationale Eskorte auf dem Weg ins polnische Deutschland, dachte er bei sich und sah wieder hinaus. Sie fuhren in den Ostbahnhof ein. Ein paar Minuten Zwischenhalt, dann ging es weiter. Die Glatze hatte es sich ihm schräg gegenüber bequem gemacht und schien zu schlafen. Sie fuhren durch den Osten der Stadt, dann ging es weiter durch das Niemandsland zwischen Berlin und polnischer Grenze nach Frankfurt/Oder. Ursprünglich wollte er jetzt im Flugzeug nach Kopenhagen sitzen und von dort über Moskau nach New Delhi fliegen. Nun musste er neu planen. In Warschau würde er seine Flüge neu buchen. Neue Pässe und falsche Kreditkarten hatte er dabei. Was er bräuchte, wäre lediglich ein neuer Laptop, und den würde er auch im verdammten Warschau besorgen können.

Er schaute auf seine Uhr. Noch fünfzehn Minuten bis Frankfurt/Oder. Es war Zeit für die finale Rund-SMS. Er nahm sein Handy und begann die SMS zur Zündung der Bomben abzusenden. Zufrieden drückte er auf „Senden". Sah hinüber zur Glatze, sah dass der schlief und öffnete die Abdeckung des Handys, um Akku und Karte zu entfernen. Das war's. Er steckte die Einzelteile des einen Handys in die eine Jackentasche und fingerte aus der anderen ein anderes Handy und Kopfhörer. Ab jetzt würde er Radio hören und warten, was die Nachrichten bringen würden.

Entspannt streckte er die Beine aus. Draußen flogen die Pinien-Wälder Brandenburgs vorbei. Zufällig fiel sein Blick auf den anderen Abteil-Insassen. Auch der fläzte sich entspannt in seinem Sitz. Hatte die Beine, die in einer schwarzen Cargo-Hose steckten, ausgestreckt übereinander geschlagen. Die rechte Hand hatte er in der linken Seite seiner Bomberjacke verborgen, so als wolle er sich einhändig umarmen. Die andere Hand lag auf seinem Oberschenkel. Auf der Hand war deutlich getrocknetes Blut zu erkennen. Dietrich kam die Erkenntnis zu spät. Als er an seine Schulterhalter wollte, schoss Ziggy durch seine Bomberjacke. Der erste Schuss ging in den Arm. Ziggy nahm die Pistole aus der Jacke und schoss Dietrich in die Stirn. Ziggy steckte die Waffe ein, nahm seine Tasche und verließ das Abteil. Fünf Minuten später hielt der Zug in Frankfurt/Oder und Ziggy stieg aus und verließ den Bahnhofsbereich.

LIX

Dienstag Abend, 20. März. Martin saß in seiner Fußball-Kneipe beim vierten Bier. DFB-Pokal. Halbfinale. 0:0 nach 90 Minuten. Dortmund musste gegen Fürth in die Verlängerung. Pause. Wie witzig. Martin nahm sich nochmals den Tagesanzeiger vor und las zum fünften Mal den Aufmacher und die dazugehörige Geschichte, die die ganzen Seiten zwei und drei füllten: „Tagesanzeiger verhindert Terroranschlag auf Reichstag" – „Reporter stellt Neonazi-Attentäter" – „Schmutzige Bomben entschärft". Er hatte gestern bis spät in die Nacht an der Story gearbeitet. Redaktionsschluss und Andruck wurden nur für diese Geschichte bis 24 Uhr hinausgezögert. Die Sache war natürlich eine Sensation. Radio, Fernsehen, Online-Medien hatten seit heute Morgen kein anderes Thema mehr. Bomben-Anschlag und laxe Sicherheitsvorkehrungen im Bundestag – Finanzierung der NSF durch die NVP – Unterwanderung der Polizei mit Neonazis – Neo-Nazismus als Erbe der DDR – die unzureichende Sicherung von Atommüll – Marias und Martins Geschichte hatte viele Facetten. Journalisten, Politiker und die sogenannten Experten waren in Alarmzustand. Der Staat war in Gefahr, alle Gewalten hatten versagt und waren bedroht. Das Parlament, weil keine der dort vertretenen Parteien entschieden die Gesetzesinitiative gegen Neo-Nazismus ergriff, und deren Sicherheitsdienst praktisch nicht existierte; die Justiz, die seit Weimar auf dem rechten Auge blind war; die Exekutive, deren Geheimdienste jämmerlich versagt hatten, und deren Polizei als Spielfeld für Nationalsozialisten missbraucht worden war.

Martin bestellte sein fünftes Bier und las den Abschnitt, der von weiteren Bomben im Bunker von Carinhall berichtete – und einer geheimen Antifa-Gruppe, die sich in einem Akt aus Selbstjustiz und Staatsschutz heldenhaft ans Werk gemacht hatte, um den wohl verheerendsten Terror-Anschlag in der deutschen Geschichte zu verhindern. Martin hatte einen der Aktivisten anonymisiert zitiert: „Wir wussten, dass es höchste Zeit war zurückzuschlagen. Der Staat, seine Beamten und seine Politiker haben versagt, wir mussten über Leichen gehen, um zu retten, was zu retten war. Das Leben einiger ideologisierter Nazis erschien uns weniger wert als das von 80 Millionen demokratisch-kapitalistisch fehlgeleiteter Konsum-Idioten." Diese heroischen Worte stammten von Sven, der sich arg zügeln musste, anonym zu bleiben. Ziggy hatte sich seine Wunde selbst versorgt bzw. von Conny versorgen lassen. Und Dave hatte gestern unten vor dem Tagesanzeiger gestanden, als Martin vom

Schreibtisch aufgestanden war, um sich auf den Heimweg zu machen. Sie wollten es miteinander versuchen, egal, was das zu bedeuten hatte, wie oder wann es enden würde und warum überhaupt…

Als Martin aufsah, schoss gerade Gündogan aus 16 Metern auf das Fürther Tor. In der 120. Minute. Der Ball prallte am Pfosten ab, schlug gegen den Rücken des am Boden liegenden Fürther Torwarts und kullerte von dort ins Tor. Dortmund war im Finale. Das Lokal tobte. Martin prostete der Leinwand zu, auf der ein vor Freude brüllender Klopp zu sehen war. „Das wars dann! Fuck!"

Martin stand auf, zahlte bei Doris seine Rechnung und ging nach Hause. Unterwegs holte er sich beim Späti an der Ecke noch Zigaretten. Dann schloss er die Haustür auf und stieg die Treppen zu seiner Wohnung hoch. Irgendetwas war ihm entgangen. Ein kleines Detail am Rande lag noch im Dunkeln, aber Martin kam nicht darauf. Zu turbulent waren die letzten Tage und Stunden gewesen. Völlig übernächtigt hatte er in der Redaktion noch die Geschichte seines Lebens geschrieben. Mit Dave und den Jungs hatte er noch bis in die Morgenstunden durchgefeiert. Egal.

Er schloss die Wohnungstür auf und machte Licht im Flur an. Jetzt noch unter die Dusche und dann ab zu Dave. Martin ging ins Wohnzimmer und drückte auch da auf den Lichtschalter. Er hätte ihn glatt übersehen, aber da saß Meier auf seinem Sofa. Das Meier. Der unscheinbare Oberkommissar Wolf Meier saß bequem auf seinem Sofa und hielt eine Pistole auf ihn gerichtet. Martin verharrte in Schockstarre. „Juten Abend, Herr Schmidt!" Meier erhob sich langsam. „Da hammse ja nen rejelrechten Durchbruch in ihrer journalistischen Karriere jehabt. Gratuliere!" „Äh, danke. Was machen sie hier?" „Wat ick hier mache?" Meier lachte leise: „Sie und ihre Reporter-Schlampe haben die Arbeit von Jahren ruiniert und einige der fähigsten Köpfe unserer Nation auf dem Jewissen! Und sie fragen, wat ick hier mache?" Bei Martin klingelte es langsam: Meier war der Steuermann auf Dietrichs Motorboot! Meier war in alles eingeweiht. Meier war das Rand-Detail, das im Puzzle der letzte Tage noch fehlte. Meier hatte nichts mehr zu verlieren. In Kürze würde er ins Visier des Staatsschutzes geraten – Gefängnis statt gemütliches Pensionärsdasein. Meier stand etwa zwei Meter vor ihm - Martin musste schnell handeln: Er setzte zur Blutgrätsche an und mähte Meier mit gestrecktem Bein um. Glatt rote Karte, aber das hatte sich gelohnt: Meier war überrascht, hatte die Pistole nicht rechtzeitig senken können. Sein Schuss ging in die Wand, vor der Martin einen Augenblick zuvor noch gestanden hatte. Meier lag jetzt halb auf ihm und schrie vor Schmerz – wahrscheinlich Kapselriss. Martin griff nach dem rechten Arm Meiers. Hielt er noch die Pistole? Oder war sie zu Boden gefallen? Er konnte es nicht sehen. Meier wehrte sich, wollte ihn platt drücken. Der Klops musste um die 100 Kilo wiegen. Martin schüttelte Meier von sich ab, wobei er dessen Arm weiter festhielt. Dann holte er zum Scherenschlag aus und drosch mit seinem rechten Vollspann auf Meiers Kopf. Martins Fuß schmerzte höllisch, aber Meier gab Ruhe.

Martin rappelte sich auf und sah Meiers Pistole auf dem Boden liegen. Meier hatte eine fette Platzwunde an der Schläfe. Blut sickerte auf Martins Wohnzimmer-Laminat. Er nahm die Pistole. „Meine Scheiße! Jetzt muss hier aber mal Schluss sein!" Martin funkte erst Schumann an und bat um Rosenbergs juristische Unterstützung, dann Dave zur emotional-seelischen Erbauung. Ob er sich einen Mittelfußknochen gebrochen hatte? Egal. Er humpelte in die Küche und nahm sich ein Bier aus dem Kühlschrank. Er humpelte zurück zum Sofa, ließ sich hineinfallen und öffnete das Bier mit der Kante des Pistolengriffs: „Na, denn Prost!"

###

Statistik

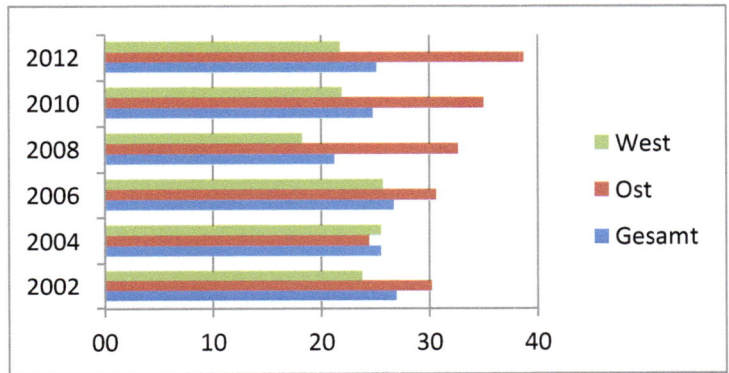

Ausländerfeindlichkeit 2002-2012 in Prozent; Quelle Friedrich Ebert Stiftung, November 2012

Die FES-Studie geht von sechs Einzelmerkmalen einer rechtsextremen Weltsicht aus. Gefragt wurde nach der Zustimmung zu einer rechtsautoritären Diktatur, Chauvinismus, Ausländerfeindlichkeit, Antisemitismus, Sozialdarwinismus, Verharmlosung des Nationalsozialismus. 2.500 Menschen wurden befragt, 1.929 in West- und 486 in Ostdeutschland. „Besonders besorgniserregend ist aus Sicht der Verfasser die Entwicklung bei den 14- bis 30-Jährigen. Anders als bei früheren Befragungen wiesen diese hinsichtlich ihrer Zustimmung zu einer rechtsautoritären Diktatur, zu Sozialdarwinismus oder zur Verharmlosung des Nationalsozialismus sogar höhere Werte auf als über 60-Jährige." Fast jeder Zehnte stimmte im Osten folgenden Aussagen zu: „Durch ihr Verhalten sind Juden an ihrer Verfolgung mitschuldig." Oder: „Juden haben zu viel Kontrolle und Einfluss an der Wall Street." Soziologische Schlussfolgerung: „Soziale und ökonomische Probleme werden in strukturschwachen Regionen vermehrt ethnisiert."

Abkürzungen

AKW - Atomkraftwerk

APFD – Anarchistische Pogo Fraktion Deutschlands

DKP – Deutsche Kommunistische Partei

MdB – Mitglied des Deutschen Bundestags

NATO – North Atlantic Treaty Organization, ab 1949 militärischer Gegenpol westlicher Staaten gegen die Warschauer Vertragsstaaten des Ost-Blocks

NSDAP – Nationalsozialistische Partei Deutschlands, Hitlers Staatspartei

NSF – Nationalsozialistische Front

NVA – Nationale Volksarmee, Armee der DDR

NVP – Nationale Volkspartei

SED – Sozialistische Einheitspartei, Staatspartei der DDR

Stasi - Ministerium für Staatssicherheit (MfS) der DDR, Inlands- und Auslandsgeheimdienst der DDR

Platz für Notizen, Zeichnungen, Einkaufslisten...